KB052936

군림천하

군림천하 33

1판 1쇄 발행 2017년 1월 31일
1판 3쇄 발행 2020년 1월 6일

지은이 | **용대운**
발행인 | 신현호
편집장 | 이환진
편집부 | 이호준 송영규 최종건 정재웅 박건순 양동훈 곽원호
편집디자인 | 한방울
영업 · 관리 | 김민원 조은걸 조인희

펴낸곳 | ㈜ 디앤씨미디어
등록 | 2002년 4월 25일 제20-260호
주소 | 서울시 구로구 디지털로 26길 111 JnK디지털타워 503호
전화 | 02-333-2513(대표)
팩시밀리 | 02-333-2514
E-mail | papy_dnc@dncmedia.co.kr
홈페이지 | www.ipapyrus.co.kr

값 9,000원

ISBN 979-11-7033-895-6 04810
ISBN 978-89-267-1535-2 (SET)

君臨天下

용대운 대하소설

군림천하

4부 천하의 문[天下之門]

33

회람연회(回覽宴會) 편

PAPYRUS
파피루스

目次

君臨天下 武林全圖
흑룡강
길림
요녕
내몽고
하북
신강
삼월보
산서
검보
산동
냉하
섬서
청해
감숙
초가보
화산파
석가장
곤륜파
남궁세가
강소
소림사
공동파
종남파
하남
안휘
혁리가
남해 청조각
서장
청성파
무당파
사천
당문
호북
구궁보
절강
포달랍궁
구양가
아미파
호남
강서
형산파
귀주
복건
점창파
운남
광동
광서
해남검파
해남도

제 335 장

망중한담(忙中閑談)

제 335 장 망중한담(忙中閑談)

오늘따라 유난히 짙은 노을이 온 산을 붉게 물들이고 있었다. 무당산의 서쪽에 자리한 남암궁 일대는 흐릿하게 몰려오는 어둠에 뒤섞인 홍하(紅霞)의 물결 때문인지 한층 더 신비로운 분위기를 물씬 풍기고 있었다.

진산월은 잠시 남암궁의 입구에 서서 서산 너머로 기울어 가는 저녁 해를 바라보았다.

석양은 그 어느 때보다 거대했고, 낙조(落照)는 피를 머금은 듯 붉어 보였다. 그 붉게 물든 세상 속에 자기 홀로 외로이 서 있는 듯한 착각이 들었던 것은 그가 단순히 순간적인 감상(感傷)에 빠졌기 때문만은 아니었을 것이다.

"일박서산, 조불려석(日薄西山, 朝不慮夕 : 해가 서산에 기울어 가니, 아침에 저녁 일이 어찌 될지 알 수 없구나)……."

진산월의 입에서 자신도 모르게 시 한 구절이 나직하게 흘러나왔다.

원래 이 시구는 삼국시대 촉 나라의 문인이었던 이밀(李密)의 〈진정표(陳情表)〉에 나온 구절로, 이밀은 삼국을 통일한 진(晉)의 무제(武帝)가 자신을 부르자 "조모의 목숨이 해가 서산에 기운 듯 위태로워 아침에 저녁 일을 알 수 없으니 조정의 부름에 따를 수 없습니다."라며 거절했다고 한다.

진산월은 비록 목숨이 위태로운 상황은 아니었으나, 기울어 가는 해를 보자 앞일을 예측할 수 없는 혼란스러운 자신의 처지를 보는 듯하여 잠시 울적해진 심사를 시구로 표현해 보았던 것이다.

산중의 저녁 해는 유난히 빨리 떨어져서 노을은 순식간에 검은 하늘에 자리를 내어 주고 산속의 깊은 어둠 속으로 사라져 버렸다.

주위가 어두컴컴해지자 진산월은 이내 마음을 가다듬고 굳게 닫힌 남암궁의 문을 두드렸다.

문이 열리며 모습을 드러낸 사람은 천봉팔선자 중 한 사람인 누산산이었다. 누산산은 진산월을 보자 두 눈을 살짝 치켜뜨며 깜짝 놀란 표정을 지어 보였다.

"어머, 진 장문인께서 이 시간에 웬일이세요?"

진산월의 신분으로 사전에 별다른 연락도 없이 불쑥 다른 방파의 거처에 찾아온 것은 확실히 뜻밖의 일이 아닐 수 없었다.

진산월은 담담한 표정으로 대꾸했다.

"발길이 닿는 대로 주위의 풍경을 둘러보다 무심결에 근처를 지나게 되었소. 마침 천봉궁이 내일 무당산을 떠난다는 말이 생각나서 단봉 공주께 인사라도 드리려 찾아왔소."

누산산의 얼굴에 묘한 표정이 떠올랐다.

진산월이 산책을 하다 우연히 찾아왔다는 말은 그다지 믿기지 않았지만, 그의 목적이 단봉 공주를 만나기 위한 것임은 분명해 보였다.

그녀는 그 점에 주목했다.

'진 장문인이 공주님을 마음에 두고 있는 것일까? 아니면…….'

야릇한 설렘과 은근한 기대감, 그리고 아주 희미한 불안감이 동시에 그녀의 작은 가슴에 휘몰아쳤다. 그녀는 마음속의 흔들림을 억누르려는 듯 가느다란 한숨을 내쉬었다.

"아쉽군요. 공주님께서는 이미 이곳을 떠나셨답니다."

"언제 말이오?"

"어제 오후에 본 궁에 급한 일이 생겼다는 연락을 받고 예정보다 하루 먼저 출발을 하셨습니다."

어제 오후라면 유중악과 대엽진인이 갑작스레 모습을 감춘 다음 날이며, 또한 종남파와 형산파의 비무가 끝난 직후일 것이다. 그녀가 무당산을 떠난 시점이 공교롭기는 했으나, 그것만으로 자세한 사정을 예측하기는 불가능한 일이었다.

누산산은 이대로 돌아가야 하나 망설이고 있는 진산월을 힐끔거리고는 그녀답지 않은 다소곳한 표정으로 입을 열었다.

"공주님은 계시지 않지만, 큰언니라도 뵙고 가시겠어요?"

언뜻 진산월의 눈에 의아한 빛이 떠올랐다.

"백봉 정 소저 말이오?"

"아니면 여섯째 언니라도……. 일부러 여기까지 와 주셨는데 그냥 돌아가신다면 섭섭해 하실 분들이 많이 계실 겁니다."

진산월은 간절한 눈으로 자신을 바라보는 누산산의 얼굴을 무심히 응시하며 잠시 생각에 잠겨 있다가 이내 고개를 끄덕였다.

"좋소. 차 대협께 말씀을 여쭈어 주시오."

누산산의 얼굴에 엷은 실망의 기색이 스치고 지나갔다.

"노총관님을요?"

"정 소저는 개인적으로 몇 번 만난 적이 있지만, 차 대협과는 그런 적이 없어서 이번 기회에 그분과 사사로운 친분을 나누는 것도 좋을 것 같아서 말이오."

"그러시겠지요. 진 장문인은 천하에 다시없을 도덕군자이시니 말이에요. 따라오세요."

웬일인지 누산산은 쌀쌀맞은 표정으로 몸을 휑하니 돌리더니 먼저 걸어가 버렸다. 진산월은 그녀의 마음을 알 듯 모를 듯하여 잠시 그 자리에 서서 생각에 잠겨 있다가 그녀의 뒤를 따라 걸음을 옮겼다.

차복승은 예전과 변함이 없었다. 성격 좋아 보이는 부드러운 인상에 주름살 가득한 얼굴, 그리고 입가에 떠올라 있는 사람의 마음을 포근하게 만드는 듯한 엷은 미소까지 며칠 전에 만났을 때와 전혀 달라지지 않았다.

"진 장문인이 나를 찾아올 줄은 몰랐소."

"원래 단봉 공주를 보려 했는데, 그분이 계시지 않다고 하여 그대로 발길을 돌리려다가 차 대협께 문안 인사라도 여쭙는 게 도리일 것 같아 만남을 청하게 되었습니다."

차복승은 온화한 웃음을 지어 보였다.

"나야말로 진 장문인의 헌앙한 모습을 다시 만나게 되어 얼마나 반가운지 모르오. 일전에 형산파와의 비무는 잘 보았소. 살 만큼 살아서 이제는 더 이상 놀랄 일이 없을 거라고 생각했었는데, 그날은 정말 놀라지 않을 수 없었소. 진 장문인은 물론이고 종남파 고수들의 무위에 다시 한 번 찬사를 보내는 바이오."

"운이 좋았습니다."

"허허. 겸손이 지나치시구려. 이번 비무에 나온 형산파의 오결들은 하나같이 결코 호락호락한 인물들이 아니었소. 더구나 진 장문인이 상대한 자는 형산파에서 최초로 배출된 육결검객이 아니었소? 두 사람의 비무는 나로서도 실로 오랜만에 보는 가슴 뜨거운 대결이었소."

"오랜만이시라면?"

차복승의 입가에 떠올라 있는 미소가 조금 더 짙어졌다.

"수십 년 전의 까마득한 옛날에 그와 비슷한 싸움을 본 적이 있었소. 그 이후 죽을 때까지 두 번 다시 그런 싸움은 보지 못할 줄 알았는데, 이번 일로 그 예상이 깨어지게 된 거요. 허허!"

진산월은 안면 가득 미소 짓고 있는 차복승의 얼굴을 가만히 보고 있다가 조용한 음성으로 물었다.

"실례가 되지 않는다면 차 대협께서 말씀하신 과거의 대결이 어떤 것이었는지 알 수 있겠습니까?"

"허허. 진 장문인도 은근히 호승심을 느끼는 모양이구려. 워낙 오래전 일이라 진 장문인이 관심을 가질 만한 일은 아닐 거요."

"그래도 궁금하군요. 차 대협 같은 분의 가슴을 뜨겁게 할 만한 대결이 어떤 것이었는지 쉽게 짐작이 가지 않습니다."

차복승은 눈처럼 하얀 수염을 쓰다듬으며 과거를 회상하듯 잠시 허공을 응시했다.

"오래전 일이오. 정말 까마득히 오래된 일이지. 그때의 대결은…… 사소한 다툼에서 시작되었소. 두 사람 모두 삼십 대의 싱싱한 젊은 나이였고, 자신의 무공에 대한 자부심이 대단했지. 그래서 결코 물러설 수 없었던 거요."

차복승의 주름진 노안은 아득히 먼 무언가를 바라보고 있는 것처럼 아련해졌다.

"그들의 싸움은 정말 치열했소. 상상도 못했던 절학들이 쏟아져 나왔고, 절체절명의 위급한 순간에도 단 한 치도 물러서려 하지 않았소. 주위의 시선이나 자신들에게 닥친 상황, 앞으로 벌어질 사태 같은 건 아랑곳하지 않고 그저 상대를 쓰러뜨리고 스스로의 존재를 증명하기 위해 최선을 다했지. 최고의 고수들이 자신의 모든 것을 쏟아부은 실로 놀라운 싸움이었소."

그 음성에는 절실함과 아련함, 그리고 말로 표현하기 어려운 씁쓸함이 담겨 있었다.

진산월은 묻지 않을 수 없었다.

"그들이 누구입니까?"

"그들은……."

문득 차복승은 고개를 떨구어 진산월을 바라보았다. 의미를 알기 어려운 복잡하고 심유한 눈빛이 한참 동안이나 진산월에게 고정되었다.

진산월이 그 눈빛에 담긴 의미를 파악하기 위해 생각에 잠겨 있을 때, 차복승은 여느 때보다도 낮게 가라앉은 음성으로 조용히 말했다.

"언젠가는 알게 될 거요. 진 장문인도 언젠가는……."

진산월은 차복승에게서 그들의 이름을 들을 수 없다는 것을 알고 더 이상의 물음을 던지지 않았다. 하나 그의 머릿속에는 몇 가지 단상들이 빠르게 스쳐 지나가고 있었다.

차복승 같은 인물이 이렇게까지 극찬을 할 만한 고수들은 과연 누구일까? 삼십 대의 나이에 차복승의 입에서 최고의 고수라는 말을 들을 수 있는 사람은 그리 많지 않았다.

그들이 벌인 싸움이 과연 차복승이 말한 대로 경천동지할 것이었는지는 알 수 없지만, 진산월은 왠지 차복승이 말한 대로 조만간 그들에 대한 이야기를 듣게 될 것만 같았다. 어떤 식으로든 말이다.

차복승은 다시 예의 부드럽고 온화한 미소를 지어 보였다.

"너무 오래되어서 까마득히 잊은 줄로만 알았었는데, 진 장문인으로 인해 다시 떠올랐구려. 진 장문인 덕분에 당시의 기억을 되새기게 되었으니 고마운 일이오."

"별말씀을. 그런 대단한 분들의 대결을 직접 보지 못한 게 안타깝군요."

"허허. 강호의 인연이란 건 언제 어떻게 이어질지 모르는 법이니 너무 실망하지 마시오."

진산월의 눈이 여느 때보다 날카롭게 반짝였다.

"그렇다면 그분들이 아직 살아 계시다는 말씀이군요."

"나도 멀쩡히 살아 있는데, 그들이라고 어련하겠소? 그나저나 나 같은 주름투성이 늙은이보다 젊고 아리따운 여인네들을 보는 게 좋았을 텐데도 진 장문인이 굳이 나를 찾아온 건 혹시 내게 달리 할 말이 있기 때문이 아니오?"

진산월은 교묘하게 화제를 돌리는 차복승의 말에 아쉬움을 느꼈으나, 굳이 그의 말을 부인하지 않고 순순히 수긍을 했다.

"그렇습니다. 사실은 차 대협께 여쭐 말이 있어서 실례를 무릅쓰고 찾아왔습니다."

차복승의 두 눈에 흥미 어린 빛이 떠올랐다.

"당금 무림을 위진시키고 있는 진 장문인이 나 같은 늙은 폐물에게 물어볼 것이 무엇인지 궁금하지 않을 수 없구려."

진산월은 차분한 표정으로 입을 열었다.

"폐물이라니 당치 않습니다. 차 대협께선 오랫동안 천봉궁의 총관으로 계시면서 현 무림의 누구보다도 강호의 사정에 능통한 분으로 알고 있습니다."

"나를 너무 추켜세워 주니 민망하오. 대체 진 장문인이 무얼 물으려고 나를 그렇게 높이 평가하는지 벌써부터 불안한 생각이 드는구려."

"실은 제가 한 사람의 행방을 찾고 있습니다."

"그게 누구요?"

진산월은 차복승의 얼굴을 뚫어지게 주시하며 분명한 음성으로 말했다.

"환상제일창 유중악, 유 대협이십니다."

차복승의 얼굴에는 전혀 표정의 변화가 없었다. 주름살 가득한 얼굴도 그대로였고, 담담한 눈빛도 흔들림이 없었다.

"신창조화 의기천추의 명성은 나도 익히 들었소. 그런데 진 장문인은 그의 행방을 왜 나에게 묻는 거요?"

"유 대협은 며칠 전에 갑자기 거처에서 사라져 그 뒤로 모습을 보이지 않았습니다. 그런데 유 대협이 실종된 날에 이 부근에서 유 대협을 보았다는 목격자가 있어서, 혹시라도 천봉궁에서 그분의 행방을 아는 사람이 있지 않을까 하여 고민 끝에 차 대협을 찾아오게 된 것입니다."

"흠. 공교로운 일이구려."

"무엇이 말입니까?"

"실은 진 장문인 말고도 본 궁에 와서 그의 행방을 수소문한 사람이 있었소."

진산월은 급히 물었다.

"그가 누구입니까?"

"그가 아니라 그녀요. 천수관음의 대제자인 신수옥녀 능 소저가 어제 저녁에 본 궁을 찾아왔었소. 그녀 또한 진 장문인처럼 몇몇 선자들에게 혹시 최근에 유중악을 본 적이 있느냐고 묻고는 돌아갔다고 하오."

능자하라면 능히 그럴 만했다. 그녀는 유중악의 옛 애인이었으며, 며칠 전 육난음을 구출할 때도 한 팔을 거들었던 여인이었다. 당연히 유중악의 실종에 대한 전후 사정을 알고 있기에 그녀가 유중악의 행방을 찾아 남암궁 일대를 뒤지고 다니는 것도 충분히 이해가 가는 일이었다.

"능 소저가 그냥 돌아갔다면 선자들에게서 별다른 대답을 듣지 못했다는 말이로군요."

"그렇소. 그녀들뿐 아니라 본 궁의 제자들 중 누구도 본 궁 근처에서 중악을 본 사람이 없었다고 하오. 이건 나중에 첫째인 소소가 직접 제자들에게 물어 확인한 사실이오."

진산월은 무심한 시선으로 차복승을 바라보았다. 차복승은 정소소까지 언급하며 유중악의 실종이 천봉궁과 아무런 관련이 없음을 증명하려 했지만, 진산월은 오히려 그 때문에 작은 의혹을 느끼고 있었다.

"천봉궁의 제자들 중 누구도 유 대협을 보지 못했다는 건 이해하겠습니다. 목격자도 유 대협이 이쪽 방향으로 가는 것을 보았을 뿐, 그의 발길이 어디로 이어지는지는 알지 못했습니다. 그런데 혹시 차 대협께선 유 대협과 친분이 있으십니까?"

"왜 그런 걸 물으시오?"

"차 대협께서 유 대협에 대한 호칭이 자연스러워서 예전부터 알고 있는 사이가 아닌가 하는 생각이 들었습니다."

차복승은 너털웃음을 지었다.

"허헛! 과연 진 장문인의 안목은 정말 예리하구려. 친한 정도라고 할 수는 없지만, 예전에 만난 적이 있었소. 그의 사부인 조화신창과 몇 번 왕래를 했기에 그가 어렸을 때 자연스레 안면을 익히게 되었지. 그게 그러니까 벌써 삼십 년도 더 된 이야기로군."

유중악의 사부는 전대의 천하제일창이었던 조화신창 감화였다. 감화는 육십이 훨씬 넘은 나이에 유중악을 제자로 받아들였고, 그로부터 불과 십이 년 후에 세상을 뜨고 말았다.

차복승이 처음 감화를 알게 된 것은 사십여 년 전의 일로, 당시 감화는 무인으로서는 절정이라고 할 수 있는 삼십 대 후반의 나이였고, 차복승은 그때도 지금처럼 백발이 성성한 노인이었다. 그럼에도 두 사람은 나이 차이를 넘어서 서로 간에 상당한 호감을 갖게 되었다. 두 사람은 서로 활동하는 지역이 달라 제대로 만난 것은 손가락에 꼽을 정도로 적었으나, 그래도 교감을 이어 가는 데는 문제가 없었다.

차복승이 유중악을 처음 본 것은 유중악이 감화의 제자가 된 지 일 년쯤 지난 날이었다. 감화가 늦은 나이에 새로운 제자를 영입했다는 소식을 들은 차복승이 일부러 시간을 내서 감화를 찾아갔던 것이다.

차복승이 느낀 유중악의 첫 인상은 그가 무척 선량하다는 것이었다. 당차고 똑똑했지만, 무엇보다 착하고 성격이 온후한 점이 기억에 남았다.

무인으로는 조금 어울리지 않는 성격이었지만, 차복승은 별로 걱정하지 않았다. 조화신창 감화라면 그의 부족한 점을 잘 메워 줄 수 있으리라고 생각했기 때문이다.

그의 짐작대로 육 년 후 다시 만났을 때 유중악은 한층 더 성장한 모습을 보여 주었다. 무공은 물론이고 성격 또한 순후함을 잃지 않으면서도 무인다운 패기를 지닌 훌륭한 청년 고수가 되어 있었던 것이다.

그로부터 오 년 후에 감화는 흐뭇한 표정으로 눈을 감았고, 유중악은 한 자루 창을 들고 강호에 뛰어들어 순식간에 커다란 명성을 얻게 되었다.

그 뒤로 차복승이 유중악을 본 것은 두 번에 불과했다. 천봉궁은 주로 강북에서 활동했고 유중악은 강남 일대를 주 무대로 삼았기에 좀처럼 만나기 힘들었던 것이다.

진산월은 묵묵히 차복승의 말을 듣고 있다가 조용한 음성으로 물었다.

"유 대협을 제일 마지막으로 만난 것이 언제인지 알 수 있겠습니까?"

차복승은 잠시 생각에 잠겼다가 입을 열었다.

"흠. 삼 년 전인가 사 년 전인가 정확히 기억이 나지 않는구려. 금릉의 진회하(秦淮河)에서 잠깐 만난 적이 있었소."

진산월은 자신의 물음이 추궁으로 들리지 않도록 주의하며 재차 질문을 던졌다.

"이번 무당산에서는 유 대협을 보지 못하셨습니까?"

"아쉽게도 그렇소. 중악이 이곳에 왔다는 말을 듣기는 했는데, 어찌 된 영문인지 나를 찾아오지도 않고 모습도 보이지 않기에 필시 무슨 곡절이 있으리라 생각했소. 아마도 구궁보에서 벌어졌던 일 때문에 나를 찾아오는 것에 부담을 느낀 게 아니겠소?"

차복승의 짐작은 진산월이 생각하기에도 일리가 있었다. 구궁보에서 있었던 모용봉의 생일연에 벌어진 일련의 사건들로 유중악의 명성은 치명적인 손상을 입었고, 그 여파는 지금까지도 계속되고 있는 중이었다. 유중악의 성격이라면 자신에 대한 오해가 모두 풀리고 오점을 깨끗이 지우기 전에는 결코 친분이 있는 사람들을 만나려 하지 않을 게 분명했다.

차복승의 심연처럼 깊은 눈이 진산월에게 고정되었다.

"능 소저와 진 장문인이 중악을 그토록 찾는 특별한 이유라도 있소?"

진산월은 이쯤에서 얼마간의 사정은 밝혀야 할 필요성을 느꼈다.

"사실 유 대협은 무림대회의 마지막 날에 공개 석상에서 구궁보에서 벌어졌던 일에 대한 진상을 밝히고 스스로에게 지워진 오명을 벗으려고 했었습니다."

차복승의 눈빛이 한층 더 깊어졌다.

"그 진상이란 게 무언지 알 수 있겠소?"

"그건 유 대협 본인만이 알고 있을 겁니다. 다만 유 대협은 그 일에 상당한 자신감을 가지고 있을 뿐 아니라, 자신의 모든 걸 내걸 결심이었습니다."

"그런데 대회에 나타나지 않은 것이구려."

"그날 오전부터 홀연히 사라져 어디에도 모습을 보이지 않았습니다. 그래서 주위를 은밀히 수소문해 보았는데, 유 대협의 모습이 제일 마지막으로 목격된 곳이 바로 남암궁 근처였습니다."

차복승은 이제야 알겠다는 듯 고개를 끄덕였다.

"그래서 두 사람이 본 궁에 와서 그의 행방을 물은 것이었구려."

"그렇습니다."

차복승은 잠시 생각에 잠긴 표정이었다. 진산월은 그의 상념을 방해하지 않고 묵묵히 그의 모습을 지켜보고만 있었다.

잠시 주위에 무거운 정적이 내려앉았다. 그 정적은 한참 후에 입을 연 차복승에 의해 깨어졌다.

"진 장문인은 중악이 갑작스레 사라진 이유가 무엇이라고 생각하시오?"

"그걸 제가 어떻게 알겠습니까? 다만 현재 유 대협이 별로 좋지 못한 상황에 처해 있을 거라는 건 충분히 짐작할 수 있는 일이 아니겠습니까?"

차복승은 나직한 한숨을 토해 냈다.

"후우. 진 장문인의 생각도 그렇구려. 나 또한 마찬가지요. 조화신창과의 인연을 봐서라도 그의 실종을 모른 척할 수는 없지만, 공교롭게도 꼭 해야 할 일이 있어서 당장 몸을 빼기는 힘든 상태요."

"이해합니다."

"그래서 말인데, 진 장문인에게 한 가지 당부드릴 말이 있소."

"기꺼이 경청하겠습니다."

차복승의 음성이 한층 더 진지해졌다.

"중악의 행방에 대해서는 내가 나름대로 알아보겠소. 대신 진 장문인은 내가 해야 할 일을 해 주면 안 되겠소?"

진산월은 침착한 음성으로 물었다.

"하셔야 할 일이란 게 무엇입니까?"

"어느 곳에 가서 한 사람을 만나 말을 전해 주기만 하면 되는 일이오."

진산월은 차복승의 의중을 파악하려는 듯 주름살 가득한 그의 얼굴을 가만히 바라보았다.

언뜻 차복승의 얼굴에 씁쓸한 미소가 스치고 지나갔다.

"그렇게 간단한 일을 왜 굳이 부탁하느냐는 눈빛이구려. 특별한 이유는 없소. 단지 그곳이 여기에서 제법 떨어져 있는지라 그곳까지 갔다 오는 동안 중악의 실종에 대한 단서는 모두 사라지고 말 거요. 나는 그게 걱정스러운 거요."

진산월은 잠시 생각에 잠겼다가 다시 그에게 물었다.

"유 대협의 행방을 찾을 수 있으리라고 보십니까?"

"절대적인 장담은 못 하겠소. 하지만 중악이 이 근처에서 마지막으로 모습을 드러낸 게 사실이라면 내가 무슨 수를 써서라도 그의 종적을 찾아내고야 말겠소. 아무리 사소한 흔적이라도 놓치지 않고 추적하여 그의 행방을 알아낼 것이오."

그리 크지 않은 음성이었으나, 그 속에 담긴 결연함은 진산월도 충분히 느낄 수 있었다.

차복승이 이렇게까지 말하니 결국 진산월로서도 고개를 끄덕이지 않을 수 없었다.

"알겠습니다. 제가 해야 할 일이 무엇인지 좀 더 정확하게 말씀해 주십시오."

그제야 차복승은 한시름 덜었다는 듯 한숨을 내쉬었다.

"고맙소. 낙양 북쪽의 망산(邙山)에 가면 동쪽 산기슭 뒤편에 유달리 좁고 가파른 계곡이 있소. 그 계곡 안에 들어가면 한 채의 모옥이 나올 거요. 그 모옥에 살고 있는 사람에게 말을 전하면 되오."

"계곡의 이름은 무엇입니까?"

"그리 크지 않은 계곡이고, 찾아오는 사람도 없어서 특별한 이름은 없소."

"전할 말은 무엇입니까?"

"'결정했다' 라고 전해 주시오."

너무 짧은 말인지라 진산월은 절로 고개가 갸웃거려졌다.

"그 말 한마디만 전하면 됩니까?"

"그렇소."

"그 사람의 용모파기라도 알 수 있겠습니까?"

"그 계곡 안에는 오직 한 사람밖에 살고 있지 않으니 걱정할 필요 없소."

"언제까지 전하면 되겠습니까?"

"빠르면 빠를수록 좋소. 늦어도 보름까지는 전해야 하오."

진산월이 다시 무언가를 물으려 하자 차복승은 빙그레 미소 지었다.

"진 장문인이 궁금한 점이 많다는 건 알고 있소. 하나 그곳에 가면 대부분의 의문은 자연히 해소될 테니 미리부터 너무 신경 쓸 필요는 없소."

차복승의 그 웃음을 보자 진산월은 더 이상의 질문을 해 보았자 제대로 된 답변을 얻을 수 없다는 것을 알아차렸다.

진산월의 머릿속으로 여러 가지 의문이 줄기줄기 일어나고 있었다.

차복승이 말한 모옥 안의 인물은 과연 누구일까?

그리고 그가 전하라는 '결정했다' 라는 말은 무슨 의미를 지닌 것일까?

왜 하필이면 차복승은 자신에게 이런 부탁을 한 것일까? 그는 정말 유중악의 행방을 찾기 위해서 자신에게 대신 일을 맡기려 한 것일까?

차복승은 과연 실종된 유중악의 행방을 찾을 수 있을까?

어떠한 흔적이라도 놓치지 않고 유중악을 찾아내겠다는 그의 장담은 과연 단순히 결연한 각오를 나타낸 것일 뿐일까? 아니면 그에게 유중악을 찾을 나름대로의 확신이 있는 것일까?

만약 그렇다면 대체 그는 어떻게 그런 확신을 가지게 된 것일까?

혹시…….

숱한 의혹이 구름처럼 일었으나 지금으로서는 다른 방도가 없었다. 차복승의 말처럼 망산으로 가서 직접 그 사람을 만나는 것이 의문을 해소하는 가장 빠른 길일 것이다.

제 336 장

흑암중광(黑暗中光)

제 336 장 흑암중광(黑暗中光)

낙일방은 문득 눈을 떴다.

짙은 어둠이 사위(四圍)를 감싸고 있었다.

잠이 들었던 것은 아니었다. 사실을 말하자면, 그날 이후 낙일방은 좀처럼 잠을 자지 못하고 있었다. 벌써 며칠째 잠 못 이루고 뜬눈으로 밤을 지새우는 생활이 반복되고 있는 것이다.

오늘은 유달리 잠이 오지 않았다.

이제 날이 밝으면 파란만장한 풍운의 무대였던 무당산을 떠나 종남산으로 돌아가게 된다. 그토록 간절히 바라 왔던 형산파와의 싸움에서 승리하고 본 파로 복귀하는 여정이 코앞으로 다가왔지만, 낙일방의 마음은 심란하기만 했다.

아직도 눈을 감으면 그때의 일이 코앞의 현실처럼 눈앞에 선연하게 떠오르곤 했다.

구반장법의 세 가지 연환수법 중 가장 무서운 삼전을 펼칠 때만 해도 낙일방은 자신이 승기를 잡았다고 생각하고 있었다. 그 초식들을 연계해 펼칠 때의 시기가 실로 적절했을 뿐만 아니라 항상 어딘가 미흡해서 완벽하게 이어지지 못했던 세 가지 초식들이 모처럼 매끄럽게 연환되었던 것이다. 언제나 평온함을 잃지 않았던 용선생의 얼굴이 순간적으로 핼쑥하게 굳어졌던 것만 보아도 자신의 공격이 얼마나 시의적절하고 날카로웠는지를 여실히 알 수 있었다.

그럼에도 용선생은 양손을 마주쳐 박수를 치는 것만으로 삼전의 공세를 막아 냈다. 그것이 형산파의 수공 중 최고봉인 유혼십이수의 마지막 절학인 쌍혼합벽(雙魂合壁)임은 나중에야 알게 된 사실이었다.

비록 삼전을 막아 내긴 했으나 용선생의 내력은 크게 진탕되었고, 끓어오르는 몸속의 기운을 제대로 갈무리하지 못해 크게 흔들리는 모습이었다. 이 순간이 아니면 그를 이길 수 없다는 절박한 마음에 낙일방은 목구멍을 치밀어 오르는 선혈을 억지로 집어삼키며 무조건 그를 향해 달려들었다. 그러고는 혼신의 힘을 다해 자신이 알고 있는 가장 강력한 무공인 태인장을 내갈겼다.

그리고 그 결과는…….

그에게는 너무도 참혹한 것이었다.

'그때 내가 승부를 걸었던 것이 너무 섣부른 결정이었을까?'

낙일방은 그때 이후 몇 번이고 그 생각을 곱씹어 보곤 했다.

결론은 나지 않았다.

내기가 흔들린 용선생을 상대로 좀 더 침착하게 대응했다면 어쩌면 승패를 뒤바꿀 수 있었을지 몰랐다. 태인장을 펼치기 전에 낙뢰장법의 일점천뢰나 구반장법의 연환삼수로 그를 좀 더 흔들었다면 아무리 용선생이라도 이어지는 태인장의 위력을 제대로 감당할 수 없었을지 몰랐다.

하나 그때마다 낙일방의 뇌리에는 태인장의 경력 속을 가르고 들어오던 몇 가닥의 섬광이 떠올랐다. 산악이라도 무너뜨릴 듯한 태인장의 가공할 공세 속을 무인지경으로 찢고 날아들던 네 가닥의 섬광!

그것들은 낙일방의 어깨와 옆구리에 네 개의 피구멍을 만들고 사라져 버렸다.

그 섬광들을 다시 떠올릴 때마다 낙일방의 온몸은 식은땀으로 흠뻑 젖어 들었다. 자신이 무슨 수를 쓰더라도 그 섬광들을 온전히 막아 낼 수 없다는 절망감이 전신을 휘감았던 것이다.

월광조산하!

일명 월광지라고도 불리는 그 지공은 용선생을 무림구봉의 일인으로 만들어 준 전설적인 절학이었다. 엄지손가락으로 나머지 네 손가락을 탄주(彈奏)하듯 조종하여 쏘아 보내는 그 놀라운 무공은 누구나가 인정하는 당금 강호의 제일지공(第一指功)이라 할 수 있었다.

많은 사람들이 그런 무공에 진 것은 결코 억울한 것이 아니라고 했지만, 그 말은 낙일방에게는 아무런 위로도 되지 않는 것이었다.

중요한 것은 종남파 필생의 숙원인 형산파와의 싸움에서 자신이 패했다는 것이며, 지금 현재 그의 실력으로는 도저히 그 지공을 격파할 수 없다는 것이었다.

형산파와의 비무는 결국 장문 사형과 사저의 활약으로 종남파의 승리로 돌아갔지만, 낙일방은 남들처럼 속 편하게 그 승리를 즐길 마음의 여유가 없었다.

그래서일까? 종남파 전체의 분위기는 승리를 거둔 문파답지 않게 무겁게 가라앉아 있는 편이었다.

좌군풍에게 패해 기식이 엄엄했던 육천기가 겨우 위급한 순간을 넘기고, 정신을 잃고 혼절해 모든 사람을 걱정스럽게 했던 임영옥이 다시 의식을 되찾은 후에도 그런 분위기는 별로 달라지지 않았다.

낙일방은 임영옥이 정신을 차렸다는 말을 듣고도 한동안 그녀를 만나러 가지 못했다. 그녀가 당한 부상이 자신의 패배로 인해 벌어진 일 같아서 도저히 그녀의 얼굴을 볼 면목이 없었던 것이다.

동중산이 세 번이나 찾아온 다음에야 낙일방은 겨우 용기를 내어, 어젯밤에 비로소 그녀의 방문을 두드릴 수 있었다.

그녀의 안색은 여전히 초췌했고, 핏기 한 점 없는 입술은 병자의 그것을 연상케 했다.

"사저……."

낙일방은 그녀의 파리한 얼굴을 보다가 겨우 그 말만을 하고는 더 이상 말을 잇지 못하고 고개를 떨구었다.

그녀는 고개를 숙인 그를 가만히 보고 있더니 한참 후에야 속삭이는 듯한 음성으로 입을 열었다.

"낙 사제, 고개를 들고 나를 봐."

낙일방은 간신히 고개를 쳐들었다.

유난히 깊고 영롱한 그녀의 눈빛과 시선이 마주치자 낙일방은 더 이상 견디지 못하고 다시 고개를 떨구고 말았다. 그때 그녀의 나직한 웃음소리가 그의 머리 위로 들려왔다.

"호호. 나 보기가 그렇게 부끄러운 거야?"

낙일방은 입을 굳게 다문 채 침울한 표정으로 바닥만 내려다보고 있었다.

"용선생과 싸울 때의 사제는 그렇게 멋지고 듬직해 보였는데, 지금은 부모님이 아끼는 화병(花瓶)이라도 깬 어린아이 같구나."

"……."

"낙 사제."

그녀가 조용히 그를 불렀다.

낙일방은 조그맣게 대답했다.

"예……."

"사제는 정말 잘해 주었어. 사제가 최선을 다해서 맞서 주었기에 나도 겨우 용기를 낼 수 있었어. 사실 그때 난 조금 무서웠었거든."

낙일방은 천천히 고개를 쳐들었다. 그녀는 막냇동생을 바라보는 큰누이처럼 온화한 미소를 지은 채 부드러운 눈으로 그를 보고 있었다.

"형산파의 오결검객 중에서도 사납기로 소문난 절영검과 싸운다고 생각하자 손발이 떨리고 눈앞이 캄캄해질 정도로 두려움이 몰려왔어. 난 그런 절정검객과 제대로 검을 맞대고 겨루어 본 적도 없고 피비린내 나는 살벌한 싸움을 한 적도 없어서 더욱 두렵고 걱정이 되었지."

"……."

"그런데 그때 사제가 용선생과 싸우던 장면이 떠올랐던 거야. 사제는 자기보다 몇 배나 나이를 먹고 이미 강호의 전설이 된 절세의 고수와 싸우면서도 한 치도 물러서지 않았어. 오히려 용선생으로 하여금 자신의 최고 절초를 펼치고도 피를 토하게 만들었지."

임영옥은 흔들리는 눈으로 자신을 바라보는 낙일방을 응시하며 낮게 가라앉아 있으면서도 분명한 음성으로 말을 이었다.

"그런 사제의 모습을 떠올리자 갑자기 거짓말처럼 마음속의 두려움이 사라지며 눈앞이 제대로 보이기 시작했어. 상대가 무시무시한 형산파의 오결검객이라는 생각보다는 충분히 자웅을 겨루어 볼 만한 한 명의 고수라는 생각이 들게 된 거지. 그래서 비로소 용기를 내어 나설 수 있었던 거야."

"사저……."

"그러니 이제 화병을 깨고 혼이 날까 두려워하는 어린아이처럼 고개 숙이지 말고 어깨를 펴고 떳떳한 얼굴로 고개를 쳐들어. 사제는 내게는 어떤 사람보다도 훌륭하고 멋진 최고의 영웅이니까."

낙일방은 물끄러미 그녀를 바라보다가 혼잣말처럼 조그만 음성으로 중얼거리듯 되물었다.

"제가 영웅이라고요?"

임영옥은 유난히 길게 늘어진 속눈썹을 천천히 깜박거리며 고개를 끄덕였다.

“물론이지. 나뿐만 아니라 본 파의 모든 사람들이 그렇게 생각하고 있을걸.”

낙일방은 한참 동안이나 아무 말 없이 임영옥을 하염없이 쳐다보더니 다시 고개를 숙였다. 임영옥은 그런 낙일방을 조용히 바라보고만 있었다.

낙일방은 그녀의 방을 나올 때까지 더 이상 한마디도 입을 열지 않았다. 그러고는 자신의 방으로 돌아가자마자 자리에 누운 채 잠을 청했던 것이다.

하나 잠은 오지 않았다. 머릿속으로 사저가 자신에게 했던 말들이 끊임없이 소용돌이치고 있었다. 이상하게도 지난 며칠간 그토록 자신을 괴롭게 했던 용선생의 지공은 더 이상 뇌리에 떠오르지 않았다.

낙일방은 더 이상 누워 있지 않고 자리에서 일어났다.

밤을 꼬박 지새웠음에도 전혀 졸립거나 머리가 무겁지 않았다.

낙일방은 주섬주섬 옷을 입은 다음 방문을 열고 밖으로 나왔다.

아직 주위는 어둠이 채 가시지 않았지만, 멀리 거무스름한 산등성이 너머로 거의 알아차리기 어려울 만큼 희미한 여명이 조금씩 움터 오고 있었다. 낙일방은 우두커니 그 광경을 바라보고 있다가 문득 정원으로 나갔다.

그러고는 공터 한복판에 서서 천천히 몸을 풀더니 구반장법의 초식들을 느릿느릿 풀어 나가기 시작했다.

새벽의 공기는 제법 차가웠지만, 그만큼 신선하고 청량했다.

구반장법은 낙일방이 알고 있는 무공들 중 가장 복잡하고 현묘했으며 위력적이었다. 또한 그만큼 익히기가 힘들었다.

낙일방의 현재 구반장법에 대한 성취는 칠성을 넘어 팔성에 가까워 오고 있었는데, 그래서인지 어둠을 가르는 그의 손길은 제대로 보이지도 않을 정도로 빠르면서도 변화무쌍했다. 이조차도 낙일방이 어깨와 옆구리의 부상 때문에 공력을 전혀 끌어올리지 않은 상태로 펼친 것이었다.

구반장법을 펼칠수록 낙일방은 점점 그 신묘함에 빠져들어 갔다. 머릿속이 명경지수처럼 맑아지며 그동안 몸과 마음을 갉아먹었던 모든 괴로움들이 씻은 듯이 사라지는 것 같았다.

낙일방은 질리지도 않는지 몇 번이고 계속해서 구반장법의 초식들을 반복해서 펼치고 또 펼쳐 냈다.

그가 막 구반장법을 네 번째로 펼치기 시작했을 때, 누군가의 차가운 음성이 들려왔다.

"자지 않고 꼭두새벽부터 무슨 청승이냐?"

낙일방은 천천히 손을 멈추었다. 온몸이 흐르는 땀으로 흠뻑 젖었지만, 기분은 더할 나위 없이 상쾌하기만 했다.

낙일방은 고개를 돌려 소리가 들려온 곳을 보았다. 정원 한쪽에서 전흠이 특유의 퉁명스런 표정으로 그를 쏘아보고 있었다.

낙일방은 자세를 똑바로 한 채 그를 향해 정중하게 인사를 했다.

"전 사형, 평안히 주무셨습니까?"

"네가 그렇게 요란 법석을 떨고 있는데 내가 편히 잠들었을 것 같으냐?"

낙일방의 연무는 공력을 사용하지 않았기에 별다른 소음이 나지 않았으나, 낙일방은 굳이 그 점을 들먹이지 않고 살짝 머리를 숙였다.

"죄송합니다. 제가 잠이 오지 않아 잠시 수련을 한다는 게 사형의 숙면을 방해하고 말았군요."

"새파랗게 젊은 놈이 무슨 걱정거리가 그리도 많기에 잠도 안 자고 새벽부터 설친 게냐?"

그렇게 말하는 전흠의 나이도 낙일방보다 불과 두 살이 많을 뿐이었다.

비단 그뿐 아니라 전흠 또한 며칠째 잠들지 못하는 신세인 건 마찬가지였다. 그러지 않았다면 이른 새벽부터 아직 어둠이 가시지 않은 정원 한쪽을 서성거리고 있지 않았을 것이다.

그러고 보니 전흠의 두 눈은 퀭하니 들어가 있었고, 양쪽 뺨도 홀쭉해서 가뜩이나 강팍하고 사나운 외모가 한층 더 날카롭게 변해 있었다. 게다가 눈빛 또한 험상궂게 변해 있어서 건드리기만 해도 폭발할 것 같은 위험한 기운이 느껴졌다.

전흠이 이렇게 변한 것은 모두 형산파와의 비무가 끝난 후부터였다. 아니, 좀 더 정확히 말하자면 비성흔을 상대할 자신이 없어 스스로 출전을 포기한 후부터라고 해야 옳을 것이다.

형산파에 설욕할 날을 기다리며 십여 년간 칼을 갈아 왔던 자신이 막상 일이 닥치자 상대를 이길 자신이 없어 물러나고 말았으니, 그때 그가 느꼈을 자괴감과 수치심이 얼마나 거대한지는 누구라도 쉽게 짐작할 수 있는 일이었다.

하나 그의 고통이 얼마나 심대한지는 막상 그 자신 외에는 누구도 정확히 아는 사람이 없을 것이다. 어쩌면 그 자신도 정확하게 알고 있지 못할지도 몰랐다.

다만 그날 이후 전흠은 주위 사람을 만나는 것도 피한 채 자신의 방에 틀어박혀 칩거하고 있었다. 그런 전흠이 안타까워 동중산을 비롯한 종남파의 고수들이 차례로 방문하여 위로했으나, 전흠은 그때마다 말 한마디 하지 않고 묵묵히 그들의 말을 듣고만 있을 뿐이었다.

전흠이 밤이 되면 잠들지 못하고 어두운 산속을 서성이는 것을 모두들 알면서도 쉬쉬하고 있었다.

그런 전흠이 자신처럼 불면의 밤을 보내다 혼란스러운 마음을 가다듬으려고 새벽 연무에 나선 낙일방과 만나게 된 것은 어찌 보면 필연적인 결과라고 해야 할 것이다.

갑자기 전흠이 낙일방 앞으로 성큼 다가왔다.

"네 모습을 보니 기운이 넘쳐서 그런 것 같구나. 나도 마침 몸이 뻐근하던 참이니 손이나 한번 섞어 보자."

낙일방의 준수한 얼굴에 당혹스런 표정이 떠올랐다. 꼭두새벽에 잠들지 못하고 서성거리다 서로 얼굴을 마주친 것도 어색한 일인데, 여기에 투닥거리기까지 한다면 남들 눈에 어떻게 보이겠는가?

하나 전흠의 꽉 다물어진 입술을 보자 이미 단단히 마음먹은 게 분명해 보였다.

아니나 다를까? 어느새 다가온 전흠은 더 이상 아무 말도 하지 않고 낙일방의 얼굴을 향해 주먹을 휘둘러 왔다.

낙일방은 옆으로 반보 움직여 전흠의 주먹을 피했으나, 옆을 스치고 지나갈 듯했던 전흠의 주먹이 허공에서 날카롭게 휘어지며 관자놀이를 향해 날아왔다.

이것은 단순한 주먹질이 아니라 무공의 초식을 사용한 것이어서 조금 전처럼 가볍게 피할 수 있는 공격이 아니었다. 낙일방은 몸을 반회전하여 다시 주먹을 피했으나, 이번에는 전흠의 팔이 반으로 접히며 팔꿈치가 날아들었다.

이제는 정말로 무시할 수 없는 날카로운 공격이 시작된 것이다.

어쩔 수 없이 낙일방 또한 보법을 밟으며 몸을 뺄 수밖에 없었다.

그때부터 두 사람 사이에 본격적인 격투가 시작되었다.

주로 공격하는 사람은 전흠이었고, 낙일방은 능숙한 보법으로 몸을 피하거나 부득이한 경우에만 손을 사용하여 수비에 임하고 있었다. 전흠의 공세는 갈수록 빠르고 매서워졌으나, 낙일방의 대응은 완벽해서 조금도 위급한 상황에 빠지지 않았다.

전흠의 눈초리가 치켜 올라가며 눈동자에 차가운 기운이 감돌았다.

그 눈빛을 본 낙일방은 가슴이 덜컥 내려앉고 말았다. 붉게 충혈된 채 살광이 어른거리는 그 눈빛은 도저히 동문의 사형제끼리 대련할 때 보일 수 있는 것이 아니었던 것이다.

갑자기 전흠은 움직임을 멈추었다.

"전 사형……."

낙일방이 무언가 불길한 생각에 조심스럽게 그를 부를 때였다.

차앙!

가슴을 섬뜩하게 하는 날카로운 검명과 함께 전흠의 손에 시퍼런 빛을 뿌리는 검이 쥐어졌다. 전흠이 어느 틈에 허리춤에 매달려 있던 장검을 뽑아 들었던 것이다.

"맨손으로는 도저히 상대가 안 되는군. 이제 제대로 한번 해보자."

"전 사형, 굳이 이렇게 할 필요는……."

"아니, 나는 오늘 네놈과 결판을 내야겠다."

전흠의 음성에 담긴 결연함과 단호함에 낙일방의 얼굴이 딱딱하게 굳어졌다.

"꼭 이렇게까지 해야겠습니까?"

"그래. 네 주먹이 정말 용선생의 피를 토하게 할 만큼 무서운 것인지 내 두 눈으로 직접 확인해 봐야겠다!"

전흠의 검이 날카로운 광망을 뿌리며 낙일방의 가슴을 향해 움직였다.

그 검초를 본 낙일방의 두 눈에 횃불 같은 광망이 이글거렸다. 전흠의 초식이 성라검법 중에서도 살초인 잔성희소임을 알아본 것이다. 전흠이 생사를 결(決)할 상대에게만 사용하는 살인적인 검초를 대뜸 자신을 향해 펼친 것을 본 낙일방은 더 이상 참거나 망설이지 않았다.

그의 주먹이 굳게 쥐어지더니 벼락같은 기세로 전흠을 향해 쏘아져 갔다. 일단 제대로 싸워 보기로 결심하자 낙일방의 주먹은 조금 전과는 비교도 할 수 없을 정도로 빠르고 강력한 움직임을 보였다.

파팡!

자신이 펼친 검초가 채 절반도 뻗어 나가지 못하고 막강한 권풍에 의해 사그라지자 전흠의 입에서 거친 웃음소리가 흘러나왔다.

"흐흐. 그래, 이래야 싸울 맛이 나지."

전흠은 조금도 망설이지 않고 오히려 앞으로 성큼 다가서며 질풍 같은 속도로 검을 휘두르기 시작했다. 성라검법의 절초들이 폭포수처럼 낙일방의 전신을 향해 퍼부어졌다. 그 살벌하도록 빠른 변화와 날카로운 기세는 동문의 사형제가 아니라 피를 봐야 할 적수를 상대하는 것처럼 흉험하기 이를 데 없었다.

낙일방 또한 그에 맞서 낙뢰신권의 투로를 밟아 나갔다.

삽시간에 작은 정원은 두 사람이 뿜어내는 검기와 권풍의 여파에 휩쓸려 황폐해졌다.

잠시 누구도 우세를 점하지 못하는 팽팽한 백중세가 계속되는가 싶더니 돌연 전흠의 검초가 한층 더 기묘하고 예리하게 변하기 시작했다.

전흠이 성라검법에 남해삼십육검의 초식들을 섞어 사용했기 때문인데, 그것은 지금 전흠이 자신의 전력을 다하고 있다는 방증이나 마찬가지였다. 그래서인지 뇌전을 방불케 하는 강력한 권법을 펼치던 낙일방이 조금씩 수세에 몰리기 시작했다.

쾅!

두 사람의 검기와 권풍이 정면으로 충돌하며 세찬 경기가 사방을 휩쓸고 지나갔다. 전흠은 뒤로 한 걸음 물러선 반면 낙일방은 세 걸음이나 물러서고 있었다.

낙일방은 무거운 시선으로 자신의 가슴을 내려다보았다. 오른쪽 가슴 부위의 옷자락이 잘려 살짝 드러난 맨살에 붉은 핏물이 보이고 있었다.

지금까지 낙일방은 차마 전흠을 향해 전력을 다할 수 없어 단지 오성(五成)의 공력만을 사용한 상태였다. 그런데 아무리 봐도 전흠은 전신의 공력을 거의 모두 끌어올렸던 것이 분명해 보였다.

서로 실력 차이가 크지 않은 수준의 두 무인들 간의 싸움에서 한쪽이 전력을 다하고 다른 한쪽이 절반의 힘만을 쏟는다면 그 결과는 너무도 자명한 일이 될 것이다. 뿐만 아니라 그것은 자칫 치명적인 부상을 입거나 심하면 목숨을 잃을 위험천만한 상황을 초래하게 될 수도 있었다.

이렇게 되면 이것은 더 이상 사형제간의 대련이나 단순한 비무라고 할 수 없었다.

낙일방은 순간적으로 분기가 치밀어 올랐으나 한 번 더 꾹 눌러 참았다.

"전 사형, 이제 이쯤에서 멈추는 게……."

하나 그의 말이 채 끝나기도 전에 전흠의 검이 다시 날아들었다. 시퍼런 검기가 줄기줄기 흐르는 그 검초는 한눈에 보아도 전흠의 모든 공력이 담긴 무시무시한 공격임을 알 수 있었다.

이번에는 낙일방도 솟구쳐 오르는 분노를 참기 힘들었다. 자연히 두 눈에 신광이 이글거리며 양손에 지금까지와는 다른 막강한 힘이 들어가기 시작했다.

낙일방은 더 이상 아무 말도 하지 않고 두 손을 앞으로 쭈욱 내뻗어 가볍게 흔들었다. 그러자 그를 향해 다가오던 삼엄한 검기의 일단이 허물어지며 얼핏 전흠의 얼굴이 드러났다.

전흠은 차갑게 굳은 얼굴로 미친 듯이 검초를 휘두르고 있었는데, 검을 잡은 손에 시퍼런 핏줄이 가득 돋아 있는 것만 보아도 사력을 다하고 있음을 알 수 있었다. 두 눈을 번뜩이며 피가 나도록 입술을 깨물고 있는 그의 표정은 흡사 필생의 숙적을 만난 듯 비장해 보이기까지 했다.

낙일방은 재차 양손을 휘둘러 전흠의 검초에 본격적으로 맞서 갔다.

지금 그가 펼치는 것은 구반장법 중의 절초였다. 낙뢰신권이나 옥뢰신장만으로는 전흠의 공세를 완벽하게 막기 어렵다는 판단이 들었던 것이다. 그만큼 지금 전흠의 공세는 날카롭고 매서운 위력이 담겨 있었다.

전흠의 검에는 성라검법뿐 아니라 천하삼십육검과 유운검법, 심지어는 해남파의 남해삼십육검의 변화까지 뒤섞여 있어 그야말로 그가 펼칠 수 있는 최고의 경지를 보여 주고 있었다.

그에 비해 낙일방은 구반장법의 초식들을 생각나는 대로 즉흥적으로 사용하고 있는데, 그럼에도 불구하고 전흠의 검세 속을 너무도 여유롭게 뚫고 들어가고 있었다.

전흠도 그것을 알았는지 표정이 참혹하게 일그러졌다. 낙일방의 무공이 예전과는 또 다른 경지에 접어들었음을 깨달은 것이다.

전흠은 사실 그동안 낙일방에 대해 미묘한 경쟁심과 열등감을 느끼고 있었다.

자신보다 어린 나이임에도 불구하고 자신보다 먼저 임독양맥을 타통하였을 뿐 아니라 무공의 진경 또한 하루가 다르게 발전하여 옆에서 쳐다보는 것만으로도 눈이 부실 지경이었다. 종남산에서 처음 보았을 때는 충분히 상대할 만하다고 느꼈었는데, 어느 순간 자신을 훌쩍 앞지르더니 이제는 따라가기도 벅찰 정도가 되어 버렸다.

이번 형산파와의 비무에서 낙일방이 보여 준 실력은 가히 놀라운 것이었다.

약관을 갓 지난 나이로 강호 무림의 전설적인 존재인 용선생과 맞서 비등한 경지에까지 이르렀으니 눈으로 보고도 믿을 수 없을 정도였다. 당시 그 광경을 보고 있던 전흠의 손에는 식은땀이 가득 고였고, 가슴은 미친 듯이 요동을 쳤다. 낙일방이 싸우는 내내 전흠은 마치 자신이 용선생과 맞서 싸우는 것처럼 긴장과 흥분으로 몸을 떨었다.

낙일방의 분패로 비무가 종결된 후에도 전흠은 쉽게 마음의 안정을 찾을 수가 없었다. 자신도 낙일방처럼 세상을 놀라게 할 경천동지의 싸움을 하고 싶었다. 그리고 승리를 쟁취하고 싶었다.

하나 그는 낙일방이 아니었다. 낙일방처럼 싸울 수도 없었고, 그러한 경지에 오르지도 못했다.

그가 그것을 뼈저리게 통감한 것은 형산파에서 네 번째 비무자로 올라온 자를 본 직후였다.

그자가 형산파의 오결검객 중에서도 사납기로 유명한 절영검 비성흔이라는 것은 중요한 것이 아니었다. 기산취악 당시 종남파의 장문인이었던 천치검 하원지를 격파한 인물이라는 것도 떠오르지 않았다.

다만 그자가 바로 며칠 전에 자신으로 하여금 경악과 공포를 느끼게 했던 무시무시한 검기의 주인이라는 점만이 머릿속을 온통 채웠을 뿐이었다.

낙일방의 싸움을 보면서 느꼈던 흥분과 설렘, 기대가 순식간에 허물어지고 말로 표현하기 어려운 무거운 중압감과 폐부를 찌르는 듯한 고통, 그리고 암담한 절망감이 가슴을 가득 메웠다. 스스로의 입으로 상대를 이길 자신이 없다며 출전을 포기해야만 했던 그 순간은 너무도 치욕스럽고 괴로워서 미쳐 버릴 것만 같았다.

그때 자신을 바라보던 주변 사람들의 얼굴을 차마 볼 수 없었고, 비참하게 일그러진 자신의 모습을 다른 누구에게도 보이기 싫었다. 멀리 종남산에서 승전보를 기다리고 있을 할아버지의 얼굴은 감히 떠올릴 수조차 없었다.

그날의 비무는 결국 종남파의 승리로 귀결되었지만, 전흠에게 남은 것은 뼈저린 후회와 죽음처럼 깊은 자괴감뿐이었다.

그날 이후 전흠이라는 인간은 껍데기만 남아 있을 뿐, 영혼은 죽은 것이나 마찬가지였다.

적어도 전흠은 그렇게 생각했다. 무인(武人)으로서의 나는 이미 죽은 것이나 다름없다고.

지난 며칠간 전흠은 말 그대로 죽은 듯이 지냈다. 누구와도 말을 섞지 않았고, 아무런 생각도 하지 않았으며, 아무 일도 하지 않았다.

종남파로 돌아갈 날이 다가오자 전흠의 마음속에는 한 가지 결심이 떠올랐다.

'종남파로는 돌아가지 않는다. 이대로 강호를 떠날 것이다!'

도저히 종남파로 가서 할아버지를 뵐 면목이 서지 않았다. 아니, 아예 할아버지에 대한 생각을 억지로라도 하지 않으려 했다.

그런 복잡한 심정을 억누르지 못하고 밤마다 숙소 주변을 서성이다 공교롭게도 새벽 연무를 하고 있는 낙일방을 보게 되었으니, 이 무슨 운명의 장난인지 처음에는 전흠으로서도 자신의 눈을 의심할 정도였다.

능숙한 동작으로 무공을 수련하고 있는 낙일방을 보는 순간, 전흠의 가슴속에는 말로 형용하기 어려운 복잡하고 어지러운 감정들이 휘몰아쳤다. 그것은 질시일 수도 있고, 분노일 수도 있으며, 억울함과 서운함, 자괴감과 상실감일 수도 있다. 아니면 그 모든 것이 한데 뒤섞인, 자신도 모르는 또 다른 감정일 수도 있었다.

전흠은 홀린 듯이 낙일방에게 다가갔고, 그를 향해 주먹을 휘둘렀다. 하나 갈증은 사라지지 않았고, 고통은 더욱 깊어졌다.

문득 정신을 차린 그의 손에는 날이 시퍼렇게 서 있는 검이 쥐어져 있었다. 검을 쥐고 낙일방의 앞에 선 다음에야 비로소 전흠은 자신이 이 순간을 너무도 간절히 기다려 왔음을 깨달았다.

낙일방을 향해 검초를 펼치면서 전흠은 자신이 얼마나 검을 휘두르고 싶었는지 뼈저리게 느꼈다. 미친 듯이 검을 휘두를수록 그토록 자신의 마음을 무겁게 짓누르던 고통과 비참함이 퇴색되는 것 같았다.

하나 전력을 다했음에도 낙일방의 몸에 제대로 된 칼자국 하나

낼 수 없었다. 전흠은 자신이 알고 있는 모든 검초들을 펼쳤고, 그러면서 그의 검은 자신도 모르게 좀 더 빠르고 날카로워졌다.

자신을 억압하는 이 미칠 듯한 고통이 가시기를 바라면서 검을 휘두르던 전흠은 낙일방의 양손이 각기 다른 방향으로 회전하는 것을 보았다. 무의식적으로 그 양손의 사이로 검을 찔러 넣던 전흠은 자신의 검에서 흘러나오는 검기가 유달리 투명해진 것을 깨달았다.

그 순간 낙일방의 양손이 순간적으로 멈추며 그의 상반신이 훤하게 노출되었다. 전흠의 검은 그 사이를 놓치지 않고 낙일방의 목덜미로 파고들었다. 전흠이 문득 정신을 차린 것은 바로 그때였다.

자신의 검세에 완전히 노출된 낙일방을 발견하고 검을 멈추려 했으나 이미 검은 이미 낙일방의 목에 거의 도달해 있었다. 그 순간 낙일방의 양손이 기이하게 흔들리더니 막 그의 목을 찌르려던 전흠의 검이 그대로 소맷자락에 휘말려 버렸다.

팟!

전흠은 검을 찌르던 동작 그대로 몸을 멈추었다. 그의 손에 들려 있던 검은 어느새 낙일방의 소맷자락에 휘감겨 삼 장 밖으로 날아가 있었다.

전흠은 자신이 하마터면 낙일방에게 치명상을 입힐 뻔했다는 걸 알고 안색이 창백하게 굳어졌다.

의외로 낙일방은 전혀 놀라거나 당황하는 모습이 아니었다. 그저 담담한 눈으로 전흠을 응시하고 있을 뿐이었다.

"이제 마음이 좀 풀리셨습니까?"

낙일방의 조용한 음성을 듣는 순간, 전흠의 눈자위가 실룩거렸다.

"나, 나는……."

낙일방은 말없이 전흠의 얼굴을 가만히 바라보고 있었다.

전흠의 얼굴이 일그러지며 그의 입에서 알아듣기 어려운 음성이 흘러나왔다. 흐느낌 같기도 하고, 넋두리 같기도 한 음성이었다.

"나는 정말 싸우고 싶었다. 정말 미치도록 싸우고 싶었다……."

끊임없이 중얼거리던 전흠이 고개를 떨구었다.

낙일방은 묵묵히 그런 그의 어깨를 가만히 두드려 주었다.

이해한다는 말 따위는 하지 않았다. 위로의 말도 필요 없었다.

그저 자신의 어깨에 기댄 채 소리 없이 흐느끼는 전흠의 등을 가만히 쓰다듬고 있을 뿐이었다.

그들의 주변에는 어느새 종남파의 모든 고수들이 나와 있었다. 멀지 않은 곳에서 들려온 싸움 소리에 놀라 달려 나와서 그들의 격투를 지켜보았던 종남파의 문인들은 두 사람을 놔둔 채 조용히 몸을 돌렸다.

어느덧 멀리서부터 다가오는 여명이 주위를 훤하게 밝히고 있었다. 그 여명의 햇살은 언제까지고 두 사람의 몸을 소리 없이 비추고 있었다.

제 337 장

고택풍운(故宅風雲)

제 337 장 고택풍운(故宅風雲)

정오의 따가운 햇살 때분인지 마적풍(馬積豊)의 얼굴은 흐르는 땀으로 흠뻑 젖어 있었다.

"휴우! 덥다, 더워."

마적풍은 소맷자락으로 이마를 닦으며 주루 안으로 들어섰다.

이곳 맹가루(孟家樓)는 무당산의 끝자락에서 하남성으로 넘어가는 길목에 있는 마을로, 규모는 그리 크지 않았으나 지리적인 이점 때문이지 객잔이나 주루의 수가 적지 않았다.

지금 마적풍이 들어서고 있는 구화반점(九華飯店)만 해도 맹가루에서 열 손가락 안에도 들지 못하는 평범한 음식점임에도 불구하고 실내가 제법 넓었고, 손님도 많았다. 점심때라 그런지 반점 안은 이미 사람들로 가득 찼고, 그래서 후덥지근한 열기가 후끈 느껴졌다.

“제기랄. 가뜩이나 더워 죽겠는데, 여긴 아예 찜통이군.”

마적풍은 투덜거리며 주위를 둘러보다가 이내 한쪽으로 걸음을 옮겼다. 다른 곳은 모두 탁자마다 사람들이 가득했는데, 그곳은 제법 넓은 원탁에 단지 두 사람만이 동그마니 앉아 있었던 것이다.

구화반점은 워낙 손님들이 많은 음식점이어서 식사 시간에는 합석이 당연시되는 곳이었다. 굳이 점소이가 안내를 하지 않아도 빈자리가 보이면 생면부지의 인물이 앉아 있더라도 스스럼없이 합석하는 것이 일종의 관례임을 생각해 본다면, 예닐곱 명이 족히 앉을 수 있는 자리에 두 사람만이 있는 것은 특이한 일이 아닐 수 없었다.

그곳으로 다가가던 마적풍은 이내 그 탁자에만 사람들이 몰려들지 않은 이유를 알아차렸다. 앉아 있는 두 사람의 행색이 범상치 않아 보였던 것이다.

한 사람은 짙은 흑의를 입은 청년이었는데, 키는 그리 크지 않았으나 체구가 단단해 보였다. 게다가 아무렇게나 대충 하나로 묶어 뒤로 넘긴 머리 때문에 훤히 드러난 이마 아래에 번뜩이는 눈빛이 얼마나 매서운지 거칠고 사나운 느낌이 물씬 풍겨 나오고 있었다.

흑의 청년 앞에 앉아 있는 사람은 그와는 반대로 큰 키에 차분한 눈빛을 지닌 백의 청년이었다. 나이는 이십 대 중반쯤으로 보였는데, 평범한 외모임에도 이상하게 함부로 말을 걸기 어려운 위압감 같은 것이 느껴졌다.

마적풍은 흥미로운 눈으로 두 사람을 바라보다가 주저 없이 그들 옆의 빈자리에 가서 앉았다.

"실례하겠소."

그가 간략하게 고개를 까닥거리자 흑의 청년이 힐끔 돌아보았다. 그 눈초리가 어찌나 차갑고 살벌하던지 마적풍은 절로 찔끔하여 자신도 모르게 변명처럼 주절거렸다.

"빈자리가 이곳밖에 없어서 말이오."

흑의 청년은 주위를 한 차례 쓱 둘러보더니 그의 말이 사실임을 확인했는지 이내 다시 시선을 거두어들였다.

하나 그 뒤로 마적풍은 괜히 바늘방석에라도 앉은 사람처럼 마음이 불편해서 연신 몸을 뒤척이고 있었다.

'제길. 나이도 어린놈이 눈빛 하나는 고약하군.'

그는 재빨리 지나가는 점원에게 주문을 하고는 음식이 한시라도 빨리 나오기만을 기다렸다.

그러다 문득 시선이 흑의 청년의 앞에 앉아 있는 백의 청년에게로 향했다. 백의 청년은 단정한 자세로 음식을 먹고 있었는데, 젓가락질 하나하나에도 범상치 않은 절제와 품위가 느껴졌다.

마적풍은 한동안 멍하니 백의 청년이 식사하는 장면을 바라보고 있었다. 백의 청년이 그 시선을 느꼈는지 힐끗 그를 돌아보았다.

시선이 마주치자 마적풍은 멋쩍은 웃음을 흘리며 살짝 눈인사를 했다.

"안녕하시오."

백의 청년은 담담한 눈으로 마적풍을 응시하다가 가볍게 고개를 끄덕였다. 어찌 보면 무례하거나 거만하게 느껴질 수도 있는데, 이상하게도 백의 청년에게는 그러한 모습이 너무도 잘 어울려 보였다.

마적풍은 다시 싱겁게 히죽 웃었다.

"이렇게 한자리에 앉게 된 것도 인연인데, 인사나 나누는 게 어떻겠소? 나는 마(馬)가라 하오."

백의 청년은 짤막하게 대꾸했다.

"진가요."

마적풍의 시선이 다시 흑의 청년에게 향했으나, 흑의 청년은 무엇이 그리도 불만인지 인상을 찡그리고 있다가 백의 청년의 눈짓을 받고서야 겨우 한마디를 내뱉었다.

"전가."

마적풍의 나이는 삼십 대 중반이어서 자신보다 한참 어린 청년의 그런 모습에 기분이 상할 법도 한데, 그런 표정은 전혀 짓지 않고 오히려 입가에 훈훈한 미소를 매달았다.

"두 분의 외모를 보니 하나같이 범상치 않아 보이는데, 두 분 모두 이곳 사람은 아닌 것 같구려."

흑의 청년은 여전히 입을 굳게 다물고 있는 반면에 백의 청년은 가볍게 그의 말에 응대를 해 주었다.

"잠시 지나가는 길이었소."

"그럼 맹가루는 처음이란 말이오?"

"그렇소. 귀하는?"

"나도 토박이는 아니오. 하남성 일대를 정처 없이 떠돌아다니는 신세이긴 하지만, 그래도 이 일대의 지리는 눈을 감고도 훤히 알 수 있을 정도로 자주 들락거리고 있소."

마적풍이 다시 무어라고 입을 열려 했을 때 마침 그가 주문한 음식이 나왔다. 간단한 국수와 어른 주먹만 한 만두 몇 개였다.

마적풍은 입맛을 다시며 젓가락을 집어 들었다.

"이 구화반점의 국수와 만두는 이 일대 최고의 진미라고 할 수 있소."

마적풍은 열심히 국수를 먹기 시작했다. 그가 어찌나 맛있게 먹는지 뚱한 얼굴로 한쪽에 앉아 있던 흑의 청년이 고개를 돌려 힐끔거릴 정도였다.

"후루룩! 캬, 역시 여기는 국물이 제대로라니까."

마적풍은 순식간에 국수를 다 해치우고 이번에는 만두를 집어 들었다. 그가 만두를 크게 베어 물자 만두 특유의 향기가 주위에 솔솔 퍼져 나갔다.

쩝쩝 하고 입맛을 다시며 만두를 먹는 그의 모습을 물끄러미 보고 있던 백의 청년은 들고 있던 젓가락을 내려놓았다. 그 광경을 본 마적풍의 눈이 번쩍 빛났다.

"왜 더 드시지 않고……."

입이 터져라 만두를 넣고 우물거리면서도 용케도 파편을 튀기지 않고 말하는 그의 시선은 백의 청년의 앞에 놓인 요리에 고정되어 있었다. 그러고 보니 백의 청년과 흑의 청년의 앞에는 대여섯 가지의 요리들이 펼쳐져 있었는데, 아직 절반 가까운 음식들이 고스란히 남아 있었다.

"다 먹었소."

백의 청년의 말에 마적풍의 시선이 흑의 청년에게로 향했다.

흑의 청년은 휑하니 고개를 돌렸는데, 아무리 보아도 더 이상은 젓가락을 들고 음식을 먹을 것 같지 않았다.

마적풍은 입 안 가득 씹고 있는 만두를 꿀꺽 삼키며 조심스럽게 그를 힐끔거렸다.

"모두 드신 것이라면 남은 음식들은……."

백의 청년은 무심한 음성으로 말했다.

"우리는 모두 먹었으니 상관없소."

"고맙소."

마적풍은 반색을 하며 남은 요리들을 자신의 앞으로 재빨리 옮겨 놓았다. 그러고는 어느 것부터 먹을까 하는 표정으로 입맛을 다시며 둘러보더니 이내 벼락같은 솜씨로 젓가락을 놀리기 시작했다.

잠시 장내에는 그의 음식 먹는 소리만이 요란하게 들리고 있을 뿐이었다. 주변의 다른 탁자에 있던 사람들이 돌아볼 정도로 정신없이 요리를 먹는 마적풍의 얼굴에는 행복한 미소가 가득 떠올라 있었다.

순식간에 빈 접시가 수북하게 쌓이고, 마적풍은 부풀어 오른 배를 두드리며 만족한 표정을 지어 보였다.

"끄윽! 정말 모처럼 잘 먹었네. 이게 대체 얼마만의 포식이냐?"

마적풍은 이내 백의 청년과 시선이 마주치자 약간은 계면쩍은 표정을 지어 보였다.

"덕분에 모처럼 사람다운 식사를 한 것 같소. 요새 통 벌이가 시원치 않아서 주머니가 너무 가벼웠던 참이라……. 하하!"

마적풍이 어색한 웃음을 흘렸으나 백의 청년은 별다른 대꾸를 하지 않았다.

그와 흑의 청년이 금시라도 자리에서 일어날 듯하자, 마적풍은 은근한 음성으로 물었다.

"맹가루 일대에는 제법 볼만한 풍광들이 많이 있는데, 혹시 길 안내가 필요치 않으시오?"

백의 청년이 아무 대답 없이 자신을 가만히 쳐다보고 있자 마적풍은 눈을 반짝이며 열띤 음성으로 말했다.

"두 분은 이곳에 처음 와서 잘 모르시는 모양인데, 사실 맹가루는 그냥 지나쳐 가기에는 아쉬운 곳이라서 말이오. 특히 서쪽 강변의 일몰(日沒)은 그야말로 최고의 절경이라고 할 수 있소. 그곳을 보지 못하고 간다면 하남성 최고의 경치 중 하나를 놓치게 되는 거요."

"……."

"맹가루 강변에서 떨어지는 석양을 보며 마시는 옥골향(玉骨香)과 세 가지 고기로 버무린 냉채 요리는 그야말로 별미 중의 별미라오. 아마 중원의 어디를 가도 그 정도의 맛과 멋을 즐길 수 있는 곳은 찾기 힘들 거요. 이건 평생을 두 발이 닳도록 천하를 떠돌아다닌 이 마 모가 자신 있게 장담할 수 있소."

마적풍은 모처럼 가슴을 두드리며 큰소리를 쳤으나, 백의 청년은 표정의 변화가 없는 얼굴로 천천히 자리에서 일어났다.

마적풍이 실망스런 표정으로 그를 바라보고 있을 때, 몸을 일으킨 백의 청년이 불쑥 입을 열었다.

"길 안내를 하지 않을 셈이오?"

그 말에 귀가 번쩍 뜨였는지 마적풍은 황급히 자리에서 일어났다.

"그…… 그렇지. 내가 오늘 두 분 공자께 최고의 절경을 보여 드리겠소."

마적풍은 희희낙락하는 표정으로 황급히 계산을 마친 후 그들의 뒤를 따라 구화반점을 벗어났다.

한낮의 햇살은 상당히 따가웠으나 마적풍은 무엇이 그리도 흥이 나는지 가벼운 휘파람을 불며 덩실덩실 춤을 추듯 걸음을 옮겼다.

"우선 북쪽의 팽가고택(彭家故宅)에 갔다가 서쪽으로 이동하면서 예서원과 관제묘에 들르면 대충 해가 떨어지기 시작할 거요. 그때 즈음이면 강변의 노을을 보기 적당한 시간이 될 거요."

마적풍이 신나게 입을 나불거렸으나 백의 청년은 그저 짤막하게 고개를 끄덕일 뿐이었다. 그에 비해 흑의 청년은 입을 굳게 다문 채 차가운 눈빛을 뿌리고 있었는데, 그 모습이 한 마리 맹수처럼 사나워 보여서 마적풍은 일부러라도 그에게는 시선을 주지 않으려 했다.

북쪽으로 뚫린 대로를 지나자 인가가 급격히 줄어들며 다소 황량한 벌판이 나타났다.

마적풍은 그 벌판의 한쪽을 손으로 가리켰다.

"저기 보이는 죽림(竹林)을 돌아가면 오래된 고택이 나오는데, 그게 바로 팽가고택이오. 알려지기로는 아주 오래전에 그 유명한 하북팽가의 고수 한 사람이 분가해서 살았다고 하는데, 지금은 그 후손들이 다시 하북성으로 돌아가고 빈 저택만 남아 있소. 하지만 보존이 잘되어 있고, 팽가의 기상을 알 수 있을 정도로 웅장하고 위풍이 있는 건물이어서 지금도 유람객들이 찾곤 하는 곳이오."

열심히 팽가고택에 대해 설명을 한 마적풍이 그쪽 방향을 향해 막 걸음을 옮기려 할 때였다.

백의 청년이 문득 걸음을 멈추고 그를 돌아보았다.

그러고는 조용한 음성으로 묻는 것이었다.

"저곳에 적금쌍마(赤金雙魔)가 있소?"

마적풍의 시선이 그에게로 향했다.

"그게 무슨 말이오? 다시 말씀해 주시겠소?"

"서장 십육사 중에서도 사람을 잘 쳐 죽이기로 유명한 적금쌍마가 있는 곳이 바로 저기냐고 물었소."

마적풍의 두 눈에 기광이 번뜩거렸다.

"어떻게 아셨소?"

백의 청년의 얼굴은 처음과 변함없이 담담함을 유지하고 있었다.

"산수재가 이곳으로 사람을 보낸다고 했는데, 이곳에서 우리를 찾아온 사람은 당신뿐이었소. 그런 당신이 굳이 한적한 벌판 한쪽의 인적이 끊긴 고택으로 우리를 안내하기에 짐작했던 거요."

마적풍은 그 말에 무심코 고개를 끄덕이다가 무언가를 느낀 듯 가벼운 탄성을 토해 냈다.

"과연 대단한 통찰력이시오. 아, 그럼 아까 음식점에서 일부러 기운을 뿌려 일반인의 접근을 막았던 것은 혹시……."

"산수재가 보낸 사람이라면 그 정도 기운쯤은 능히 뚫고 다가오리라 생각했던 거요."

"어쩐지. 그래서 유독 그곳에만 빈자리가 남아 있었던 것이었구려."

마적풍은 입맛을 다시더니 이내 정색을 하고 정중하게 포권을 했다.

"정식으로 인사드리겠소. 나는 마적풍이라 하오."

"이제 보니 이십팔숙 중에서도 재주가 많기로 유명한 신호(神狐) 마 대협이셨구려. 반갑소. 종남의 진산월이오."

마적풍은 이를 드러내며 살짝 웃었다.

"강호를 위진시키고 있는 신검무적 앞에 서기에는 너무도 초라한 몸이지만, 당분간 진 장문인을 모시게 되었소. 모자란 점이 있더라도 넓은 마음으로 이해해 주시면 고맙겠소."

"별말씀을. 나야말로 마 대협의 신기묘산과 기묘한 솜씨에 대한 이야기를 많이 들었소. 이번에 단단히 신세를 지게 되었으니 미리 감사의 말씀을 드리겠소."

이어 진산월은 한쪽에 멀뚱하게 서 있는 흑의 청년을 가리켰다.

"이쪽은 내 사제인 전흠이라 하오. 전 사제, 마 대협께 인사드리게."

흑의 청년, 전흠은 짤막하게 인사를 했다.

"종남의 전흠이오."

약간은 무뚝뚝한 그 모습에도 마적풍은 전혀 거리낌 없이 환한 웃음을 보냈다.

"폭뢰검객의 명성은 익히 들어서 알고 있소. 모쪼록 그 무시무시한 검이 나를 향하는 일이 없었으면 좋겠구려. 하하."

시종일관 자신을 낮추며 겸손을 떨었지만, 마적풍은 사실 그리 만만한 인물이 아니었다.

그는 성숙해를 지탱하고 있는 이십팔숙 중에서도 다섯 손가락 안에 꼽힐 정도로 뛰어난 고수였으며, 특히 지모가 탁월하고 다양한 방면에 걸쳐 비상한 재주를 지니고 있어서 무척이나 상대하기 까다로운 인물로 알려져 있었다.

무당파를 떠나기 전 이정문은 선반의 일차 집결지인 낙양으로 가는 길목에 있는 흑갈방의 전초 세력 몇 군데를 제거할 것을 제의했으며, 진산월이 이를 승낙하자 하남성의 초입인 맹가루에 사람을 보내 여정을 돕겠다고 했다.

이정문이 뚜렷하게 누구를 어디로 보내겠다고 말하지는 않았으나 진산월은 그 점에 대해서는 별로 걱정하지 않았다. 그리고 그의 예측대로 맹가루의 한 주루에서 자신을 향해 접근하는 사람을 어렵지 않게 만날 수 있었던 것이다.

다만 이정문이 보낸 사람이 마적풍이라는 것은 진산월로서도 다소 뜻밖으로 생각하고 있었다. 마적풍은 신호라는 별호 그대로 정말 재주가 많고 두뇌가 비상한 인물이어서 단순히 길 안내나 하기에는 지나친 인선(人選)이었던 것이다.

이정문이 제일 먼저 지목한 목표가 바로 적금쌍마였다.

적금쌍마는 한때 신강성 일대를 공포에 떨게 했던 무시무시한 흉인(兇人)들로, 서장의 마인들인 십육사 중에서도 잔인하기로 손에 꼽히는 인물들이었다. 결국 그들의 악행을 보다 못한 십육사의 최고수인 서천노사가 나서서 그들을 아미금산(阿彌金山) 이북으로는 활동할 수 없게 쫓아내 버렸다.

아미금산과 청해성 일대에서 쥐 죽은 듯 보내던 적금쌍마의 모습이 불현듯 중원의 하남성에 목격된 것은 불과 한 달 전의 일로, 그 소식을 접한 이정문으로서는 크게 놀랄 수밖에 없었다. 그들이 중원에서 무슨 패악을 저지를지 상상하는 것만으로도 머리끝이 쭈뼛했던 것이다.

그들이 하필이면 하남성과 호북성의 경계인 맹가루에 머물러 있고, 하필이면 당대 최고의 검객인 신검무적이 무당산을 떠나 하남성으로 향하는 길이었다는 것은 이정문에게는 정말 다행스런 일이 아닐 수 없었다.

물론 그들에게는 더할 수 없이 불행한 일이 될 것이다. 반드시 그렇게 되도록 만들 것이다.

자신의 최측근인 이십팔숙 중에서도 가장 아끼는 마적풍을 진산월에게 보낸 것은 적금쌍마에 대한 이정문의 그런 의중을 여실히 드러내는 한 단면이라고 할 수 있었다.

적금쌍마는 무슨 일이 있어도 이번 기회에 처단해야 한다. 그들이 중원에서 어떠한 해악이라도 저지르는 것을 원천적으로 차단해야 한다.

그것이 이정문의 단호한 결심이었다.

마적풍은 적금쌍마의 현재 상황에 대해 자신이 아는 바를 소상하게 밝혔다.

"적금쌍마가 이 인적도 드물고 아무도 살지 않는 팽가고택에 머무르는 것을 알게 된 건 이십 일 전쯤의 일이오. 예전에는 간혹 팽가고택을 찾는 유람객들이 있었는데, 언제부터인지 팽가고택을 찾는 사람들의 발길이 완전히 끊어지고 말았소. 처음에는 아무도 그 사실을 이상하게 생각하지 않았었는데, 우연한 기회에 팽가고택에 간 유람객들의 모습이 그 뒤로 보이지 않는다는 것을 알게 되었소."

진산월은 묵묵히 마적풍의 말을 듣고 있었다.

"그 때문에 암암리에 팽가고택에 대한 흉흉한 소문이 돌았고, 자연히 유람객들이 그쪽으로는 가지 않게 되었던 거요. 그 소문을 접한 누군가가 호기심에서 은밀히 팽가고택을 찾아가지 않았다면 적금쌍마의 흔적을 발견하지 못했을 거요. 그 사람은 텅텅 비어 있을 줄 알았던 팽가고택에 몇 명이 몰래 숨어 지내는 것을 발견했고, 그들 중 적금쌍마가 있음을 알았던 거요."

"그 사람은 용케도 신강에서만 활약하던 적금쌍마의 모습을 단숨에 알아보았구려."

진산월의 지적에 마적풍은 히죽 웃었다.

"진 장문인의 심기는 너무 날카로워서 아무것도 숨기지 못하겠구려. 그 사람이 바로 나요. 운 좋게도 예전에 서장 십이기와 십육사에 속한 모든 고수들의 용모파기를 본 적이 있었소. 다행히 내 기억력이 그다지 나쁜 편은 아니라서 그 희대의 살인귀들을 한눈에 알아볼 수 있었던 거요."

"마 대협이 재주가 많은 사람이라는 건 알고 있소. 팽가고택에 적금쌍마 말고 다른 자들도 있소?"

"그들의 수발을 들어 주는 수하들 몇이 있긴 하지만, 크게 신경 쓸 자들은 아닌 듯 하오. 적금쌍마는 팽가고택의 지하에 있는 연무장에 머물러 있는데, 좀처럼 밖으로 나오는 법이 없어서 나도 운이 좋지 않았다면 그들을 발견하지 못했을 거요."

"적금쌍마가 그곳에 있는 이유를 알고 있소?"

"정확히는 모르오. 다만 이곳의 지리적인 위치로 보아 집회가 끝난 후 무림맹의 움직임이 어떠한지를 파악하려는 게 아닌가 싶소. 적금쌍마의 지난 행적으로 볼 때 단순히 조사나 하려고 온 것은 아닐 테고, 강남에서 강북으로 이동하는 무림인들을 암살하거나 배후에서 혈겁을 조장하여 혼란을 일으키는 게 주목적이 아닐까 추측하고 있소."

마적풍은 강호에 퍼진 소문대로 확실히 식견이 탁월하고 안목이 예리했다. 진산월은 그와 몇 마디의 말을 더 나누고 나서 그의 지모가 이정문에 못지않다는 것을 재삼 확인할 수 있었다.

진산월은 잠시 생각에 잠겨 있다가 다시 물었다.

"마 대협은 팽가고택을 쭉 지켜보았으니 그간의 사정을 누구보다 잘 알고 있을 거요. 마 대협은 우리가 어떻게 움직이는 것이 가장 좋다고 생각하시오?"

진산월이 마적풍의 의견을 물은 것은 그를 그만큼 높게 평가한다는 의미였다. 그래서인지 마적풍의 눈은 그 어느 때보다 영활하게 반짝이고 있었다.

"진 장문인 같은 분이 내 졸견을 듣고 싶어 할 줄은 몰랐소. 솔직한 내 생각을 말하자면 진 장문인 정도의 실력이라면 이런저런 복잡한 계획을 세우거나 머리를 쓸 것 없이 곧장 팽가고택으로 쳐들어가도 충분하다고 보오. 다만 한 가지, 혹시라도 팽가고택에 암도(暗道)가 있다면 적금쌍마가 그곳으로 몸을 뺄 가능성이 있다는 게 우려스러울 뿐이오."

"그 점에 대한 마 대협의 복안은 어떻소?"

마적풍의 시선이 한쪽에 묵묵히 서 있는 전흠을 향했다.

"전 소협이 조금만 힘을 써 준다면 그런 우려도 말끔히 씻을 수 있을 거요."

"어떻게 말이오?"

마적풍은 자신의 의견을 말하기 시작했다.

해가 조금씩 서쪽으로 기울고 있을 무렵, 오후의 긴 그림자를 밟으며 팽가고택으로 다가오는 두 인물이 있었다. 각기 삼십 대와 이십 대로 보이는 두 사람은 팽가고택의 정문을 앞에 두고 걸음을 멈추었다.

한때 맹가루 일대에서 적지 않은 명성을 떨치던 팽가장은 주인이 모두 떠나고 관리하는 사람이 없어지자 이내 폐가로 변해 버렸다. 그나마 워낙 건물의 토대를 잘 지어서 제법 오랜 세월이 흘러도 팽가고택이라는 이름으로 가끔 유람객들의 발길을 찾는 장소가 될 수 있었다.

최근에는 팽가고택에 사람의 혼을 앗는 흉악한 귀신이 출몰한다는 소문에 아무도 찾는 이가 없었는데, 오늘 두 명의 유람객이 모처럼 팽가고택의 대문을 기웃거리고 있는 것이다.

팽가고택의 정문은 질이 좋은 오동나무로 만들어서 예전에는 제법 위풍당당했을 테지만, 지금은 칠이 거의 벗겨져 불그스름한 잔영만 남아 있는 데다 여기저기에 구멍이 뚫리고 낙서가 나 있어 다소 흉물스러워 보였다.

두 사람 중 조금 더 나이를 먹은 중년인이 먼저 앞으로 나서서 팽가고택의 정문을 열어젖혔다.

삐이꺽!

문고리에 녹이 잔뜩 슬었는지 귀를 따갑게 하는 요란한 소리와 함께 문이 열렸다.

중년인은 이곳의 지리에 제법 익숙한 듯 반쯤 부서지다시피 한 정문을 지나 이내 안으로 성큼성큼 걸어 들어갔다.

"외관은 이래 보여도 안으로 들어가면 제법 볼만한 곳이 많이 있다네. 특히 내원에 있는 대청 일대와 장주의 집무실 아래에 있는 연무장이 볼만하지."

청년은 묵묵히 그의 뒤를 따라 걸음을 옮겼다.

정문을 지나자 제법 넓은 공간이 나타났다. 예전에는 틀림없이 온갖 기화이초들로 뒤덮인 정원이었을 테지만, 지금은 단지 잡초만이 우거진 황량한 공터에 불과했다.

하나 중년인은 아랑곳하지 않고 공터의 이곳저곳을 가리켰다.

"이쪽부터 저쪽까지는 오색 화원을 이루고 있었고, 저기 돌조각이 잔뜩 있는 곳은 여러 가지 석상들과 석등이 세워져 있었다고 하더군. 지금도 잘 찾아보면 당시의 모습을 간직한 조각들을 볼 수 있을 걸세."

중년인은 돌조각이 수북하게 쌓인 곳으로 가서 발로 조각들을 뒤적거리더니 그중 하나를 집어 들었다.

"이걸 보게. 이 우아한 모양을. 이건 아무리 봐도 예전 팽가장이 번성했을 때 그들의 영화를 상징하던 용봉신상(龍鳳神像)의 한 부분 같단 말일세. 이 정교하게 새겨진 음각은 천룡의 비늘이었을 테고……."

조각 하나를 들고 횡설수설하던 중년인은 조각의 한쪽을 손으로 문질렀다.

"이 거무스름한 부분은 아마도 용의 눈알? 아니 그렇다기에는 너무 동떨어져 있고…… 먹물이라도 묻은 건가?"

청년이 그가 들고 있는 조각을 힐끔 보더니 짧은 한마디를 내뱉었다.

"그건 아무리 봐도 핏자국 같구려."

중년인은 고개를 갸웃거렸다.

"그럴 리가? 아마 불에 탄 재가 묻은 모양일세. 피가 말라붙은 자국치고는……."

뭐라고 속으로 중얼거리던 중년인은 이내 관심을 잃었는지 손에 들었던 조각을 아무렇게나 내던지고는 다시 안으로 걸음을 옮겼다.

공터를 지나자 십여 채의 전각이 나오고 그 반대편에 작은 월동문이 나타났다.

중년인은 여기저기 크고 작은 구멍이 뚫린 전각들은 별로 쳐다보지도 않고 월동문을 가리켰다.

"저곳을 지나면 내원이 나오고, 본격적으로 볼만한 광경들이 펼쳐질 걸세. 기대하게."

사람의 키만 한 월동문을 지나자 과연 그의 장담대로 조금 전보다는 나은 광경이 드러났다. 몇 채의 아담한 건물들이 병풍처럼 늘어선 가운데 제법 큰 연못이 있고, 연못 한편에는 정자가 세워져 있었다. 정자 저편으로 다시 죽림이 우거져 있고, 죽림 한가운데 뚫린 소로 사이로 한 채의 멋진 전각이 살짝 모습을 보이고 있었다.

중년인은 주저하지 않고 그 정자를 향해 걸어갔다.

"저 정자에서 바라보는 내원의 풍경이 제법이지. 물론 죽림 사이로 보이는 저 건물에 비할 바는 아닐세. 저 건물이야말로 예전 팽가장의 장주가 머무르던 본원(本院)이며, 크고 화려한 대청과 멋들어진 집무실, 그리고 지하의 연무장까지 고루 갖추어진 최고의 볼거리일세."

쉴 새 없이 주절거리며 정자로 다가가던 중년인은 갑자기 걸음을 멈추었다.

정자 한가운데에 비스듬하게 누워 있는 한 사람을 발견한 것이다.

"어? 선객이 있었네?"

그 말을 들었는지 그 사람은 천천히 자리에서 일어났다.

머리를 산발하고 거친 마의를 입은 야인(野人)을 연상케 하는 사나이였다. 딱 벌어진 어깨에 산발한 머리 사이로 번뜩이는 눈빛이 어찌나 차갑고 무서운지 간담이 약한 사람은 보기만 해도 오금이 저릴 정도였다.

중년인은 마의인의 무시무시한 눈빛에 순간적으로 찔끔하다가 이내 어색한 웃음을 흘렸다.

"눈빛 한번 멋지군. 안녕하시오?"

마의인은 중년인과 청년을 예의 섬뜩한 눈으로 번갈아 바라보더니 다시 자리에 몸을 눕혔다.

중년인이 정자로 가야 할지 말아야 할지 망설이고 있을 때, 그들의 뒤에서 인기척이 들렸다. 뒤를 돌아보니 언제 나타났는지 월동문 앞에 두 명의 인물들이 우뚝 서 있었다. 각기 검과 도를 든 매서운 인상의 중년인들이었다.

중년인은 움찔하여 절로 뒤로 주춤 물러났다. 그러다 문득 정자 쪽으로 고개를 돌리니 정자 뒤편의 소로를 따라 서너 명의 인물들이 걸어오고 있었다. 그들 또한 하나같이 손에 날카로운 병장기들을 소지하고 있었다.

"어어? 이거……."

중년인이 채 무어라고 하기도 전에 소로에서 나온 네 명과 월동문 앞에 서 있는 두 명이 중년인과 청년의 몸을 사방에서 에워싸 버렸다.

중년인은 두 눈을 이리저리 굴리며 자신을 둘러싼 자들을 힐끔거리다가 그중 그나마 인상이 덜 험악해 보이는 백의인을 향해 입을 열었다.

"우리는 그저 이곳을 구경하기 위해 온 사람들인데, 우리에게 무슨 볼일이라도 있소?"

백의인이 손에 든 장검을 검집째 까닥거리며 피식 웃었다.

"한 가지 볼일이 있지."

막상 이를 드러내며 웃자 조금 전까지만 해도 순해 보이던 인상은 어딘가로 사라지고 한 마리 이리처럼 섬뜩하고 살벌한 분위기가 짙게 풍겨 나왔다.

중년인의 목소리가 절로 떨려 나왔다.

"그게…… 뭐요?"

백의인의 목소리는 지옥의 유부(幽府)에서 흘러나오는 것처럼 차갑고 음산했다.

"네 목 위에 올려 있는 물건이 필요하다."

중년인의 안색이 창백해지며 온몸이 확연히 알아볼 수 있을 정도로 부들부들 떨렸다.

"대…… 대체 무슨 이유로 내 목 위의 물건이 필요하단 말이오?"

"돌무덤을 쌓고 있는데 그 안에 파묻을 게 부족하거든. 순순히 내놓는다면 고통은 별로 없을 거다."

중년인은 문득 생각난 듯 손뼉을 탁 쳤다.

"맞아! 조금 전 밖에서 내가 본 돌조각들이 바로 당신이 말하는 돌무덤이 아니오?"

"그렇다."

"그 돌조각에 검은 얼룩이 묻어 있던데 그게 혹시……?"

"그래. 순순히 내놓지 않은 자들의 흔적이었지."

"아이구, 그런 안타까운 일이……."

중년인은 머리까지 절레절레 흔들며 탄식을 했으나, 백의인은 오히려 표정이 야릇하게 굳어졌다. 중년인의 행동거지에서 어딘지 모르게 이상함을 느꼈던 것이다.

백의인은 날카로운 눈으로 중년인을 쏘아보며 왼손에 든 검을 슬쩍 쳐들었다.

"그럼 너는 순순히 내놓겠단 말이지?"

만약 고개를 젓는다면 당장이라도 검을 뽑아 온몸을 난자해 버리겠다는 듯 살벌한 기세가 줄줄이 흘러나왔다.

중년인은 열심히 고개를 끄덕거렸다.

"물론 내놓을 거요. 별로 중요한 것도 아닌데 그런 물건 때문에 피를 볼 수야 없지."

이어 중년인은 머리에 묶고 있는 두건을 주섬주섬 풀기 시작했다.

백의인의 얼굴이 살짝 찡그려졌다.

"지금 무얼 하고 있는 거냐?"

"보면 모르오? 내 목 위에 있는 물건이라고는 이 두건밖에 없지 않소? 아끼는 것이긴 하지만, 그래도 엄연히 군자(君子)임를 자처하는 내가 한낱 신외지물 때문에 다른 사람과 시비를 벌일 수는 없지 않소?"

백의인이 멍하니 보고 있는 사이에 중년인은 두건을 풀어 아쉬운 듯 만져 보더니 이내 그에게로 휙 던졌다.

"쩝. 재질이나 색깔이 마음에 들어 제법 비싼 돈을 주고 산 것인데……. 가져가시오."

두건이 채 절반도 날아오기 전에 무언가 희끗한 것이 어른거리더니 두건이 반으로 갈라져 버렸다. 언제 검집에서 뽑아 들었는지 백의인의 오른손에는 날카로운 빛을 뿌리는 검이 쥐어져 있었다.

중년인은 화들짝 놀라며 새된 음성으로 소리를 질렀다.

"아니, 이게 무슨 짓이오? 기껏 달라고 해 놓고 공연히 시비를 일으키기 싫어 아까운 마음을 무릅쓰고 건네준 물건을 못 쓰게 만들어 버리다니. 당신이 이러고도 사람이오?"

백의인은 살광이 이글거리는 눈으로 그를 쏘아보았다.

"네놈이 감히 나를 희롱해?"

중년인은 오히려 성난 표정으로 버럭 호통을 쳤다.

"희롱은 지금 누가 하는 거냐? 내가 네놈이 두려워서 고분고분 아끼는 두건을 내준 줄 아느냐? 자고로 군자란 소인과 다투지 않는 법인지라 큰마음 먹고 양보한 것이거늘, 사람의 호의를 이런 식으로 무시하다니. 아, 이래서 옛 선현(先賢)들께서 소인배와는 말을 섞지 말라고 했던가?"

짐짓 하늘을 올려 보며 탄식까지 내뱉는 중년인의 모습을 본 백의인이 더 이상 참지 못했는지 득달같이 달려들었다.

시퍼런 검광이 번개 같은 속도로 날아오자 중년인이 호들갑을 떨며 뒤로 물러났다.

"어이쿠! 이 소인배가 군자를 죽이려 하네. 정녕 하늘의 심판이 두렵지 않느냐, 이놈아!"

어쩔 줄 몰라 하는 모양새와는 달리 중년인은 백의인의 살인적인 공세를 너무도 수월하게 벗어났다.

백의인은 즉시 냉랭한 코웃음을 쳤다.

"흥, 과연 한 수가 있긴 하구나. 하지만 겨우 그따위 실력으로 나를 희롱한 걸 뼈저리게 후회하게 만들어 주겠다!"

"후회는 무슨. 어머니 돌아가실 때 이후로 후회란 걸 해 본 적이 없는 이 몸이시다."

백의인은 더 이상 아무 말도 하지 않고 수중의 검을 맹렬하게 휘둘렀다.

파파파팍!

예리한 파공음과 함께 시퍼런 검광이 폭죽처럼 피어오르며 중년인의 몸을 에워싸 갔다. 그 검광의 속도와 기세가 너무도 거칠고 난폭해서 금시라도 중년인의 몸이 검광에 난자당할 것만 같았다.

하나 중년인은 능숙한 솜씨로 보법을 밟으며 검광 사이를 유연하게 헤쳐 나갔다. 그 모습이 어찌나 자연스러워 보였던지 마치 거센 격랑을 헤치고 나아가는 한 마리 잉어를 보는 것 같았다.

백의인은 안색이 딱딱하게 굳어진 채 더욱 사납게 검을 휘둘렀으나 중년인의 몸에 일검도 격중시킬 수 없었다.

중년인은 계속 발을 움직이면서도 입을 쉬지 않았다.

"허, 과연 소인배의 검답게 겉으로만 요란하지 실속은 별로 없구나. 이 정도 솜씨로 그렇게 위세를 떨었단 말인가?"

"찢어 죽일 놈!"

백의인은 이를 부드득 갈며 더욱 거세게 중년인을 몰아붙였으나, 중년인은 미꾸라지처럼 요리조리 그의 검을 빠져나가고 있었다. 그러다 중년인의 몸이 백의인과 위치가 뒤바뀌어 백의인의 옆에 서 있던 흑삼인의 눈에 그의 등이 훤하게 노출되었다.

그러자 흑삼인은 한 치의 주저도 없이 손에 들고 있는 거치도(巨齒刀)를 불쑥 내밀어 그의 등을 찔러 갔다.

막 거치도가 중년인의 등을 꿰뚫으려는 순간, 이번에는 중년인의 일행인 청년이 쏜살같이 앞으로 튀어나오며 일검을 내질렀다.

땅!

귀청이 떨어지는 듯한 음향과 함께 거치도를 든 흑삼인이 휘청거리며 뒤로 주춤 물러났다.

단 일검에 흑삼인을 물리친 청년이 재차 검을 내뻗어 그를 공격하려는 순간, 이번에는 나머지 네 명의 장한들이 일제히 병장기를 휘두르며 달려들었다.

그 바람에 삽시간에 장내는 검광과 도풍의 소용돌이에 휩싸여 버렸다.

네 명의 장한들이 청년을 막아서는 사이에 거치도를 든 흑삼인은 백의인과 함께 중년인을 공격했는데, 그들의 공세가 마치 자로 잰 듯 정교하면서도 한 치의 빈틈도 없는 것으로 보아 이런 식의 연수합격(連手合擊)에 능하다는 것을 알 수 있었다.

그래서인지 중년인도 조금 전처럼 여유 있는 모습을 보여 주지 못했다. 오히려 간혹 흑삼인의 거치도나 백의인의 검에 격중당할 뻔한 위급한 상황에 처하곤 했는데, 그러면서도 쉬지 않고 입을 놀려 그들의 약을 올리는 것을 멈추지 않았다.

"역시 소인배들다운 솜씨로다. 군자는 자신을 믿기에 얼마든지 혼자로 살아갈 수 있지만 소인은 그러지 못해 무리를 짓는다고 하더니 네놈들이 꼭 그 짝이로구나."

반면에 청년과 네 장한들의 싸움은 그보다 한층 격렬하면서도 피비린내 나는 것이었다.

네 명의 장한들은 하나같이 상당한 실력을 지닌 고수들이었지만, 청년 한 사람을 제대로 감당해 내지 못하고 있었다. 청년의 검법은 맹렬하기가 이를 데 없어서 순식간에 장한 중 한 명이 왼팔에 부상을 입은 채 주춤거리며 뒤로 물러났다. 잘리지 않았다 뿐이지 상처가 워낙 깊어서 앞으로도 왼팔을 제대로 사용하지 못할 것 같았다.

청년의 솜씨가 예상외로 뛰어난 것을 본 나머지 장한들은 황급히 공세보다는 수세로 전환해서 엄밀한 방어막을 구축했다. 덕분에 당장 다른 장한처럼 치명적인 부상을 입는 것은 피할 수 있었으나, 장내의 주도권을 그에게 넘겨준 꼴이 되고 말았다.

거치도를 든 흑삼인이 그것을 알아보고 그쪽으로 가세하려 했으나, 지금까지 줄곧 피해 다니기만 하던 중년인이 수공을 휘두르며 대항하자 쉽게 몸을 빼지 못하고 있었다. 오히려 중년인의 수공이 상당히 날카롭고 예리해서 백의인과 합세해도 팽팽한 국면을 유지하는 것에 불과했다.

이런 식으로 가다가는 숫자의 절대적인 우세에도 불구하고 여섯 명의 장한들이 두 사람을 당해 내지 못하고 쓰러질 게 뻔했다.

바로 그때, 지금까지 정자에 비스듬히 누워 장내의 격전을 지켜보고만 있던 마의인이 하품을 하며 천천히 자리에서 일어났다.

"하암. 한심한 놈들이군."

마의인은 몸이 뻐근한 듯 몇 차례 어깨를 돌리더니 정자를 걸어 나왔다. 그러고는 느린 걸음으로 싸움이 벌어지고 있는 곳을 향해 어슬렁거리며 다가가기 시작했다.

마의인은 백의인과 흑삼인이 상대하고 있는 중년인 쪽은 쳐다보지도 않고 세 명의 장한과 난투를 벌이는 청년을 향해 걸음을 옮기더니 갑자기 오른 주먹을 앞으로 쭉 내뻗었다.

그때 마침 청년은 세 장한들의 엄밀한 방어막을 뚫고 다시 한 장한의 몸에 일검을 격중시키려던 참이었다. 막 장한의 가슴을 갈라 버리려던 청년은 문득 싸늘한 무언가가 자신의 등을 향해 다가오는 것을 느꼈다. 그 기운이 다가오는 속도가 어찌나 빨랐던지 청년이 그것을 알아차렸을 때는 이미 그의 등에 거의 도달해 있는 상태였다.

청년은 사력을 다해 몸을 옆으로 비틀었다.

쐐애액!

무시무시한 위력을 지닌 권풍(拳風) 한 가닥이 그의 옆구리를 아슬아슬하게 스치고 지나갔다. 그 권풍의 위력이 어찌나 강력했던지 스치기만 했는데도 청년의 옷자락이 바스러지며 맨살이 그대로 드러나 보였다.

청년은 갈비뼈에 은은한 통증을 느끼면서도 비틀었던 신형을 그 방향대로 회전시키며 매서운 일검을 날렸다. 그의 반격은 날카롭기 이를 데 없어서 권풍이 옆구리를 스쳐 지나가는 것과 그의 검에서 검광이 발출되는 것이 거의 동시인 것처럼 느껴질 정도였다.

마의인은 자신의 목덜미를 찔러 오는 장검을 무심한 시선으로 바라보고 있더니 내뻗었던 주먹을 슬쩍 옆으로 움직였다.

땅!

그의 손은 자신의 목덜미를 노리고 오던 장검의 옆 부분을 정확하게 가격했다.

그 바람에 청년의 신형이 한 차례 휘청거렸다. 하나 청년은 휘청거리는 몸을 멈춰 세우자마자 다시 마의인을 향해 몸을 날렸다.

파파파팍!

삽시간에 천지사방이 온통 검 그림자에 휩싸인 듯한 착각이 들었다. 그만큼 청년의 검세는 빠르고 매서웠다.

"너희들은 다른 한 놈을 처치해라."

마의인은 낮은 음성을 내뱉으며 주저하지 않고 그 검세 속으로 뛰어들었다.

그 음성을 들었는지 멍하니 서 있던 세 명의 장한들이 일제히 흑삼인과 백의인에게 합공당하고 있는 중년인 쪽으로 움직이기 시작했다.

청년은 그 광경을 뻔히 보고 있으면서도 그쪽으로 몸을 빼지 않고 마의인을 향해 계속 검을 휘둘렀다. 자신이 조금만 방심해도 마의인의 손에 커다란 낭패를 당할 수도 있다는 것을 너무도 잘 알고 있었던 것이다.

마의인 또한 겉으로 드러난 느긋한 모습과는 달리 청년의 검법에 적지 않은 경계심을 가지고 있었다. 조금 전에 검의 옆면을 두드렸던 오른손에 상당한 통증이 느껴졌던 것이다. 그것은 다시 말하면 청년의 검에 실린 경력이 그만큼 막강하다는 것을 의미했다.

게다가 자신을 향해 한 치의 망설임도 없이 검을 휘둘러 오는 청년의 기세는 얼핏 보기에 난폭한 듯하면서도 무척이나 안정적이었고, 검의 변화 또한 무작정 빠르기만 한 게 아니라 체계적이면서도 효율적인 움직임을 보이고 있었다.

마의인은 한눈에 청년의 검법이 오랜 전통을 지닌 명문세가의 것임을 알아보았다.

마의인의 입꼬리에 스산한 미소가 내걸리며 두 눈에 진득한 살기가 감돌았다.

"그동안 갇혀 있다시피 해서 답답했었는데, 모처럼 제대로 손맛을 볼 기회가 생겼군."

마의인은 뜻 모를 소리를 중얼거리며 청년을 향해 양손을 괴이하게 흔들었다.

오른손과 왼손으로 복잡하게 얽힌 실타래를 푸는 듯한 동작이었는데, 그 동작이 계속될수록 말로 형용키 어려운 음산한 기운이 양손 사이에 감돌기 시작했다.

우우웅…….

마치 벌 떼가 우는 듯한 음향과 함께 공처럼 뭉쳐진 희끄무레한 기운이 조금씩 움직이기 시작했다. 그 기운에는 은은한 금빛이 일렁이고 있었는데, 그 때문에 더욱 보는 이의 심령을 조이는 듯한 섬뜩함이 느껴졌다.

그 광경을 본 청년의 얼굴이 지금까지와는 달리 딱딱하게 굳어졌다. 그것이 무형의 기운이 압축될 대로 압축되어 유형(有形)의 강기로 변한 것임을 알아본 것이다.

청년은 다름 아닌 전흠이었다. 무공을 익힌 지 십여 년이 훨씬 넘었고, 하루의 대부분을 검과 함께 살아오면서 그동안 숱한 고수들과 적지 않은 싸움을 벌여 온 전흠이었다. 하나 단언컨대, 지금 자신의 눈앞에 있는 마의인보다 강한 적수와 싸운 적은 없었다.

대체 보이지 않는 기운을 얼마나 압축해야 저런 식의 유형의 강기로 만들어 낼 수 있을까? 그리고 그렇게 압축된 강기의 위력은 과연 어느 정도일까? 자신의 검으로 그러한 강기를 감당해 낼 수 있을까?

순간적으로 그의 머릿속으로 너무도 많은 생각들이 스치고 지나갔다.

하나 더 이상의 생각을 할 여유는 없었다. 왜냐하면 그때 마의인의 양손에 머물러 있던 금빛 강기가 툭 튀어나오더니 그를 향해 무서운 속도로 쏘아져 왔기 때문이다.

무형의 기운을 몸 밖으로 끌어내어 유형의 강기로 만든 것도 놀라운 일인데, 그러한 강기를 발출한다는 것은 눈으로 보고도 쉽게 믿기지 않는 일이었다.

전흠은 재빨리 몸을 옆으로 비틀어 강기를 피하려 했다. 하나 그의 몸을 스치고 지나갈 듯하던 금색의 강기가 갑자기 선회하며 더욱 빠르게 그의 옆구리를 향해 날아오는 것이 아닌가?

"합!"

전흠은 짤막한 외침을 터뜨리며 수중의 장검으로 자신의 옆구리를 파고드는 금색 강기를 힘껏 찔렀다.

팡!

예상보다는 훨씬 작은 소음이 터져 나왔다. 하나 그 결과는 전혀 다른 것이었다.

검이 강기에 닿는 순간, 전흠은 자신의 검이 쇠로 만든 거대한 철벽을 후려친 듯한 충격을 느꼈다. 손바닥이 떨어져 나갈 것 같은 통증에 하마터면 검을 놓칠 뻔했으나, 그는 필사적인 의지로 검을 움켜잡으며 전력을 다해 뒤로 세 걸음 물러났다.

파아아…….

방금 전까지만 해도 그가 서 있던 공간에 세찬 소용돌이가 일어났다가 사라졌다. 강기의 여파가 만들어 낸 그 장면은 보는 이의 모골을 송연케 하는 것이었다. 그 소용돌이에 정면으로 휩싸였다가는 제아무리 단단한 몸뚱이를 지니고 있다고 할지라도 전신이 갈가리 찢기고 말았을 것이다.

전흠은 머리끝이 쭈뼛거리고 손끝이 덜덜 떨려 왔다. 그것은 상대의 가공할 무공에 대한 두려움이기도 했고, 이런 적수와 상대하게 된 것에 대한 설렘이기도 했으며, 이번에는 더 이상 물러나지 않겠다는 결연함이기도 했다.

이 정도 강기의 소유자라면 자신이 싸워 보기도 전에 승부를 포기해야만 했던 그자와 능히 견줄 수 있을 것이다. 단 한 번 보는 것만으로 자신에게 영원히 지울 수 없는 치명적인 낙인을 남겨 주었던 무시무시한 원영만기의 주인공, 절영검 비성흔과 말이다.

언젠가는 그와 같은 수준의 고수와 겨루게 될 날이 올 것을 믿어 의심치 않았지만, 설마 그날이 이렇게 빨리 다가오게 되리라고는 미처 예상치 못했었다.

그렇다고 그때처럼 상대의 무공이 두려워 물러서고 싶은 생각은 추호도 없었다.

'이번에야말로…….'

이번에야말로 자신의 검이 어디까지 갈 수 있는지를 분명하게 알아볼 것이다. 자신의 모든 것을 걸고 눈앞의 상대에 맞서고야 말 것이다.

전흠은 피가 나도록 입술을 깨물며 마의인을 향해 몸을 날렸다.

그의 손에 들린 검에서 수십 개의 검광이 줄기줄기 뻗어 나오자 주위가 갑자기 훤해진 듯한 착각이 들었다. 성라검법 중의 초식들인 괴성척두와 비폭성류, 성휘조현(星輝照玄)이 마치 구슬에 꿴 듯 쉴 사이 없이 펼쳐진 것이다.

그 검광들은 순식간에 마의인의 사방을 뒤덮어 버렸다.

얼핏 마의인의 차가운 얼굴에 희미한 미소가 떠오르는 것 같았다.

"솜씨를 보니 확실히 무명소졸은 아니로군. 정말 제대로 몸을 풀겠어."

그의 오른손이 거의 알아차릴 수 없을 만큼 희미하게 움직였다.

그러자 그의 손에서 예의 금색 강기가 다시 튀어나오더니 무서운 속도로 회전하기 시작했다. 전흠이 펼쳐 낸 검광들이 그 강기에 닿는 순간 맥없이 튕겨 나가거나 급속도로 힘을 잃고 사그라졌다.

전흠은 쉬지 않고 성라검법의 초식들을 전개했으나, 단 하나의 검광도 마의인의 금색 강기를 뚫지 못하고 허무하게 사라져 버렸다. 하나 전흠은 조금도 실망하거나 포기하지 않고 계속 공세를 이어 나갔다.

얼핏 보기에는 그의 이런 모습은 무모한 몸부림 같아 보였다.

한쪽에서 여섯 명의 장한들에게 몰리면서도 틈틈이 전흠과 마의인의 싸움을 힐끔거리던 중년인, 마적풍은 속으로 나직하게 혀를 찼다.

'쩝. 역시 폭뢰검이라는 별호 그대로 성급하군. 포기하지 않고 달려드는 기백은 좋지만, 상대와 자신의 역량을 잘 판가름하여 현명하게 대처하는 것이 진정한 고수의 자세일 텐데…….'

그가 보기에는 전흠이 당장이라도 마의인의 금색 강기에 피를 뿌리며 쓰러질 것만 같았다. 그도 그럴 것이 전흠이 펼쳐 낸 검광은 도저히 마의인의 근처에 접근도 못 하고 허무하게 파훼되고 있고, 반면에 마의인의 금색 강기는 금시라도 전흠의 빈틈을 뚫고 들어가려는 듯 무서운 기세로 그의 주위를 위협하고 있었던 것이다.

팽가고택에 들어오기 전에 마적풍은 전흠과 함께 정면으로 들어가 적들의 이목을 끌고, 그동안 진산월이 뒤쪽으로 접근해서 혹시라도 적금쌍마가 외부로 탈출하는 일이 없도록 막기로 계획했었다. 지금까지는 원래의 계획대로 일이 잘 진행되는 것 같았다.

하나 여기서 조금만 더 지체되었다가는 종남파의 촉망받는 후기지수인 폭뢰검객이 눈 깜박할 사이에 한 줌의 고혼(孤魂)이 되어 버릴지도 몰랐다.

그럼에도 어찌 된 일인지 신검무적은 도통 나타날 기미를 보이지 않았다.

'우리가 너무 안이하게 계획을 세운 것은 아니었을까?'

마적풍의 마음에 잠시 불안한 생각이 들었다.

마의인은 적금쌍마 중의 둘째인 금인도마(金刃屠魔) 양광(梁廣)이었다. 그는 수공(手功)의 절대고수로, 특히 그가 사용하는 금인마장(金刃魔掌)은 중원의 어떠한 수공절학에도 뒤지지 않는 무시무시한 무공이었다.

적금쌍마의 첫째는 적수혼마(赤手魂魔) 탕손(湯孫)인데, 그에 대해서는 제대로 알려진 것이 없었다. 다만 양광 같은 고수를 둘째로 둘 정도면 그의 실력 또한 그보다 결코 못하지 않을 거라는 예측만이 떠돌고 있을 뿐이었다.

마적풍은 처음에 양광을 보고는 속으로 반색을 했었다. 자신들이 이곳에서 양광을 붙잡고 있으면 신검무적이 어렵지 않게 탕손을 쓰러뜨리고 자신들에게 합류할 줄 알았던 것이다. 그런데 적지 않은 시간이 흘렀음에도 아직까지도 신검무적의 모습이 보이지 않는 것을 보면 탕손을 제거하는 일에 예상치 못한 어려움이 있음이 분명한 것 같았다.

막 자신의 목을 찔러 오는 거치도를 슬쩍 상체를 비틀어 피한 마적풍은 재빨리 허리춤을 손으로 더듬었다. 그의 손에는 어느새 풀었는지 허리띠가 쥐어져 있었다.

하나 자세히 보면 그것은 단순한 허리띠가 아님을 알 수 있었다. 마적풍이 어루만지자 허리띠의 중간 부분이 풀려 나오며 길고 가느다란 사슬이 드러났다. 이어 허리띠의 양쪽 끝부분을 벗기자 그 속에서 날카로운 비수가 튀어나왔다.

평범해 보였던 허리띠가 순식간에 승표(繩鏢)로 변해 버린 것이다. 그 동작이 어찌나 빠르고 매끄러웠던지 장한들 중 대다수는 미처 그 사실을 머릿속으로 인지하지 못하고 있었다.

승표를 든 마적풍의 얼굴에는 조금 전과는 어딘지 모르게 다른 표정이 떠올라 있었다. 차갑고 냉정한 강호인의 얼굴이었다.

팟!

때마침 자신의 가슴을 찔러 오는 장검을 힐끔 내려다본 마적풍이 승표를 흔들자 장검의 앞부분이 사슬에 묶여 허공에 정지했다. 그와 함께 사슬의 끝에 달려 있는 비수가 번개 같은 속도로 앞으로 튀어 나갔다.

"헉!"

무심코 장검을 휘두르던 장한이 갑자기 튀어나온 비수에 화들짝 놀라 피하려 했으나 사슬에 감긴 장검이 꼼짝도 하지 않자 순간적으로 몸을 멈칫거렸다. 그 순간, 비수는 한 치의 착오도 없이 그의 목에 그대로 격중되었다.

그 광경을 본 다른 다섯 명의 장한이 눈에 불을 켜고 달려들었으나 그때는 이미 그 장한이 피가 뿜어 나오는 목을 움켜쥔 채 바닥에 쓰러진 후였다.

사실 그들은 지금까지 마적풍을 합공하면서 일방적으로 공세를 취하고 있기에 어느 정도 방심한 상태였다. 그런데 그동안 변변한 공격 한 번 해 보지 못하고 몰리기만 하던 마적풍이 순식간에 허리띠를 병장기로 만들어 반격을 해 오자 미처 제대로 대응하지 못하고 한 사람을 잃고 만 것이다.

그들이 사정이 달라졌음을 알아차린 것은 그때부터였다.

승표를 손에 든 마적풍은 사람이 바뀐 것처럼 날카롭고 매서운 공격을 거푸 퍼부었다. 그 바람에 다섯 명의 장한들은 지금까지와는 달리 그의 공격을 피하는 데 급급한 실정이었다.

휘휘휘휙!

이 장 길이의 사슬에 양쪽으로 비수가 하나씩 달렸을 뿐임에도 그 두 개의 비수들이 어찌나 영활하고 날카롭게 움직이는지 금시라도 목에 피구멍이 뚫려 버릴 것만 같았다. 게다가 사슬을 움직이는 마적풍의 가벼운 손짓에 따라 비수들의 위치가 판이하게 바뀌어 버리니 마치 수십 개의 비수가 동시에 움직이는 듯한 착각이 들 정도였다.

다시 한 명의 장한이 갑자기 반대편에서 다가오는 비수를 미처 피하지 못하고 옆구리를 꿰뚫린 채 바닥에 주저앉고 말았다.

팟!

장한의 옆구리를 뚫고 지나간 비수는 사슬의 끌림에 따라 다시 튀어나왔는데, 그 바람에 장한은 고통스런 비명을 지르며 바닥을 뒹굴고 있었다.

"크악!"

남은 네 명의 장한들은 마적풍의 병기가 보여 주는 기묘한 위력에 놀라 당황하는 기색이 역력했다.

하나 마적풍은 마적풍대로 마음이 다급했다.

양광을 상대하고 있는 전흠의 처지가 급격히 나빠지고 있었던 것이다.

전흠은 그동안 성라검법의 절초들을 거푸 펼쳐 내며 양광의 가공할 금인장에 맞서고 있었다. 양광의 금인마장은 장공이 강기로 압축된 상태에서 움직이기에 그 위력은 강맹하기 이를 데 없었으나, 반면에 변화의 다양함은 그에 못 미치는 편이었다.

전흠은 몇 번의 격돌 끝에 그 사실을 알아내고 성라검법에 간간이 유운검법의 변화들을 섞어서 사용했는데, 그래서인지 이십 초가 지나도록 제법 팽팽하게 양광에 맞설 수 있었다.

그런데 마적풍이 자신의 독문병기를 꺼내 장한 한 명을 쓰러뜨린 순간부터 양광의 대응이 달라졌다.

그때까지는 그 자리에 우뚝 선 채 금색 강기를 단조롭게 움직이던 양광이 수하의 죽음을 보고는 일을 마무리 지을 결심을 했는지 비할 수 없이 민첩하게 움직이기 시작했던 것이다. 그에 따라 단순한 듯했던 금색 강기의 움직임이 전혀 딴판으로 빠르고 정교해지며 무섭게 전흠을 압박해 들어왔다.

그제야 전흠은 지금까지 양광이 전력을 다하지 않고 자신을 상대로 몸을 풀고 있었음을 깨닫고 이를 부드득 갈았으나, 상황은 그가 화를 낼 여유조차 주지 않았다.

파앗!

지금도 무섭게 선회하던 금색 강기가 생각도 못 했던 절묘한 각도로 날아들자 전흠은 사력을 다해 몸을 뒤틀다시피 하여 간신히 그 공격을 피할 수 있었다. 하나 그 바람에 그의 몸은 채 중심을 잡지 못하고 무방비 상태가 되었다.

그 순간, 그의 몸을 스쳐 지나가던 금색 강기가 돌연 두 개로 나뉘어 아직도 몸을 채 가누지 못하고 있는 전흠의 머리와 가슴쪽으로 날아들었다. 이것이 바로 양광의 금인마장 삼절초 중 하나인 쌍금인(雙金刃)이었다.

장한들을 상대하면서도 틈틈이 전흠을 지켜보던 마적풍은 깜짝 놀라 그를 도우려 했으나, 그때 마침 동료의 죽음에 분노한 네 명의 장한들이 수비는 도외시한 채 그를 향해 전력으로 공격해 들어오고 있었다.

네 개의 병기들을 연거푸 사슬로 완벽하게 막아 내면서도 마적풍의 마음은 초조함으로 가득했다. 지금 당장 반격에 전념하면 네 명의 장한들 중 허점을 드러낸 두세 명을 쓰러뜨릴 수는 있겠지만, 그사이 전흠은 양광의 금인마장에 당할 것이 분명했던 것이다.

그렇다고 무작정 전흠을 도와주기에는 목숨을 내건 장한들의 공세가 제법 매서웠을 뿐 아니라, 전흠과의 거리도 너무 떨어져 있었다.

'아! 일이 이렇게 될 줄이야…….'

자신이 너무 안일했다는 자책과 함께 탄식을 토해 내던 마적풍의 눈이 갑자기 크게 뜨였다.

장한들의 공격을 사슬로 봉쇄하고 늦게나마 승표에 붙은 비수라도 떼어 던질 요량으로 고개를 돌리던 그의 눈에 문득 담벼락 위의 무언가가 들어왔던 것이다.

안력을 돋우어 보니 담벼락 위에 누군가가 앉아 있었다. 그와 시선이 마주치는 순간, 마적풍은 하마터면 버럭 소리를 지를 뻔했다.

'진 장문인! 당신은 사제가 죽는데도 그 자리에서 구경만 하고 있을 셈이오?'

담벼락 위의 인영은 다름 아닌 마적풍이 그토록 나타나기를 학수고대하고 있던 진산월이었던 것이다. 놀랍게도 진산월은 전흠의 목숨이 경각에 달한 그 절체절명의 순간에도 담벼락 위에 앉아서 움직일 줄을 몰랐다.

전흠의 전신은 흐르는 땀으로 흠뻑 젖은 상태였다. 몸은 물먹은 솜처럼 한없이 무거웠고, 검을 쥔 손은 거듭된 격돌로 인한 충격으로 감각마저 사라져 있었다.

그럼에도 전흠은 아직 승부를 포기하지 않았다.

'기회가 올 것이다. 반드시 꼭 한 번은 내게도 기회가 올 것이다.'

그것은 간절한 바람이라고 해도 좋았고, 필사의 염원이라고 해도 좋았다. 아니면 승리에 대한 너무도 절실한 갈망이라고 해도 좋을 것이다.

양광의 손에서 발출된 금색 강기가 두 개로 나뉘어 무시무시한 기세로 자신의 머리와 가슴 쪽으로 날아오는 그 절박한 순간에도 전흠은 좌절하지 않았다. 설사 금색 강기에 머리가 박살 나거나 가슴뼈가 송두리째 부서지는 한이 있더라도 그의 마음속에 불타오르고 있는 맹렬한 투지는 결코 사그라지지 않을 것이다.

지금 전흠의 온 신경은 곤두설 대로 곤두서 있었고, 전신의 모공이 최대 한도로 활짝 열려 있어 스쳐 지나가는 사소한 바람이라도 한 줄기 한 줄기 모두 파악할 수 있을 것만 같았다.

그래서인지 자신의 머리와 가슴 쪽으로 다가오는 두 개의 강기가 너무도 생생하게 느껴졌다. 무섭도록 빠른 속도였음에도 그 강기들이 날아드는 세세한 방위와 형태, 그 안에 담겨 있는 오묘한 변화 같은 것들이 머릿속에 그린 듯 선명하게 인식되었다.

피부에 있는 솜털 하나하나가 일어서는 듯한 예민한 감각에 눈을 번뜩인 전흠은 옆으로 몸을 비스듬히 누이며 허리를 최대한 비틀었다.

파앗!

그의 머리와 가슴을 향해 다가오던 두 개의 금색 강기가 아슬아슬한 차이로 목덜미와 옆구리를 스치고 지나갔다. 놀랍게도 중심이 잡혀 있지 않은 불완전한 자세임에도 전흠은 두 개의 강기를 완벽하게 피해 버린 것이다.

그와 동시에 그는 수중의 장검을 앞으로 힘껏 내뻗었다.

양광의 눈이 처음으로 살짝 찌푸려졌다. 자신의 쌍금인이 이토록 허무하게 파훼되어 버릴 줄은 미처 몰랐던 것이다. 금시라도 피를 뿌리며 쓰러질 듯하던 전흠이 절묘한 동작으로 쌍금인을 피하며 오히려 날카로운 반격을 가해 오자 양광은 처음으로 위기의식을 느꼈다.

전흠이 내뻗은 일검은 얼핏 보기에는 단조로운 직선 공격 같지만, 검 끝이 미묘하게 흔들리는 것으로 보아 실상은 날카로운 변화를 숨겨 둔 초식임이 분명해 보였다. 이런 식의 공격은 정면으로 맞서기보다는 일단 피하는 게 제일 좋은 방법인데, 문제는 지금 양광의 자세가 양옆으로 피하기 어렵다는 것이었다.

금인마장은 그 강력한 위력만큼이나 정순한 공력운용과 높은 집중력을 필요로 하는 무공이었다. 특히 삼대절초들을 펼치려면 내공을 하나로 끌어모아 압축을 해야 하기에 몸의 움직임이 극도로 제한될 수밖에 없었다. 그러한 단점만 아니었다면 그 강맹한 위력으로 보아 능히 서장 제일의 장공(掌功)으로 불려도 손색이 없었을 것이다.

양광은 순간적으로 금인마장의 자세를 풀고 옆으로 몸을 움직여 전흠의 공격을 피해야 하나 잠깐 고민했으나, 이내 정면으로 맞서기로 결심했다. 삼대절초 중의 하나를 사용하고도 상대를 쓰러뜨리기는커녕 오히려 새파랗게 젊은 애송이의 검에 물러선다는 것은 신강 땅을 공포에 떨게 했던 적금쌍마의 자존심이 허락지 않았던 것이다.

그리고 그의 그런 결심이 전흠에게 그토록 갈망하고 고대했던 처음이자 마지막 기회를 주었다.

양광은 전흠의 검을 피하지 않고 오른손을 빠르게 앞으로 내저었다.

팡!

경쾌한 음향과 함께 금색 강기 하나가 무서운 속도로 튀어나와 전흠의 검을 향해 쏘아져 갔다. 일선탈(一線奪)이라는 수법인데, 위력은 조금 떨어졌으나 속도가 빨라서 지금처럼 변화를 예측하기 어려운 상대의 공격을 탐색하는 데는 무척이나 적절한 무공이었다.

막 검과 강기가 부딪치려는 순간, 전흠의 검이 세차게 흔들리더니 수십 개의 검영으로 나뉘었다.

스스스슷!

눈이 어지러울 정도로 빠르게 퍼져 나간 검영들에 양광의 시선이 잠깐 쏠리는 사이 검영들이 급격하게 흐트러지며 그 속에서 하나의 섬광이 폭사되었다. 그 섬광의 위치는 처음 전흠의 검이 찔러 오던 방위와 전혀 다른 것이어서 양광이 그 사실을 알아차렸을 때는 이미 검광이 지척에 다다라 도저히 피할 수 없는 절박한 상황이었다. 이것이야말로 성라검법 중에서도 최고의 연환식인 비성유흔(飛星遺痕), 낙성빈분, 궁공성사의 삼절초였다.

세 초식은 각각으로도 뛰어난 위력을 지니고 있지만, 지금처럼 연계하여 펼치면 누구도 예측하지 못하는 무시무시한 살인검초가 되는 것이다.

천하의 양광도 지금 이 순간만은 놀라움과 당혹감을 감추지 못하는 모습이었다. 상대의 곧게 뻗어 오는 일검이 무언가 교묘한 변화를 담고 있으리라고는 예상했지만, 복잡한 검영 속에 전혀 다른 공간에서 튀어나오는 살검을 숨긴 무시무시한 것일 줄은 짐작도 못 했던 것이다.

양광은 사력을 다해 몸을 옆으로 비틀었다.

팟!

왼쪽 가슴 위부터 어깨까지가 쭈욱 갈라지며 핏물이 솟구쳐 올랐다.

양광의 신형이 한 차례 휘청거렸다.

하나 양광은 신음 한마디 내지 않고 비틀었던 몸을 그대로 회전하며 양손을 질풍처럼 내질렀다. 자신의 상세는 신경도 쓰지 않고 상대의 숨통을 끊기 위해 치명적인 반격을 날린 것이다. 그의 공격이 어찌나 빨랐던지 장내에는 그저 두 가닥 금광이 어른거리는 것만이 보일 뿐이었다.

전흠은 일검으로 양광에게 부상을 입히기는 했으나, 그것이 치명적인 상처가 아님을 알고는 거의 본능적으로 몸을 앞으로 던지다시피 하며 바닥을 굴렀다.

두 줄기 금광이 아슬아슬하게 그의 등을 스치고 지나가며 등 부분 옷자락이 바스러져 버렸다.

"큭!"

전흠은 척추뼈가 으스러지는 듯한 통증에 이를 악물며 구르던 자세 그대로 이 장 밖까지 몇 바퀴나 더 굴러 나갔다. 막 탄력을 받은 동작으로 몸을 일으켜 세우던 전흠의 얼굴이 딱딱하게 굳어졌다.

아직 채 완전히 일어나기도 전에 자신의 코앞으로 날아오는 금색 강기를 발견한 것이다.

자신의 시야를 가득 뒤덮고 있는 금색 강기를 보는 전흠의 얼굴에 순간적으로 암담한 표정이 떠올랐다. 도저히 그 강기를 막거나 피할 여지가 보이지 않았던 것이다.

그도 그럴 것이 그 강기야말로 금인마장의 최고 초식인 금마락(金魔落)이었다. 양광은 왼쪽 가슴이 피투성이가 된 상태에서도 흉신악살처럼 살광을 뿜어내며 전흠을 바짝 쫓아와 결정적인 공세를 가한 것이다.

강기가 날아오는 그 찰나의 순간에 전흠의 머릿속에는 여러 가지 생각이 주마등처럼 스치고 지나갔다.

무당산에서 내려오는 날 아침에 전흠은 진산월을 찾아가 선반에 가입하겠다고 자청했다. 종남파를 위해 작은 공(功)이라도 세워야 할아버지를 볼 면목이 설 수 있다는 전흠의 말을 묵묵히 듣고만 있던 진산월은 한참 후에야 한 가지 조건을 내걸며 그의 청을 수락했다.

"공을 세우기보다는 네 자신의 무공에 대한 확신을 키우는 것에 더 집중하도록 해라."

그것이 진산월이 말한 조건이었다.

진산월과 동행하면서 전흠은 스스로에게 내건 약속이 있었다.

-이제는 어떤 상황이 닥치더라도 두 번 다시 물러서지 않겠다.

설사 한 줌의 고혼(孤魂)이 되어 영영 종남파로 돌아가지 못하는 한이 있더라도 절대로 뒤로 물러나지 않겠다는 비장한 각오였다.

그래서 서장의 최고 고수들 중 하나인 적금쌍마와 싸우는 일에도 주저하지 않고 나설 수 있었던 것이다.

양광의 실력은 예상보다 훨씬 더 무서운 것이었다. 그의 손이 움직일 때마다 발출되어 나오는 금색 강기는 도저히 인간이 뿜어내는 장력 같지가 않았다. 별다른 보법을 펼치지 않고 있음에도 그는 단지 두 손을 번갈아 휘두르는 것만으로 전흠을 압도하고 있었다.

'낙 사제라면……. 낙 사제가 이 자리에 있었어도 이렇게 일방적으로 몰렸을까?'

전흠은 그 생각만으로도 가슴이 터져 버릴 것만 같았다. 그가 자신의 능력 이상의 솜씨를 발휘해 양광의 가슴에 일검을 격중시킬 수 있었던 것은 바로 이러한 분노와 투지가 결합된 심정에서 비롯된 것이었다.

하나 그러한 그의 투혼도 이제 마지막이었다. 조금 전의 일검은 전흠으로서는 자신의 진력을 모두 끌어모은 회심의 일격이었다. 그것으로 상대를 쓰러뜨리지 못한 이상 승패는 이미 결정된 것이나 마찬가지였다.

그리고 눈앞으로 다가오는 금색 강기는 그러한 사실을 생생하게 입증해 주고 있었다.

전흠이 더 이상 피할 엄두도 내지 못하고 그 자리에 우두커니 서 있을 때였다. 그의 귓전으로 누군가의 짤막한 전음이 들려왔다.

"또다시 포기하려는 게냐?"

그 음성을 듣는 순간, 전흠의 얼굴이 험악하게 일그러졌다.

그것은 진산월의 음성이었다. 언젠가는 가까이 갈 수 있을 거라고 기대하면서도 영원히 도달하지 못할 것 같은 아득한 곳에 위치해 있는 장문인의 무심한 듯한 그 음성을 듣자 전흠의 몸 깊은 곳에서 말로 형용할 수 없는 맹렬한 무언가가 끓어올랐다.

'나는 절대로 포기하지 않는다!'

그 무언가는 순식간에 그의 몸과 마음을 활활 불태웠다. 그리고 그때 문득 그의 뇌리 속으로 오래전의 광경 몇 가지가 스치듯 떠올랐다.

어린 시절, 무공을 익히는 재미에 흠뻑 빠져 밤새 검을 휘두르다가 문득 새벽녘에 우연히 본 할아버지의 연무 장면!

종남산에서의 어느 날 밤, 그림처럼 펼쳐지던 장문인의 환상적인 검무!

그리고 남궁세가에서 벌인 고통스럽고 처절했던 남궁선과의 혈투!

그때 마지막 순간에 자신이 무의식적으로 뿌렸던 검의 움직임은 어찌 그리도 아름다웠던지…….

지금까지 그는 몇 번이고 당시의 기억을 되살려 보려고 했지만, 그때의 검로를 떠올릴 수 없었다. 그런데 지금 꺼져 가던 마음속에서 다시 불같은 투지를 일으킨 이 순간에 그때의 검로가 너무도 생생하게 떠오르고 있었다.

'억지로 변화를 의식하지 않는다. 내 검은 그저 마땅히 움직여야 할 곳을 흘러갈 뿐이다.'

전흠의 검이 미끄러지듯 허공의 한 부분을 유연하게 베어 냈다.

그 순간, 그의 몸을 휩쓸어 버릴 듯 가공할 기세로 다가오던 두 개의 금색 강기가 그대로 갈라지며 뒤편에서 날아오던 양광의 모습이 훤히 드러났다.

파아아…….

갑자기 검광과 강기가 씻은 듯이 사라지더니 주위에 죽음 같은 적막이 흘렀다.

한쪽에서 막 여섯 명째의 장한을 쓰러뜨리고 다급한 표정으로 돌아보던 마적풍의 눈이 찢어질 듯 부릅떠졌다.

바닥에 한 사람이 허리가 두 동강이 난 채 쓰러져 있었다. 그는 다름 아닌 양광이었다. 놀랍게도 금시라도 전흠을 도륙할 듯했던 양광이 오히려 비참한 모습으로 자신이 흘린 피바다 속에 누워 있는 것이다.

전흠은 양광의 시신 앞에 우뚝 서 있었다. 검을 쳐든 자세 그대로 그는 무언가 깊은 상념에 잠긴 듯 허공의 한 점을 응시한 채 움직일 줄을 몰랐다.

마적풍이 무심코 그에게 다가가려는 순간, 그림자가 일렁거리더니 하나의 신형이 전흠의 앞에 떨어져 내렸다. 지금까지 담벼락에 앉아 있던 진산월이 어느새 몸을 날려 다가온 것이다.

진산월은 허공을 올려다본 채 미동도 않고 있는 전흠을 가만히 보고 있다가 그의 손에 쥐어져 있는 장검을 뽑아서 검집에 넣어 주고는 그의 어깨를 가만히 두드려 주었다.

"수고했다. 이제 그만 쉬도록 해라."

그 말이 끝나기가 무섭게 전흠의 몸은 그대로 허물어지듯 진산월의 품속에 쓰러지고 말았다.

"헛, 전 소협!"

마적풍이 깜짝 놀라 다가오자 진산월은 전흠의 몸을 가볍게 안아 들고는 담담한 음성으로 말했다.

"진력을 모두 소모하여 잠시 정신을 잃은 것뿐이오."

마적풍은 그제야 안도의 한숨을 내쉬었다.

"휴우. 정말 다행이오. 난 또 전 소협이 양광과 양패구상이라도 한 줄 알고……."

이어 그는 새삼스런 눈으로 진산월의 품에 안겨 있는 전흠을 바라보았다.

"설마 전 소협이 양광을 쓰러뜨릴 줄은 몰랐소. 전 소협의 무공으로는 양광의 금인마장을 감당할 수 없을 줄 알았는데……."

"어떤 순간에도 포기하지 않는 의지는 때로는 예상외의 일을 만들어 낼 수 있소."

진산월의 말에 열심히 고개를 끄덕이던 마적풍이 무슨 생각을 했는지 황급히 주위를 둘러보았다.

"그런데 적금쌍마의 첫째인 적수혼마 탕손이 보이지 않는구려."

진산월의 표정에는 별다른 변화가 없었다.

"탕손은 당신의 말대로 지하 연무장에 있었소."

마적풍은 움찔하여 급히 되물었다.

"그는 어떻게 되었소?"

진산월은 잠시 양광의 시신을 돌아보다 조용한 음성으로 입을 열었다.

"두 번 다시 악행을 저지를 수 없게 되었소."

마적풍이 반색을 했다.

"그럼……."

"탕손의 신세도 저자와 똑같소. 적금쌍마란 이름은 앞으로 강호에서 영원히 사라지게 될 거요."

제 338 장
음모지야(陰謀之夜)

제338장 음모지야(陰謀之夜)

해가 뉘엿뉘엿 관도 너머로 기울고 있었다.

낙일방은 누런 황톳길 저편으로 기울어 가는 붉은 석양을 가만히 바라보고 있었다. 황량한 풍경이었지만, 그만큼 사람의 마음을 묘하게 뒤흔드는 광경이기도 했다.

뒤편을 돌아보면 지금까지 걸어온 길이 긴 그림자와 함께 구불구불 펼쳐져 있고, 앞을 바라보면 그 길이 이어져 마치 석양 속으로 사라지고 있는 것 같았다.

잠시 걸음을 멈추고 그 석양을 바라보고 있자니 불현듯 누군가가 그리워졌다. 헤어진 지 겨우 이틀밖에 되지 않았는데, 벌써 장문 사형이 보고 싶어졌다.

전흠이 선반에 가입하겠다며 진산월을 따라간다고 했을 때, 낙일방은 솔직히 자신도 그들과 함께하고 싶었다. 하나 그에게는 더욱 큰일이 주어져 있었다. 몸이 성치 않은 임영옥과 다른 제자들을 본산까지 무사히 데리고 가야 하는 것이다.

부상이 워낙 심해 아직 제대로 운신할 수 없는 육천기가 경요궁의 고수들과 함께 무당산에 남기로 했기에, 실제로 종남산으로 가는 일행은 여섯 명에 불과했다.

강호에서는 언제 무슨 일이 닥쳐올지 알 수가 없는 법이다. 절정의 무공을 지닌 성락중과 강호 경험이 풍부한 동중산이 동행한다고 해도 쉽지 않은 여정일 게 뻔했다.

그래서일까? 황량한 관도 위에 서서 주위를 온통 붉게 물들이고 있는 석양을 보자 아름답다기보다는 무언지 모를 불안한 생각이 먼저 들었다.

그때 동중산이 그의 곁으로 다가왔다.

"무슨 생각을 그렇게 하십니까?"

"벌써 하루가 저물어 가는군요. 오늘은 어디에서 묵을 계획인가요?"

"조금만 더 가면 마안(馬鞍)이라는 마을이 나오는데, 그곳에 제법 괜찮은 객잔이 있습니다. 예전에 들른 적이 있었는데, 하루를 쉬었다 가기에 적당한 곳입니다."

낙일방은 다시 한 차례 주변을 둘러보더니 고개를 갸웃거렸다.

"오늘은 이상하게도 좀처럼 관도를 지나가는 사람을 볼 수가 없네요. 관도가 제법 넓은데도 아까부터 우리 일행 외에는 아무도 없는 것 같더군요. 예전에도 이랬나요?"

"그러고 보니 확실히 오늘은 사람 구경하기 힘들군요. 제가 지났을 때는 제법 왕래하는 사람들이 많았던 것으로 기억하는데, 조금 특이한 일이긴 합니다."

"흠. 본산까지 가는 동안 아무 일도 없어야 할 텐데 말이죠."

"제가 좀 더 주의를 기울이도록 하겠습니다."

낙일방은 동중산의 어깨를 살짝 두드렸다.

"너무 혼자 고생할 필요는 없어요. 나도 신경을 쓸 테니 무언가 이상한 일이 있다 싶으면 언제든지 나에게 알려 줘요."

"그렇게 하겠습니다."

말을 하는 낙일방도, 대답하는 동중산도 종남산으로 돌아가는 여정에 아무런 변고가 없기를 정말 간절히 바라고 있었다.

언제나 믿음직했던 진산월도 없고, 임영옥의 몸도 정상이 아니었다. 게다가 아직 무공이 변변치 않은 제자도 두 사람이나 동행하는 판국이었다. 불의의 사건으로 그들 중 누군가의 신상에 좋지 않은 일이 벌어진다는 것은 만의 하나라도 생각하기 싫은 끔찍한 일이었다.

동중산의 말마따나 객잔은 상당히 좋았다. 크기도 상당했고 위치도 좋은 편이었다. 무엇보다 후원에 각기 분리된 별실들이 있는 것이 마음에 들었다. 별실 하나를 독채로 얻으면 주위의 소란이나 번잡함을 피해 마음 편하게 쉴 수 있기 때문이다.

일행이 별실에 자리를 잡고 여장을 풀었을 때, 누군가가 그들을 찾아왔다.

찾아온 사람을 본 동중산의 얼굴에 묘한 표정이 떠올랐다. 하나 그 사람은 그걸 보고 냉랭한 코웃음을 날렸다.

"흥! 그 표정은 뭐죠? 무언가 귀찮고 성가신 일이 생겼다는 뜻인가요?"

동중산은 쓴웃음을 지으며 고개를 저었다.

"그럴 리가 있겠소? 이런 곳에서 누 소저를 만나리라고는 미처 예상치 못했기에 잠깐 놀랐을 뿐이오."

"단순히 놀란 게 아니라 질색을 하는 듯한 모습이군요. 내가 여기 온 게 그렇게 이상한가요?"

"그게 아니라는 건 누 소저도 잘 알고 있지 않소?"

"흥. 말은 번지르르하게 잘하는군요."

찾아온 사람은 다름 아닌 누산산이었다.

천봉궁의 인물들은 종남파보다 하루 먼저 무당산을 떠났는데, 별다른 작별 인사도 없이 아침 일찍 모습을 감추어서 많은 사람들이 의아해 했다. 그런데 갑작스럽게 떠났던 천봉궁의 인물 중 한 사람이 이곳으로 그들을 찾아왔으니 확실히 의외의 일이 아닐 수 없었다.

"누 소저께서 여기에는 어인 일이시오?"

"당신 때문에 온 건 아니니 안심해요. 난 그저 낙 소협에게 용건이 있을 뿐이에요."

때마침 자신의 방으로 들어갔던 낙일방이 밖으로 모습을 드러냈다.

낙일방은 그녀를 보고도 조금도 놀라거나 당황하지 않고 담담한 자세를 유지했다. 그러한 모습은 나이답지 않은 중후함과 침착함을 보여 주는 것이어서 아직도 그의 예전 풋풋한 모습을 기억하고 있는 누산산으로서는 내심 움찔하지 않을 수 없었다.

'사람이 이렇게 바뀔 수도 있구나. 무공만 강해진 줄 알았더니 이제는 겉으로도 제법 강호를 호령하는 고수의 풍모가 나오는걸.'

낙일방은 그녀를 향해 차분한 음성으로 물었다.

"엄 소저의 전언(傳言)을 가져오셨소?"

누산산은 그의 덤덤한 반응에 은근히 배알이 꼴려 한마디 쏘아붙이려다 몇 번이나 신신당부를 했던 엄쌍쌍의 얼굴이 떠올라 간신히 억눌러 참았다.

"그래요. 언니는 본 궁의 급한 일로 낙 소협에게 아무런 연락도 하지 못하고 무당산을 떠난 것 때문에 몹시 걱정하고 있었어요. 그래서 보다 못한 내가 소식이라도 전할까 하고 중도에 살짝 빠져나와 당신들 뒤를 쫓아온 거예요."

그녀의 말속에는 두 사람을 위해 동분서주하는 자신의 노고를 알아줬으면 하는 기색이 역력했다. 하나 그녀의 기대와는 달리 낙일방은 별다른 표정 없이 묵묵히 그녀의 말을 듣고만 있었다.

누산산은 입술을 잘근잘근 깨물며 고운 아미를 살짝 찡그리더니 이내 소매에서 곱게 접은 한 장의 서신을 꺼내 들었다.

"언니가 낙 소협에게 보내는 편지예요."

그녀는 서신을 전하면서 낙일방의 얼굴을 유심히 살폈으나 전혀 표정의 변화가 없어서 그가 지금 무슨 생각을 하고 있는지 전혀 알 수가 없었다.

'칫. 설마 명성이 좀 높아졌다고 언니를 무시하려는 건 아니겠

지? 만약 그랬다가는 네놈의 잘난 얼굴을 박박 긁어 버릴 테다.'

그녀는 속으로는 별의별 생각을 다 하면서도 겉으로는 다소곳한 얼굴로 입을 열었다.

"나는 이곳에서 서쪽으로 오 리쯤 떨어진 만강루(萬江樓)에 머물러 있으니 언니에게 답장을 보내려거든 그쪽으로 연락해요. 이삼 일 정도는 그곳에 있을 테니 말이에요."

"알겠소. 서신을 전해 주어 고맙소."

다행히 낙일방도 이번에는 그녀를 향해 사례를 해서 그녀도 더 이상 마음속으로 그를 난도질하는 일은 하지 않았다.

그녀가 떠난 후 낙일방은 자신의 방으로 돌아왔다. 자리에 앉아 있는 그의 손에는 누산산에게서 받은 서신이 펼쳐지지도 않은 채 처음의 상태 그대로 쥐어져 있었다.

낙일방도 무당산에서 연락도 없이 훌쩍 헤어져야 했던 엄쌍쌍의 서신이 반갑지 않은 것은 아니었다. 하나 한편으로는 크고 작은 일로 종남파의 분위기가 여느 때보다 무겁게 가라앉아 있는 지금, 한낱 여인과의 치정에 신경을 써야 한다는 것이 왠지 부담스럽고 답답하게 느껴졌다.

지금은 자신의 모든 역량을 동원하여 무사히 본 파로 돌아가는 일에 집중하는 것이 다른 무엇보다 중요했다. 그런데 여정을 시작하자마자 갑작스레 헤어진 연인의 연락을 받게 되었으니, 복잡하게 헝클어진 현재의 심정을 낙일방 자신도 분명하게 알 수가 없었다.

다만 한 가지, 그녀의 서신이 예전처럼 무작정 반갑지만은 않다는 것은 확실했다.

"후우."

낙일방은 무거운 한숨을 내쉬고는 천천히 서신을 펼쳐 보았다.

서신에는 예상 그대로의 말이 적혀 있었다.

갑작스레 단봉 공주의 지시로 급하게 무당산을 떠나게 된 것에 대한 사과와 낙일방을 향한 걱정과 우려, 그리고 그를 그리워하는 은근한 연심(戀心)이 그녀 특유의 정갈한 글씨체로 절절하게 쓰여 있었다. 궁의 일 때문에 몸을 빼기는 어렵지만 언제고 다시 만날 날을 앙망(仰望)한다는 구절을 마지막으로 서신은 끝이 났다.

낙일방은 서신을 재독하고는 잠시 눈을 감았다.

머릿속으로 엄쌍쌍의 가녀리면서도 고운 자태가 선하게 떠올랐다. 그녀는 강호에 명성이 자자한 천봉선자 중의 한 사람이면서도 여느 선자들과는 달리 마음이 선량하고 부끄러움이 많았다.

낙일방이 천봉선자들에게 그다지 좋지 않은 감정을 가지고 있으면서도 그녀에게 마음을 열었던 것은 그녀의 그러한 착하고 순수한 심성을 알아보았기 때문이다.

용선생과의 비무로 적지 않은 부상을 당한 그를 몰래 찾아와 하염없이 눈물을 흘리던 며칠 전 그녀의 모습이 쉽게 잊히지 않았다.

강호에서의 삶이란 원래 기약이 없는 것이었다. 남녀 사이의 만남은 더욱 그러했다. 한없이 넓고 광활한 강호에서 별다른 약조 없이 헤어진 두 남녀가 다시 만나서 서로의 사랑을 확인하고 맺어진다는 것은 결코 쉬운 일이 아니었다.

엄쌍쌍이 사매인 누산산을 재촉하여 서신을 보낸 것은 평소 그녀의 행실을 생각해 보면 정말 커다란 용기를 낸 것이었다.

여인의 몸으로 남자에게 먼저 이런 서신을 보내는 것이 무엇을 의미하는지 아무리 남녀 관계에 둔한 낙일방이라도 모를 리가 없었다.

그녀는 어떤 식으로든 그에게서 확실한 약조를 받고 싶었던 것이다. 이렇게 헤어지더라도 훗날을 기약할 수 있는 분명한 다짐을 듣고 싶었던 것이다.

자칫하면 이대로 영영 그를 만나지 못할지도 모른다는 불안감이 부끄럼 많은 그녀에게 지필묵을 들게 한 결정적인 요인이었을 것이다.

낙일방은 그녀의 요구에 응해 주고 싶었다. 불안함에 몸을 떠는 그녀의 마음을 위로해 주고 싶었다. 하나 무슨 말을 어떻게 써야 할지 몰랐다.

아마 다른 때, 다른 장소였다면 낙일방도 그녀를 향한 자신의 마음을 솔직하게 밝히면서 보다 구체적인 언질을 주는 편지를 쓸 수 있었을 것이다.

그런데 지금은 시기가 너무 좋지 않았다.

지금은 본 파의 제자들과 함께 무사히 종남파로 돌아가는 일에만 매진해야 한다. 만에 하나 다른 엉뚱한 일에 정신이 팔려 종남파로의 여정에 좋지 못한 일이 벌어진다면 장문 사형을 비롯한 다른 제자들을 볼 면목이 없어질 것이다.

몇 번이나 붓을 들었다가 놓기를 반복하는 동안에 밤이 깊어 버렸다.

낙일방은 마침내 들었던 붓을 내려놓았다. 애타게 답장을 기다리고 있을 그녀에게는 미안한 일이지만, 답장은 종남산으로 돌아간 후에 작성할 생각이었다.

낙일방은 그게 순리라고 생각했다.

낙일방이 지필묵을 정리하고 다시 자리에 앉으려 할 때였다.

팍!

별실 주위를 밝히던 등이 거의 동시에 꺼져 버렸다. 칠흑같이 짙은 어둠이 별실 전체를 휘감았다.

그리고 습격이 시작되었다.

습격을 처음으로 감지한 사람은 별실의 입구에서 가장 가까운 방에 머무르고 있던 동중산이었다.

창문 밖을 어스름히 밝히던 등이 갑자기 꺼지자 침대에 누워 있던 동중산은 무언가 심상치 않음을 느끼고 벌떡 몸을 일으켰다.

그 순간, 창문이 박살 나며 시커먼 복면을 뒤집어쓴 두 인영이 방 안으로 뛰어 들어왔다. 그들의 손에는 시퍼런 빛을 뿌리는 병장기가 쥐어져 있었다.

"웬 놈들이냐?"

동중산은 버럭 소리를 지르며 침상 위의 이불을 집어 던졌다.

그가 일부러 고함을 지른 것은 별실의 다른 사람들에게 습격을 알리기 위함이었다.

이불을 던진 것도 아주 시의적절한 판단이었다. 그때 그는 막 잠자리에 들었던 터라 몸에 어떠한 병기도 가지고 있지 않았기에 당장 습격자들의 공격을 막을 방법이 마땅치 않았던 것이다.

검광이 번뜩이자 동중산이 내던진 이불은 곧 수십 개의 헝겊 쪼가리로 잘려 버렸지만, 그사이에 동중산은 침상 옆에 걸어 놓은 장검과 암기 주머니를 움켜쥘 수 있었다.

파파팍!

암기 주머니에 그의 손이 들어갔다 나온 순간 서너 개의 섬광이 벼락같은 기세로 습격자들을 향해 쏘아져 갔다. 과연 비천호리라는 이름이 부끄럽지 않은 눈부신 암기 실력이 아닐 수 없었다.

땅! 땅!

하나 동중산이 날린 암기들은 너무도 맥없이 습격자들의 검에 튕겨 나갔다.

습격자들이 가벼운 동작으로 암기들을 쳐내는 것을 본 동중산의 표정이 한층 더 무겁게 가라앉았다. 그들 개개인이 상당한 실력을 지닌 검수들임을 알아본 것이다.

동중산은 이내 검을 뽑아 들고 자신을 향해 달려드는 습격자들에 맞서 갔다.

예측대로 습격자들의 공격은 가슴이 섬뜩할 정도로 날카롭고 예리했다.

동중산은 종남파에 입문한 후 꾸준히 무공을 수련해 왔다. 한때는 너무 늦은 나이 때문에 무공의 발전이 더디어서 수련을 포기할까도 생각했으나, 어린 사제들의 눈부신 진경을 보고 자극을 받아 틈만 나면 나름대로 열심히 무공을 연마했다. 그래서인지 그의 실력은 종남파에 입문하기 전보다 상당히 발전한 상태였고, 특히 체계적인 검법 수련을 받은 덕에 검에 대한 이해도와 검법의 경지가 눈에 띄게 높아져 있었다.

아마 예전의 동중산이었다면 두 명의 습격자들의 손에 십 초도 버티지 못했을 것이다.

하나 그렇다고 해서 동중산이 우세한 것도 아니었다. 처음에는 제법 팽팽한 접전을 벌일 수 있었으나, 시간이 흐를수록 조금씩 구석으로 몰리고 있었다.

그나마 지금 싸우는 곳이 좁은 방 안이었기에 습격자들이 합공을 하기에 마땅치 않은 탓에 당장 위험한 상황에 처하지는 않았지만, 이대로 간다면 결국 나중에는 더 이상 버티지 못하고 그들의 손에 쓰러질 게 뻔했다.

동중산은 쉴 새 없이 검을 놀려 그들의 공세를 막으면서도 머릿속으로는 끊임없는 생각을 이어 가고 있었다.

'이들은 대체 누구일까? 솜씨를 보니 뜨내기 낭인(浪人)이나 사도(邪道)의 무리들 같지는 않다. 겉으로는 투박하고 거친 듯해도 군데군데 정교하고 현묘한 변화가 숨어 있으니 명문가(名門家)의 무공을 익힌 자들이 분명하다. 이들이 단순히 내가 아니라 본 파를 노리고 습격을 해 온 것이라면 사저나 두 사제들이 걱정되는구나. 아무리 사숙조와 낙 사숙의 무공이 뛰어나더라도 세 사람이나 짐이 되는 상황에서 마음대로 실력을 발휘할 수 없을 터인데…….'

동중산은 불안함과 초조함으로 가슴이 터질 듯했으나 지금 당장은 그들의 공격을 막는 데 급급할 수밖에 없었다.

동중산이 우려한 대로 습격은 다른 곳에서도 이어지고 있었다.

종남파 일행들이 머무른 별실에는 모두 다섯 개의 방이 있었는데, 동중산과 낙일방, 성락중이 하나씩 사용하고 유소응과 손풍이 하나를, 그리고 임영옥이 제일 가운데 있는 방을 사용하고 있었다.

괴한들이 습격을 해 온 방은 공교롭게도 동중산과 낙일방, 성락중이 머물러 있는 방들이었다. 얼핏 생각하기에는 종남파의 제자들이 운이 좋은 것 같았으나, 괴한들의 습격이 그들에게만 집중된 것이 단순히 우연인지는 누구도 알 수 없는 일이었다.

습격을 당한 세 사람 중 가장 격렬한 반응을 보인 사람은 낙일방이었다.

낙일방은 창문을 뚫고 습격자들이 들어오자마자 침상에서 일어나며 오른 주먹을 맹렬히 휘둘렀다. 그와 함께 무지막지한 경력이 구름처럼 일어나 삽시간에 방 안을 휩쓸어 버렸다.

콰아앙!

엄청난 굉음이 터지며 창문으로 들어왔던 복면인 몇이 벽을 뚫고 튕겨 나갔다. 그 요란한 소리는 별실은 물론이고 객잔의 후원 전체를 뒤흔들기에 충분한 것이었다.

그럼에도 불구하고 누구도 나와 보는 사람이 없었다. 후원에 있는 별실의 수가 적지 않음에도 이토록 소란스러운 폭음에 아무도 얼굴을 내밀지 않는다는 것은 기이한 일이 아닐 수 없었다.

낙일방은 자신을 공격해 온 무리들의 수가 적지 않음을 보고 좁은 방 안에서 그들을 상대하기 어렵다고 판단하여 부서진 벽을 뚫고 밖으로 몸을 날렸다.

재빨리 주위를 둘러보니 뒤쪽과 반대편에 위치한 방에서도 예리한 검풍과 칼 부딪치는 소리가 연신 흘러나오고 있었다.

'성 사숙과 동 사질의 방에도 암습자들이 쳐들어온 모양이구나. 동 사질이 무사해야 할 텐데…….'

무공이 약한 동중산의 안위가 걱정되자 낙일방은 절로 마음이 다급해졌다.

더구나 행여 임영옥과 유소응, 손풍의 방에도 습격이 이어진다면 낭패스런 일이 아닐 수 없었다. 다행히 그 두 방은 낙일방과 동중산의 방이 앞뒤로 에워싼 형국이어서 아직 암습자들이 그곳까지 침입하지는 못한 것 같았다.

마음을 굳힌 낙일방은 두 주먹을 불끈 쥐고 자신을 에워싼 일단의 무리들을 향해 불문곡직하고 달려들었다. 상대의 정체가 무엇이고 목적이 무엇이든 개의치 않고 한시라도 빨리 격퇴하고야 말겠다는 강력한 의지가 역력히 엿보이는 모습이었다.

낙일방을 공격해 온 무리들은 여덟 명이나 되었는데, 그의 주위를 삼엄하게 둘러싼 채 움직이는 모습이 몹시 유연하면서도 나름의 절도가 있었다.

꽈릉!

낙일방의 주먹이 무시무시한 굉음을 내며 그들을 향해 몰아쳤다. 낙일방이 사용한 것은 낙뢰신권 중의 쌍봉관뢰로, 그가 처음부터 자신의 장기인 낙뢰신권을 펼친 것은 그만큼 현재의 상황을 빨리 정리하고 싶었기 때문이다.

하나 두 가닥의 뇌전 같은 경기는 암습자들 중 누구도 해치지 못하고, 보이지 않는 무형의 벽(壁)에 막혀 바닷속에 빠진 돌덩이처럼 맥없이 사라져 버렸다.

낙일방은 이내 그들이 특이한 합격진(合擊陣)을 펼치고 있음을 알아차렸다.

'이런 합격진쯤은 단숨에…….'

놀라기는커녕 더욱 맹렬한 기세로 낙뢰신권의 절초를 펼쳐 연거푸 무시무시한 공세를 취했던 낙일방의 눈가에 어느 순간 한 줄기 당혹스런 빛이 떠올랐다. 합격진의 위력이 예상보다 뛰어나서 단시간 내에 그것을 돌파하기 쉽지 않음을 깨달았던 것이다.

'여덟 명이라 단순히 팔괘진(八卦陣)의 변형 중 하나인 줄 알았는데, 아무리 봐도 수비의 위력을 강화시킨 특수한 목적의 절진(絕陣) 같구나.'

낙일방의 낙뢰신권은 빠르고 강력할 뿐 아니라 특유의 기운이 담겨 있어 어지간한 경기라도 종잇장처럼 뚫고 들어가는 놀라운 절학이었다. 그럼에도 불구하고 낙일방이 펼쳐 낸 낙뢰신권의 권경이 암습자들의 근처에만 가면 본연의 위력을 잃고 힘없이 사그라지고 있으니 낙일방이 당혹해 하는 것도 무리는 아니었다.

낙일방은 뜻밖의 기연과 본인의 부단한 노력으로 짧은 시간 내에 절정고수로 성장했지만, 아직 대적(對敵) 경험은 풍부한 편이 아니었다. 특히 지금처럼 기묘한 위력을 지닌 특이한 합격진을 상대한 적은 거의 없어서 어떻게 대응해야 할지 난감할 수밖에 없었다.

낙일방은 몰랐지만 지금 그가 상대하는 절진은 대일인용(對一人用) 합격진으로는 강호 무림에서도 열 손가락 안에 꼽히는 뛰어난 것이었다. 그의 경험이 좀 더 풍부했다면 아마 그 특이한 묘용과 형태를 보고 합격진의 정체를 알아차릴 수도 있었을 것이다.

낙일방이 여덟 명의 합격진에 막혀 돌파구를 찾지 못하고 있을 때, 성락중 또한 의외의 고전을 하고 있었다.

성락중의 상대는 단 한 사람이었다.

다른 암습자들처럼 얼굴에 검은 복면을 뒤집어쓴 그 인물은 한 자루 창을 사용하고 있었는데, 그 창이 어찌나 빠르고 날카롭게 움직이는지 뛰어난 검법을 지닌 성락중으로서도 전혀 우세를 점하지 못하고 있었다.

그렇다고 성락중이 건성으로 상대하고 있는 것도 아니었다.

성락중 또한 한시라도 빨리 암습자들을 물리칠 생각에 처음부터 전력을 기울였음에도 복면인을 격퇴시키지 못하고 있었다. 오히려 이따금씩 복면인의 창이 허공에서 괴이한 변화를 뿌리며 날아들 때마다 그 창을 막느라 조금씩 뒤로 밀리고 있는 형편이었다.

무당산에서 형산파의 오결검객 중에서도 무섭기로 소문난 비응검 사공표를 격파한 이후 강호 무림 전체에 엄청난 명성을 날리고 있는 성락중의 위상을 생각해 본다면 쉽게 믿어지지 않을 정도의 악전고투였다.

복면인의 창에는 붉은 수실이 매여 있었는데, 그래서인지 창이 번뜩일 때마다 허공에 이리저리 혈선(血線)이 수놓아지는 것 같았다.

성락중의 눈에는 자신의 주위가 온통 그 혈선으로 가득 찬 듯한 착각이 들었다. 그만큼 복면인의 창은 눈부시게 빠르고 정교했다.

차앙!

가끔씩 검과 창이 부딪힐 때마다 주위를 뒤흔드는 무시무시한 파공음이 터져 나왔고, 두 사람의 몸이 한 차례씩 부르르 떨리기도 했다.

성락중은 상대의 내공이 자신에 못지않은 것을 알고 검법으로 그를 누르려 했으나, 상대의 창법 또한 자신에 절대 뒤지지 않았다. 오히려 붉은 수실이 동그랗게 말리며 창날이 교묘하게 뒤틀려 날아오는 괴이한 초식의 변화는 섬뜩할 정도로 위력적이어서 막는 것만으로 급급할 정도였다.

'예전에 어디선가 이런 식의 창법에 대한 이야기를 들은 것 같았는데…….'

성락중은 상대의 정체가 궁금했으나, 워낙 상황이 긴박하여 더 이상 깊은 생각을 할 여지가 없었다.

성락중의 검에서 흘러나오는 새하얀 검광과 복면인의 창이 뿌리는 붉은 혈선이 검은 하늘에 뒤섞이며 환상적인 장면을 연출했으나, 그 안에서 벌어지는 싸움이 얼마나 살벌하고 흉험한지는 누구도 짐작하지 못할 것이다.

조용하고 한적했던 별실은 사방에서 벌어지는 무서운 싸움의 여파로 곳곳이 파괴되고 무너져 그야말로 폐허를 연상케 했다.

희미한 월광이 장내를 비추는 가운데, 그 광경을 지켜보고 있는 두 명의 인물이 있었다.

한 명은 우람한 체구에 흑포를 걸친 복면인이었고, 다른 한 명은 하늘하늘한 몸매에 얼굴에는 면사를 쓴 궁장 여인이었다.

두 사람은 치열한 격전이 벌어지고 있는 장내의 광경을 가만히 바라보고 있었는데, 일부러 몸을 숨기지 않았음에도 장내의 누구도 그들이 나타난 것을 알아차리지 못했다. 그만큼 그들의 행동은

은밀했고, 완벽하게 기도를 숨기고 있었다.

한동안 묵묵히 싸움을 보고 있던 흑포 복면인이 알 듯 모를 듯 나직한 한숨을 내쉬었다.

"흐음. 봉구령(鳳九靈)이라면 능히 무영검군을 제압할 수 있을 줄 알았는데 예상외로군. 결국 우리가 나서야 하려나?"

궁장 여인이 조용한 음성으로 그의 말을 받았다.

"조금만 더 기다려 봐요. 아직 그는 혈영창(血影槍)의 진수인 혈망(血網)을 내보이지도 않았어요."

흑포 복면인은 여전히 무언가 탐탁지 않은 듯한 모습이었다.

"그렇게 말하자면 무영검군도 나름대로 숨겨 둔 한 수를 가지고 있을 거요. 그러니 봉구령이 혈망을 펼친다고 해도 승리를 장담할 수 없는 상황이란 말이오."

"당신은 봉구령을 직접 상대해 본 적이 있나요?"

"꼭 그와 솜씨를 겨뤄 봐야만 그의 실력을 알 수 있는 건 아니오."

"물론 그렇지요. 하지만 일전에 나는 봉구령과 유중악의 창을 모두 겪어 본 사람을 만난 적이 있어요."

"그런 사람이 있단 말이오?"

"있어요. 창으로는 천하제일을 다투는 그들 두 사람을 모두 상대했으면서도 아직까지 살아 있는 단 한 사람."

흑포 복면인의 두 눈에 흥미로운 빛이 감돌았다.

"그가 누구요?"

궁장 여인은 조용한 음성으로 말했다.

"손검당."

흑포 복면인의 눈빛이 그 어느 때보다 날카롭게 번뜩였다.

"요즘 낙양 일대에서 가장 무서운 검을 가지고 있다는 자로군. 그가 젊은 나이에 어울리지 않는 뛰어난 검객이라고 듣긴 했지만, 설마 봉구령의 창 아래에서도 살아남을 정도였단 말이오?"

"봉구령이 혈망을 쓰기 전까지는 거의 대등하게 싸웠어요."

"흠. 그자는 좀처럼 낙양을 떠나지 않는다고 들었는데, 봉구령과는 무슨 일로 싸우게 되었던 거요?"

궁장 여인은 흑포 복면인을 힐끔 쳐다보더니 낮게 가라앉은 음성으로 말했다.

"사소한 남자들 간의 다툼이었어요."

언뜻 흑포 복면인의 눈가에 가느다란 미소가 내걸렸다.

"소문으로 듣기로는 그자는 한 여인에게 빠져 그녀의 주위를 한 마리 나비처럼 맴돌고 있어서 호접유객(蝴蝶遊客)이라는 다소 비아냥거리는 별호로 불리기도 한다더군. 봉구령도 풍류라면 누구에게도 뒤지는 인물이 아니니 혹시 두 사람이 그 여인 때문에 시비가 붙은 게 아니오? 그리고 그 여인은 아마도 부인의 막내 제자인……."

궁장 여인의 목소리가 빙굴에서 흘러나온 듯 차가워졌다.

"쓸데없는 부분에 신경을 쓰는군요. 아무튼 중요한 건 손검당이 봉구령을 상대하고도 죽지 않았다는 거예요. 그리고 그는 일 년 전에 유중악과도 싸운 적이 있어요."

"불과 일 년 사이에 강호에서 가장 유명한 창의 고수 두 사람을 연이어 상대했단 말이오? 이걸 운이 좋다고 해야 할지 나쁘다고 해야 할지 모르겠군."

"운이 좋은 거지요. 어쨌든 그는 그들 두 사람을 상대하고도 살아남았으니 말이에요."

"그래서 그자가 봉구령의 창이 유중악보다 무섭다고 했다는 말이오?"

"실력 자체는 유중악이 조금 더 나은 듯하다고 하더군요. 실제로 그는 유중악의 손에서 삼십 초를 견디지 못했는데, 봉구령과는 오십 초 가까이 백중세를 이루었으니 말이에요."

"그런데 봉구령이 혈망을 쓰자 판세가 달라졌단 말이오?"

"그래요. 손검당은 혈망의 첫 번째 초식을 간신히 피했으나 이어지는 두 번째 초식에 옆구리를 관통당하고 말았어요. 그리고 당신도 알겠지만, 봉구령의 혈망은 모두 여섯 초식으로 되어 있지요."

흑포 복면인은 알겠다는 듯 고개를 끄덕였다.

"부인은 봉구령의 혈망이라면 아무리 무영검군이 숨겨 둔 한 수가 있다고 할지라도 당해 내지 못할 거라고 믿고 있는 모양이구려."

"당신도 그렇게 생각했으니 봉구령에게 그를 맡긴 게 아닌가요?"

"그렇긴 하지만, 무영검군의 실력을 직접 눈으로 보게 되니 갑자기 불안한 생각이 들어서 말이오. 그나저나 봉구령의 혈망이 그 정도라면 이곳은 그에게 믿고 맡겨도 되겠군."

"문제는 저쪽이로군요."

궁장 여인의 시선이 다른 한쪽으로 향했다.

그곳에는 연신 요란한 폭음과 바람 소리가 울려 퍼지고, 거친 경풍과 시퍼런 검광이 폭죽처럼 연거푸 피어올라 주위를 황폐하게 만들고 있었다. 낙일방이 여덟 명의 복면인들에게 둘러싸인 채 치열한 격전을 벌이고 있는데, 힐끗 보는 것만으로도 누가 이길지 전혀 승부를 예측할 수 없는 긴박한 상황임을 알 수 있었다.

하나 흑포 복면인은 그쪽에 대해서는 별반 신경을 쓰지 않는 눈치였다.

"옥면신권의 주먹이 나이답지 않게 단단하긴 하지만 오늘은 상대를 잘못 만났소. 그는 결코 관혼팔담진(關魂八潭陣)을 벗어나지 못할 거요."

궁장 여인이 각별한 눈으로 여덟 명의 복면인들을 한 사람씩 차례로 훑어보았다.

"공동파의 콧대 높은 말코들이 어떻게 꽁꽁 숨겨 놓고 보여 주지 않던 팔담검객(八潭劍客)들을 순순히 내줄 생각을 했는지 모르겠군요. 도대체 무슨 수를 쓴 거죠?"

"그냥 내 수완이 좋았다고만 알아 두시오."

복면인들의 정체는 공동파의 팔담검객이었다. 그들은 공동파에서도 가장 비밀스럽고 특수한 신분이어서, 개개인의 정체를 정확하게 알고 있는 사람은 공동파의 수뇌들 몇에 불과할 정도로 철저하게 신변이 보호되고 있었다. 심지어 그들의 존재조차 아는 이들이 많지 않은 상황이었다.

그들을 아는 사람들은 그들을 '공동파의 숨겨진 칼'이라 불렀는데, 그 이유는 그들이 관혼팔담진이라는 특수한 절진을 펼칠 수 있기 때문이다. 관혼팔담진은 타 문파에 비해 절정고수의 수가 부족한 공동파의 현실을 타파하기 위해 공동파의 전대 고수들이 합심하여 창안해 낸 대일인합격진(對一人合擊陣)으로, 강호에 그 이름이 널리 알려지지 않은 것은 그 절진에 갇힌 사람 중 살아서 나온 자가 없기 때문이었다.

관혼팔담진이 그동안 몇 번이나 나타났는지는 아무도 알지 못했지만, 언제부터인지 그에 대한 소문은 조금씩 강호에 퍼져 나가기 시작했다. 그래서 무림인들 중에는 공동파의 고수가 여덟 명이 모여 있는 자리는 가급적 피하는 자들도 적지 않았다.

그들 중에는 관혼팔담진을 '연옥니담진(煉獄泥潭陣)'이라고 부르는 자들도 있었는데, 그 이름 그대로 한번 갇히면 끝없는 지옥의 수렁에 빠진 듯 도저히 살아서는 나오지 못한다는 의미가 담겨 있었다.

낙일방은 무당산에서 벌어진 용선생과의 일전에서 자신의 실력이 나이를 초월하여 강호 무림의 절정고수가 되기에 부족함이 없다는 것을 분명하게 증명해 보였다. 이제 그의 무공을 의심하는 무림인은 아무도 없었다.

하나 그런 그에게도 몇 가지 약점이 있었다. 그중 하나가 그의 강호 경험이 일천하여, 다양한 부류의 고수들과 싸운 적이 그다지 많지 않다는 것이었다.

흑포 복면인은 바로 이 점에 주목했다. 강호에는 실력이 뛰어난 고수들을 상대하기 위한 복잡하면서도 기괴하고 정교하기 이를 데 없는 절진(絕陣)들이 적지 않았다. 오랜 시간과 각고의 노력 끝에 만들어진 그런 절진들은 경험이 풍부한 강호의 노련한 고수들도 제대로 대응하기 어려웠다. 하물며 대적 경험이 별로 없는 낙일방이라면 더 말할 나위도 없을 것이다.

그중에서도 관혼팔담진은 존재 여부조차 제대로 알려져 있지 않은 절진 중의 절진이었으니, 제아무리 낙일방이 당대 무림 최고의 후기지수라 할지라도 그 절진을 파훼할 가능성은 거의 없다고 할 수 있었다.

흑포 복면인의 예상대로 낙일방은 여덟 명의 복면인들이 펼치는 절진 속에서 좀처럼 헤어 나오지 못하고 있었다. 성난 맹수처럼 사납게 날뛰고는 있지만, 아무리 공력이 샘물처럼 솟아나는 고수라 할지라도 저런 식으로 움직여서는 곧 진력마저 고갈되어 제풀에 주저앉고 말 게 뻔했다.

흑포 복면인은 이내 고개를 돌려 궁장 여인을 돌아보았다.

"밤도 깊어 가는데, 이쯤에서 오늘 일을 마무리 짓는 게 어떻겠소?"

궁장 여인이 살짝 고개를 끄덕이자, 두 사람은 난장판으로 변해 있는 후원을 가로질러 나아갔다. 그들의 발길이 향하는 곳은 후원의 별실 중에서도 가장 깊숙한 곳에 위치한 방이었다.

낙일방과 성락중이 목숨을 걸고 지키려고 했던 곳. 하나 지금 두 사람은 외인이 그 방을 향해 가는 것을 제지할 수 없는 상황이었다.

주위가 거의 폐허처럼 변한 와중에도 그 방문 앞은 이상하리만치 고요했다. 굳게 닫힌 방문만 보면 도저히 사방에서 무시무시한 싸움이 벌어지고 있는 격전장의 한가운데라고 생각되지 않을 정도였다.

막 두 사람이 방문을 향해 걸어가려 할 때, 갑자기 두 개의 인영이 방문 앞을 가로막았다.

크고 작은 두 인영을 본 흑포 복면인의 눈가에 웃음기가 감돌았다.

"이 상황에서도 내 앞을 막을 생각을 하다니. 과연 신검무적의 제자들이라 이건가?"

날카로운 눈으로 그들을 쏘아보며 방문 앞을 가로막고 있는 두 사람은 다름 아닌 유소응과 손풍이었다. 유소응은 진산월에게 직접 하사받은 견정검을 굳게 쥐고 있었고, 손풍은 두 주먹을 불끈 쥔 채 금시라도 달려들 듯 성난 눈으로 흑포 복면인과 궁장 여인을 노려보고 있었다.

"당당한 강호의 고수들이 대체 뭐가 부끄럽기에 얼굴마저 가린 채 야밤에 쥐새끼처럼 숨어 들어온단 말이냐? 본 파에 볼일이 있으면 내일 날이 밝은 다음에 정식으로 방문첩을 작성해서 찾아오도록 해라."

손풍이 카랑카랑한 음성으로 소리치자 흑포 복면인의 눈가에 떠올라 있는 미소가 조금 더 짙어졌다.

"젊은 친구의 기세가 상당하군. 종남파에서 제일 늦게 입문한 막내 제자라고 들었는데, 맞는가?"

손풍은 눈을 부릅뜨고 서슴없이 자신의 가슴을 힘차게 두드렸다.

"그렇다. 내가 바로 본 파의 가장 촉망받는 제자인 손풍 어른이시다. 그러는 너는 어느 파의 누구냐? 너도 무림인이라면 순순히 복면을 벗고 떳떳하게 이름을 고하도록 해라."

"흐흐. 종남파 막내 제자의 기상이 하늘을 뒤덮을 듯하군. 이제 종남파에 입문한 지 몇 달 되지도 않은 자가 무림인 운운한다는 게 조금 우습지 않나?"

"얼굴을 내보이는 것조차 두려워 어두운 밤에도 복면을 뒤집어 쓰고 다니는 너보다는 내가 훨씬 더 무림인답다고 생각한다."

당당한 손풍의 말에 흑포 복면인의 눈가에 떠올랐던 미소가 사라지며 진득한 살기가 그 자리를 채웠다.

"과연 신검무적의 제자답게 입심이 대단하군. 어디 솜씨도 그 주둥아리처럼 대단한지 한번 볼까?"

흑포 복면인의 전신에서 구름 같은 기세가 일어났다. 손풍의 눈으로 보기에도 그 기세는 자신이 도저히 감당할 수 없는 어마어마한 것이었다.

하나 손풍은 입술을 굳게 다문 채 그 자리에서 꼼짝도 하지 않았다.

손풍이라고 지금 상황이 두렵지 않은 것은 아니었다. 하나 자신보다 훨씬 어린 유소응이 침착한 자세로 자신의 옆에 우뚝 서 있는데 어찌 겁먹은 기색을 보일 수 있겠는가?

'병든 사고와 꼬마 사형은 내가 지킨다. 손풍, 너는 할 수 있다!'

손풍은 피가 나도록 두 주먹을 세게 움켜쥔 채 자신이 그동안 배운 무공들을 머릿속으로 재빨리 되새겨 보았다. 흑포 복면인이 공격할 경우 어떻게 막고 어떻게 반격할지를 열심히 궁리하는 그의 두 눈은 여느 때보다 영활하게 움직이고 있었다.

그에 비해 유소응은 별다른 감정의 빛이 담겨 있지 않은 눈으로 그저 흑포 복면인과 자신 사이의 빈 공간을 가만히 응시하고 있을 뿐이었다. 손에 쥐어져 있는 장검만 아니었다면 영락없이 엉뚱한 공상에 빠져 있는 어린아이처럼 보였을 것이다.

흑포 복면인은 열심히 초식을 궁리하며 자신을 쏘아보는 손풍의 모습을 빙긋 웃으며 지켜보다가 문득 유소응에게로 시선을 돌렸다. 그의 눈에 한 줄기 신광이 어른거렸다.

강적을 앞에 두고도 흔들리지 않는 심성, 두 팔을 자연스레 늘어뜨리고 두 발을 살짝 벌려 언제든지 검을 뽑을 수 있도록 한 완벽한 자세, 그리고 무엇보다도 한없이 깊고 차분한 호흡…….

흑포 복면인은 한동안 유소응을 뚫어지게 응시하더니 혼잣말처럼 나직하게 중얼거렸다.

"기재로군, 기재야. 신검무적은 정말 운이 좋은 사람이구나. 대체 어디서 이런 보석을 찾아냈을까?"

손풍의 눈초리가 꿈틀거린 데 비해 유소응은 여전히 표정의 변화가 없었다.

흑포 복면인은 문득 조금 전과는 다른, 중후하면서도 낮게 가라앉은 음성으로 입을 열었다.

"어린 친구. 내 앞을 막지 말고 이대로 물러나도록 해라. 십 년 후에는 기꺼이 상대해 주겠다."

유소응은 아무런 말이 없었다. 다만 수중에 들고 있는 견정검의 손잡이를 가만히 두드릴 뿐이었다.

탁탁.

그에 따라 검에 매달린 붉은 수실이 가볍게 흔들렸다. 흑포 복면인은 수실에 수놓아진 〈견(堅)〉이라는 글자를 가만히 내려다보더니 이윽고 다시 고개를 끄덕였다.

"그래. 너도 무림인이로구나. 내가 말을 잘못했다. 무림인에게 십 년 후를 운운하는 건 부질없는 짓이지."

흑포 복면인의 기세가 한층 더 거칠고 난폭해졌다.

그에 따라 주위의 공기가 뒤흔들리며 거센 경기가 구름처럼 피어올랐다.

"너희들이 무림인임을 인정하지. 그러니 무림인다운 최후를 선사해 주마."

흑포 복면인은 천천히 양손을 들어 올렸다.

유소응은 견정검을 자신의 중단으로 올려 세웠고, 손풍 또한 마른침을 삼킨 채 두 주먹을 불끈 쥐었다.

바람도 숨을 멈춘 듯한 그 순간, 굳게 닫혀 있던 문이 소리도 없이 활짝 열렸다.

그리고 들려오는 음성 하나.

"손님들을 안으로 모시도록 해라."

제 339 장

의기불굴(義氣不屈)

제 339 장 의기불굴(義氣不屈)

병색이 완연한, 금시라도 꺼질 듯 미약한 음성이었다. 하나 그 음성이 들려온 후 금시라도 피를 뿌릴 것 같았던 살벌한 분위기는 일변했다.

흑포 복면인의 전신에서 폭풍처럼 일어났던 맹렬한 기세는 씻은 듯이 사라져 있었다.

손풍이 어찌해야 할지 망설이고 있을 때, 유소응이 먼저 몸을 움직였다. 그의 손에서 날카로운 빛을 뿌리고 있던 견정검은 어느새 검집 안으로 사라져 버린 후였다.

유소응은 흑포 복면인과 궁장 여인을 일견한 후 방으로 들어갔다가 이내 다시 밖으로 나왔다. 그러고는 한 점 흔들림 없는 음성으로 말하는 것이었다.

"사고께서 두 분의 만남을 허락하셨습니다. 안으로 드시지요."

흑포 복면인이 묘한 눈으로 유소응을 쳐다보았다. 간단한 말 몇 마디로 졸지에 흑포 복면인과 궁장 여인은 좋지 않은 의도를 가진 한밤의 무례한 침입자가 아니라 정식으로 찾아온 평범한 방문객이 되어 버린 것이다.

그 차이는 단순한 것 같으면서도 그렇지 않았다.

흑포 복면인은 어차피 장내의 판세를 자신들이 장악하고 있다고 확신했기에 이 담대하고 맹랑한 꼬마의 수작에 잠시 어울려 줄 생각이 들었다.

"그렇다면 들어가 보겠네."

그는 슬쩍 고개를 까닥거리고는 유소응의 뒤를 따라 방 안으로 걸음을 옮겼다. 궁장 여인 또한 말없이 그들의 뒤를 따라가자 혼자 남게 된 손풍은 엉거주춤한 자세로 머리통을 긁적거렸다.

'꼬마 사형은 대체 무슨 생각인 거야? 의도가 뻔한 저런 놈들을 안으로 들어오게 하다니……. 아무리 사고가 허락했어도 끝까지 말렸어야지.'

손풍이 속으로 투덜거리며 자신도 방 안으로 들어가려 할 때였다.

갑자기 열려 있던 방문이 다시 닫혔다.

"어?"

손풍은 문을 열려 했으나, 아무리 힘을 주어도 문은 꼼짝도 하지 않았다.

"어어. 이러면 안 되는데……."

손풍은 의미 모를 넋두리를 중얼거리며 계속 문을 열려고 끙끙거렸다.

하나 어찌 된 일인지 도저히 문을 열 수가 없었다. 분명 다른 방문과 똑같이 나무로 만든 평범한 문임에도, 강철 문이라도 된 것처럼 몸으로 밀고 어깨로 밀쳐도 요지부동이었다.

"사형. 나도 들어가게 문 좀……."

손풍은 몇 번이나 손으로 문을 두드려도 꿈쩍도 않자 갑자기 불쑥 화가 치밀어 올라 발로 문을 세차게 걷어찼다. 그런데 그토록 굳게 닫혀 있던 문이 발길질 한 번에 활짝 열리는 것이 아닌가?

"됐다!"

손풍은 자신이 방금 감히 사고가 있는 방문을 발로 찼다는 것도 잊은 채 황급히 안으로 들어가려 했다.

한데 그 순간, 갑자기 안에서 세찬 경풍이 폭발하듯 밖으로 뿜어져 나왔다. 그 경풍이 어찌나 강력하던지 방문은 물론이고 방 전체가 마치 거대한 폭발물에 터져 버린 것처럼 박살이 나 버렸다.

콰아앙!

손풍은 경풍에 휘말려 산산이 부서진 문짝과 함께 삼 장 밖으로 나가떨어졌다. 순간적으로 정신을 잃었다가 다시 깨어나긴 했으나, 어찌나 충격이 컸던지 귀가 멍하니 울리고 온몸이 두들겨 맞은 듯 아파서 아무런 생각도 나지 않았다.

게다가 어찌 된 일인지 유월의 날씨임에도 한겨울처럼 싸늘한 냉기가 가득 밀려와서 몸이 덜덜 떨려 왔다. 손풍이 어려서부터 영약을 물처럼 복용한 강건한 신체가 아니었다면 견디지 못했을 정도로 차갑고 지독한 한기였다.

손풍은 나무 파편과 먼지를 뒤집어쓴 모습으로 한동안 멍하니 바닥에 누워 있었다. 그러다 퍼뜩 정신을 차리고 벌떡 일어나 방으로 달려가려 했다.

그러다 이내 몸을 멈추고 망연자실한 표정으로 그 자리에 우뚝 서 버렸다.

조금 전만 해도 멀쩡했던 별실은 완전히 산산조각이 난 채 폐허로 변해 있었다. 부서진 나무 파편과 수북하게 쌓인 흙먼지 사이로 간간이 보이는 찢어진 천 조각들이 아니었다면 이곳이 아름답게 꾸며진 방이었다는 사실을 믿지 못했을 것이다.

손풍은 넋이 나간 사람처럼 멍하니 폐허로 변한 방을 바라보다가 황급히 폐허 더미를 뒤지기 시작했다.

"사고! 꼬마 사형!"

손풍은 목이 터져라 두 사람을 부르며 맨손으로 돌조각과 잔해들을 정신없이 파헤쳤다. 양손이 부르트고 얼굴이 흙먼지가 범벅이 되면서도 손풍은 자신의 행동을 멈추지 않았다.

"사고! 사형……! 안 돼! 제발…… 제발……."

자신이 무슨 소리를 하는지도 모르고 미친 듯이 먼지 속을 뒤집고 다니는 손풍의 모습은 영락없이 정신 나간 사람처럼 보였다.

폐허를 파헤치던 손풍의 손에 문득 차갑고 매끄러운 감촉이 느껴졌다. 그것은 비단으로 된 이불이었다. 손풍의 눈이 크게 뜨였다. 그 알록달록한 목화 문양의 이불은 분명 임영옥이 덮고 있던 것이었다.

"사고!"

손풍은 황급히 이불자락을 잡아당겼다. 부서진 돌조각 사이에

묻혀 있던 이불은 여기저기가 찢어진 데다 기이한 냉기가 감돌고 있어서 마치 얼음으로 만든 조각상 같았다.

반쯤 파헤치자 이불 한편에 누군가가 돌돌 말려 있는 것을 알 수 있었다. 냉기 때문에 푸석푸석해진 이불을 거의 부수다시피 한 손풍은 이내 이불에 말린 사람을 볼 수 있었다.

"사형! 꼬마 사형!"

이불 속의 사람은 다름 아닌 유소응이었다.

유소응은 냉기에 휩싸여 창백해진 얼굴로 의식을 잃은 상태였다.

손풍은 우선 그의 숨결부터 확인했다. 비록 가늘긴 했으나 아직 호흡이 끊어지지 않은 것을 확인한 손풍은 그의 몸을 끌어안다가 너무나도 차가운 냉기에 자신도 모르게 손을 다시 거두어들였다.

"꼬마 사형! 정신 차려! 이러다간 얼어 죽는단 말이야!"

초여름 날씨에 얼어 죽는다는 말을 하는 게 왠지 어울리지 않았지만, 손풍이 생각하기에는 이렇게 몸이 차가운 상태에서 계속 정신을 잃고 있으면 정말 얼어 죽게 될 것만 같았다.

하나 아무리 흔들어도 유소응은 깨어나지 않았다. 손풍은 냉기를 무릅쓰고 자신의 손으로 유소응의 차가운 살결을 계속 비벼 댔으나, 그 정도로는 어림도 없는 일이었다.

"어쩌지?"

손풍의 짧은 지식으로는 유소응이 왜 이런 상태에 빠졌는지, 어떻게 해야 그를 깨울 수 있을지 전혀 짐작도 되지 않았다.

대체 멀쩡한 모습으로 방으로 들어간 유소응은 왜 이불에 쌓인 채 꽁꽁 언 상태가 되었단 말인가? 비록 밤이라고 해도 아직 후덥

지근한 기운이 남아 있는데, 대체 어디서 이런 차가운 냉기가 뿜어져 나왔을까?

뿐만 아니라 유소응을 제외한 다른 세 사람의 흔적이 보이지 않는 것도 이상한 일이었다.

이 방은 임영옥의 거처로, 그녀는 이 방에 들어오자마자 침상에 누워 꼼짝도 하지 않고 있었다. 저녁 식사도 거른 채 파리한 안색으로 침상에 있는 그녀의 모습을 종남파의 제자들이 안타까운 눈으로 지켜본 것이 불과 얼마 전의 일이었다.

그 방으로 유소응과 두 명의 괴인들이 들어간 것을 손풍의 눈으로 똑똑히 보았는데, 유소응만 이불에 말린 채 발견되었을 뿐 다른 사람들의 모습은 감쪽같이 사라져 버렸으니 실로 이해가 되지 않는 일이었다.

설마 조금 전의 폭발로 시신조차 남기지 않고 산산이 박살 나 버렸단 말인가?

하나 그렇다면 하다못해 시신의 조각이나 핏물이라도 보여야 할 텐데, 아무리 둘러보아도 그런 흔적은 전혀 찾아볼 수가 없었다.

방에 있는 네 사람 중 한 사람만 꽁꽁 언 상태로 남아 있고 다른 세 사람은 흔적도 보이지 않았으니 손풍은 대체 어찌 된 영문인지 짐작조차 할 수 없었다.

'우선은 꼬마 사형을 살리는 게 먼저다!'

갑자기 사라진 사고의 안부가 걱정스러웠으나, 그보다는 유소응의 상태가 더 화급했다. 시간이 흐를수록 유소응의 호흡이 조금씩 가늘어지고 있는 것을 확인한 손풍은 차가운 그의 몸을 꼬옥 끌어안은 채 자리에서 일어나 주위를 두리번거렸다.

자신의 실력으로는 도저히 어쩔 수 없음을 깨달은 손풍은 다른 사람의 도움을 받으려 했으나, 당장은 그것도 불가능하다는 것을 깨달았다.

거대한 폭발로 방이 송두리째 사라졌음에도 주위의 싸움은 여전히 치열하게 계속되고 있었던 것이다.

창을 든 정체불명의 고수와 싸우고 있는 성락중은 그 싸움에 완전히 몰입되어 그런 폭발이 있다는 것도 모르는 듯했다. 두 사람의 격전이 어찌나 살벌하고 무시무시했던지 손풍은 보기만 해도 오금이 저려 이내 다른 곳으로 고개를 돌려 버렸다.

멀리 떨어진 곳에서 여덟 명의 복면인들에게 둘러싸인 낙일방의 상황도 그리 좋아 보이지는 않았다. 항상 준수하고 미소를 잃지 않았던 얼굴은 흉신악살처럼 일그러져 있었고, 눈처럼 깨끗했던 백의는 여기저기가 찢어져 그야말로 악전고투를 벌이고 있다는 것을 어렵지 않게 알 수 있었다.

그뿐 아니라, 항상 듬직하고 의지가 되었던 동중산의 모습도 보이지 않았다. 동중산이 머물러 있는 방 쪽에서 연신 병장기 부딪치는 소리가 들리는 것으로 보아 그의 상황도 그리 좋지는 않음이 분명했다.

지금의 상황으로는 그들 중 누구에게도 도움을 청할 수 있는 상태가 아니었다.

'어쩌지? 생각해라, 손풍! 너 아니면 꼬마 사형을 구할 사람이 없다.'

손풍은 민활하게 돌아가지 않는 자신의 둔한 머리를 탓하며 계속 생각에 골몰했다.

유소응을 안고 있는 팔과 가슴에서 전해지는 냉기가 유월의 밤에도 몸을 떨게 할 정도로 차가웠으나, 그는 그런 추위도 느끼지 못하는 사람처럼 정신없이 생각에 골몰해 있었다.

그러다 그의 눈이 번쩍 뜨였다.

'그래, 어제 천봉선자 중의 한 사람이 찾아왔었지? 이 근처에 머물러 있다고 했는데…….'

필사적으로 머리를 굴리던 손풍의 입에서 짧은 음성이 흘러나왔다.

"만강루……. 서쪽에 있는 만강루!"

그는 혼이라도 빼앗긴 사람처럼 그 말을 중얼거리며 서쪽을 향해 달려가기 시작했다. 꽁꽁 언 소년을 가슴에 안은 채 정신없이 달려가는 그의 모습은 이내 짙은 어둠에 가려져 보이지 않게 되었다.

만강루는 야음에 잠겨 있었다.

깊은 밤의 정적을 깨는 소리가 들려온 것은 삼경도 훨씬 지나 새벽이 가까워 올 무렵이었다.

탕! 탕! 탕!

하도 시끄럽게 문을 두드리는 소리에 간신히 눈을 비비고 일어난 점소이가 입이 찢어져라 하품을 하며 대문으로 걸어갔다.

"제길. 대체 어떤 정신 나간 놈이 야밤에 잠도 안 자고 이 난리를 치는 거야?"

점소이가 대문을 채 반도 열기도 전에 누군가가 대문을 발로 걷어차며 안으로 뛰어 들어왔다.

콰당!

"어이쿠!"

갑자기 열린 대문에 부딪혀 바닥에 나뒹굴게 된 점소이는 어안이 벙벙하여 안으로 뛰어 들어온 사람을 멍하니 올려다보았다.

머리는 산발해서 허리까지 풀어헤쳐졌고, 온몸은 허연 먼지로 수북하게 뒤덮여 있었다. 게다가 얼마나 먼 길을 뛰어왔는지 땀으로 흠뻑 젖은 몰골에 거친 숨을 가쁘게 헐떡거리고 있는 모습이 자칫했다가는 그대로 숨이 꼴깍 멈춰 버릴 것만 같았다.

그럼에도 점소이가 차마 화를 내지 못한 것은 산발한 머리카락 사이로 번뜩이는 그 사람의 눈빛이 너무도 살벌하고 무시무시했기 때문이다.

더욱 기괴한 것은 그의 품속에 언뜻 보기에도 푸르뎅뎅하게 굳어 있는 어린 소년의 시체가 안겨 있다는 것이었다.

야밤에 문을 걷어차고 뛰어 들어온 사나이가 시신까지 안고 있으니 점소이가 화를 내기 이전에 두려움부터 느낀 것은 너무도 당연한 일이었다.

"허억허억! 어디 있어? 그 여자 어디 있어?"

거친 숨을 몰아쉬면서도 그 사람은 무언가를 쉴 새 없이 중얼거렸다. 가만히 그의 말을 듣고 있던 점소이가 그제야 정신이 든 듯 자리에서 일어나며 물었다.

"무슨 여자를 말하는 거요? 아니, 그보다 당신은 누구인데 이

야밤에 여기 와서 여자를 찾는 거요? 그리고 그 시체는…….”

점소이가 그 사람의 가슴에 안긴 소녀의 시신을 두려운 듯 손으로 가리키자 그 사람은 버럭 소리를 질렀다.

“시체라니? 죽기는 누가 죽었다는 거야?”

“아니 그게…….”

“비켜!”

그 사람은 점소이를 와락 밀치고는 성큼 안으로 들어왔다. 그러다 다시 몸을 돌려 점소이를 노려보았다. 붉게 충혈된 데다 기이한 빛마저 번들거리는 두 눈이 자신에게 향하자 점소이는 순간적으로 몸이 굳어지는 것 같았다.

“그 여자 여기 있지? 어서 말해.”

“대체 무슨 여자를 말하는 거요?”

“그 여자, 천봉궁의……. 에이, 이런 시골 무지렁이가 천봉궁을 알 리가 없지. 아무튼 이 객잔에 묵는 여자들 중 제일 젊고 예쁜 여자가 있는 방이 어디야?”

점소이는 당황한 와중에도 어이가 없어서 멀거니 그 사람을 쳐다보았다.

“젊고 예쁜 여자라니. 그렇게 말하면 누군지 어떻게 알…….”

“정말 몰라?”

그 사람이 눈을 부라리자 무심코 고개를 저으려던 점소이의 뇌리에 문득 오늘 저녁에 불쑥 만강루를 찾아왔던 여인 한 사람이 떠올랐다. 늦은 저녁에 불쑥 찾아와서는 대뜸 이곳에서 제일 좋은 방으로 내놓으라며 강짜를 부리던 그 여인은 성격답지 않게 외모

만큼은 누구보다도 뛰어나고 아름다웠지 않았던가?

"저…… 노란 옷을 입은 젊은 미녀라면 한 분이 계시기는 한데……."

그 사람이 눈을 빛내며 열심히 고개를 끄덕였다.

"그래. 노란 옷. 그 여자는 노란 옷을 즐겨 입으니까. 성격이 좀 거칠고 안하무인이긴 하지만, 얼굴이 무지 예쁘고 입이 걸걸한 여자 말이야."

"그 여자라면……."

점소이의 시선이 한쪽으로 향했다.

그곳은 만강루의 객실 중에서도 가장 구석에 자리한 별실이었다. 하나 또한 그만큼 화려하고 깨끗해서 만강루에서도 가장 비싼 곳이었다.

점소이가 그 방의 설명을 채 마치기도 전에 그 사람은 쏜살같이 그쪽으로 뛰어가기 시작했다.

누산산은 대문 밖이 소란스러워졌을 때부터 잠이 깨어 있었다.

이곳은 조용한 시골 마을이었다. 만강루가 비록 이 일대에서 가장 큰 객잔이라고 해도, 번화한 도시의 성대한 주루에는 비할 바가 못 되었다. 그런 만강루에서 심야에 화급을 다툴 만큼 급하게 요란 법석을 떨 일이 얼마나 되겠는가?

그래서 그녀는 혹시나 자신과 관련된 일이 벌어진 게 아닌가 하는 생각이 살짝 들었다.

아니나 다를까? 그녀가 채 옷을 갈아입고 자리에서 일어나기도 전에 별실의 문이 발칵 열리며 누군가가 별실에 있는 작은 뜨락 안으로 뛰어 들어왔다.

"누 소저! 누 소저!"

거칠게 자신을 부르는 소리에 누산산은 고운 아미를 찡그리며 투덜거렸다.

"어떤 미친 작자가 야밤에 이런 소란을 부리는지 모르겠군. 어디서 듣던 목소리 같기는 한데?"

방문을 열고 나온 그녀는 자신의 단잠을 깨운 무례한 침입자가 다름 아닌 종남파의 막내 제자인 손풍임을 알아보았다. 가뜩이나 그에 대한 감정이 좋지 않았던 그녀로서는 절로 눈살이 찌푸려질 법도 했다.

하나 그녀가 채 무어라고 하기도 전에 손풍은 품에 안고 있던 소년의 시신을 그녀에게 불쑥 내밀었다.

"꼬마 사형 좀 봐주시오. 부탁하오."

거친 숨을 몰아쉬면서도 용케도 더듬거리지 않고 사정을 하는 그의 얼굴을 물끄러미 보고 있던 누산산의 시선이 그가 내민 사람에게로 향했다.

과연, 그 소년은 진산월의 기명 제자인 유소응이었다.

대체 무슨 일이 벌어졌기에 야심한 시각에 천하를 울리는 종남파의 제자가 이런 꼴이 되어 나타난 것일까? 그리고 종남파의 다른 고수들은 어디로 간 것일까?

어제 종남파의 거처를 방문했던 누산산은 그곳에 남아 있는 고수들이 숫자는 얼마 되지 않지만 개개인이 모두 강호를 호령할 수 있는 뛰어난 실력을 지니고 있음을 알고 있었다. 당대 무림 최고의 후기지수로 손꼽히는 옥면신권 낙일방은 물론이고, 형산파의 오결검객을 격파하여 자신이 절정의 검객임을 다시 한 번 입증한 무영검군 성락중, 신비스럽게 나타나 오결검객 중에서도 세 손가락 안에 꼽히는 절영검 비성흔을 격파하여 일약 종남신녀(終南神女)라는 별호가 붙게 된 임영옥, 그리고 종남파의 꾀주머니로 널리 알려진 비천호리 동중산까지 어느 누구 하나 호락호락한 인물들이 없었다.

그런데 그런 쟁쟁한 선배 고수들과 함께 있던 손풍이 칠흑같이 어두운 밤에 빈사 상태의 유소응만을 데리고 초라한 몰골로 자신을 찾아왔으니 그녀가 의아해 하는 것도 무리는 아니었다.

그녀가 아무 말도 없이 가만히 자신과 유소응을 바라보고만 있자 손풍의 얼굴에 다급한 기색이 가득 떠올랐다.

"누 소저. 소저가 나를 못마땅해 하는 건 알고 있지만, 본 파의 장문인을 생각해서라도 꼬마 사형 좀 살려 주시오. 그렇게만 해 준다면 소저의 말씀은 무엇이든 들어드리겠소."

항상 고개를 뻣뻣이 세우고 무례한 언사를 남발했던 손풍이 뜨거운 솥단지라도 든 것처럼 안절부절못하며 어쩔 줄 몰라 하자 누산산의 마음에 갑자기 심술 맞은 생각이 감돌았다. 원래 누산산은 시체처럼 창백한 얼굴로 의식을 잃고 있는 유소응을 보자 그의 상세부터 살필 생각이었으나, 당황해 하는 손풍의 모습을 보고는 갑자기 마음이 바뀐 사람처럼 새침하게 코웃음을 쳤다.

"흥! 당당한 종남파의 제자가 되었다고 하늘 높은 줄 모르고 콧대를 세우더니, 사정이 급해지자 금세 태도를 바꾸는구나. 그런

자의 말을 어찌 믿을 수 있단 말이냐?"

손풍은 가뜩이나 정신을 잃은 지 오래된 유소응을 한참 동안 안고 달려왔기에 그의 상태가 걱정스러워서 미칠 지경이었다. 기분 같아서는 당장 누산산의 멱살이라도 잡고 빨리 서두르라고 버럭 소리라도 지르고 싶은 마음이었다. 하나 그녀의 성정이 얼마나 대단한지 알고 있기에 그녀의 마음을 풀어 주기 위해 우선 머리부터 조아려야 했다.

"누 소저의 말이라면 죽으라면 죽는시늉이라도 하겠고, 분이 풀리지 않아 손을 쓰겠다면 얼마든지 맞아 주겠소. 그러니 제발 꼬마 사형부터 좀 봐주시오. 일단은 사람부터 살려야 하지 않겠소?"

평소와 다른 손풍의 모습에 누산산도 조금은 마음속의 심술이 풀어지는 것 같았으나, 입 밖으로 나온 소리는 마음과는 달랐다.

"입으로 내뱉은 건 무슨 말이든 못할까? 무릎이라도 꿇고 빌면 모를까……."

그녀의 말이 채 끝나기도 전이었다.

그토록 자존심 강하고 세상 무서운 줄 모르던 손풍이 그 자리에서 털썩 무릎을 꿇었다.

그 광경에 놀란 사람은 오히려 누산산이었다. 누산산은 무림인이란 족속이 얼마나 남에게 굽히기 싫어하고 허리가 뻣뻣한지 누구보다도 잘 알고 있었다. 특히 손풍은 그 고약한 성질만큼이나 콧대가 높고 자존심이 강한 인물이어서, 남에게 머리를 조아리는 것조차 상상할 수 없을 정도였다. 그런 손풍이 말 한마디에 한 치의 망설임도 없이 무릎을 꿇었으니, 막상 그 모습을 보게 된 누산산은 당황하지 않을 수 없었다.

"누 소저. 내가 잘못했소. 나에 대한 어떤 벌이든 기꺼이 달게 받겠으니, 제발 우리 꼬마 사형을 살려 주시오. 이렇게 부탁하오."

손풍이 머리마저 조아릴 기색이자 누산산은 황급히 그의 손에서 유소응을 빼앗다시피 건네받았다.

"저리 비켜요. 누가 그런 꼴을 보고 싶다고 했나요?"

무안한지 날카롭게 소리 지르는 그녀의 얼굴에 한 줄기 엷은 홍조가 피었다가 사라졌다.

손풍은 그녀의 말투가 조금 달라진 것에는 신경도 쓰지 않고 초조함과 답답함이 가득한 얼굴로 유소응만을 바라보고 있을 뿐이었다.

유소응의 안색은 조금 전보다 훨씬 더 창백해서 핏기가 한 점도 보이지 않았다. 손풍이 안고 달려오는 와중에도 계속 유소응의 몸을 문질러서 조금이라도 온기를 전해 주려 했으나, 언뜻 보기에도 체내에 온기는 거의 느껴지지 않았다.

막상 반쯤 얼어붙어 있는 유소응의 상태를 확인한 누산산의 표정은 심각하게 굳어졌다.

그녀는 재빨리 유소응의 맥문을 짚어 보다가 눈살을 살짝 찌푸리고는 그를 안아 들고 벌떡 일어났다.

"누 소저……!"

손풍이 깜짝 놀라 그녀를 부르는 순간, 누산산은 주저 없이 몸을 돌려 방 안으로 들어갔다.

"꼼짝 말고 여기 있어요. 멋대로 내 방 안에 한 발자국이라도 들어왔다가는 단단히 경을 칠 줄 알아요."

탁!

굳게 닫힌 그녀의 방문을 바라보는 손풍의 얼굴은 일그러질 대로 잔뜩 일그러져 버렸다.

"크윽!"

손풍이라고 여인에게 무릎을 꿇는 것이 수치스럽지 않을 리 없었다. 태어나서 단 한 번도 남에게 무릎을 꿇기는커녕 머리조차 조아린 적이 없는 손풍이었다. 부친인 손노태야에게도 굽히지 않았던 머리를 몇 번이고 숙이고 무릎조차 꿇어야 했던 지금의 현실이 그에게는 더할 수 없이 치욕스러운 순간이었을 것이다.

하나 지금 손풍은 그것보다는 유소응의 생사가 더욱 신경 쓰였다.

굽혔던 허리는 일으킬 수 있다. 꿇었던 무릎도 다시 세울 수 있으며, 치욕과 수모도 언젠가는 되갚아 줄 수 있다. 하나 끊어진 사람의 목숨은 다시 되살릴 수 없지 않은가?

'꼬마 사형! 꼭 살아나야 돼! 절대로 나보다 먼저 죽으면 안 돼! 내가 고수가 되어 떵떵거리는 모습을 봐준다고 했잖아!'

손풍은 자신보다 한참 어린 나이임에도 늘 과묵하고 진중했던 유소응의 모습을 떠올려 보고는 입술을 지그시 깨물었다.

초조한 시간이 흘러갔다.

소란스러운 분위기에 밖을 기울였던 만강루의 사람들이 방문 앞에서 무릎을 꿇고 있는 손풍의 모습을 보고는 숨을 죽이며 되돌아가 버렸다. 얼핏 보기에도 무림인들 간에 무언가 심상치 않은 일이 벌어지고 있음을 알아차린 것이다.

위세를 떨치던 밤이 조금씩 물러가고 멀리서 새벽의 여명이 조금씩 싹터 오기 시작했다.

그때까지도 손풍은 닫힌 방문 앞에 무릎을 꿇은 채 미동도 않고 있었다.

그의 머릿속에는 여러 가지 생각들이 쉴 사이 없이 스치고 지나갔지만, 어느 것 하나 오래 머물러 있지 않았다. 멍한 상태로 무릎을 꿇고 있는 손풍은 지금까지의 일들이 모두 꿈속에서 벌어진 것 같았다.

처음에 엉겁결에 반강제로 끌려오다시피 하여 시작된 강호행이 하루하루 나름의 의미를 지니게 되고, 그 속에서 자신이 이루어야 할 목표를 찾게 되기까지 그리 오랜 시간이 소요되지 않았다.

그리고 갑작스럽게 닥친 몇 번의 살 떨리는 싸움과 열두 번에 걸친 지독한 고통 끝에 마침내 십이경맥을 타통하고 무공에 입문하게 되었을 때의 짜릿한 희열감……! 무당산에서 벌어졌던 그 무시무시한 대결과 굵고 짧았던 영광스런 현장에 자신이 함께하고 있음을 자각하면서 느꼈던 말로 형용키 어려운 감동과 흥분. 그리고 어젯밤의 느닷없는 습격까지 모든 사건들이 현실의 일이 아닌 것처럼 생각되었다.

왜 꼬마 사형은 그런 모습으로 남아 있었으며, 제대로 거동도 못했던 사고는 어디로 사라진 것인지, 왜 자신들에게 이런 일들이 거푸 일어나는 것인지……. 너무 많은 일들이 너무도 짧은 시간 속에서 벌어져서인지 두서없이 시작된 단상(斷想)들은 나타날 때와 마찬가지로 아무 결과도 남기지 않은 채 머릿속에서 사라져 갔다.

'나는 한 가지만 하면 된다. 내가 할 수 있는 일만 한다. 꼬마 사형은 무슨 일이 있어도 살려 낸다. 그게 지금 내가 할 수 있는 일이다. 어떤 일이 있어도, 어떤 수모를 당해도 꼬마 사형만큼은 반드시…….'

손풍은 마음속으로 이 말만을 몇 번이고 되뇌었다.

그리고 마침내, 굳게 닫혀 있던 문이 열리며 누산산이 모습을 드러냈다.

누산산의 얼굴에 흠칫하는 기색이 떠올랐다. 설마 손풍이 아직까지 계속 무릎을 꿇고 있을 줄은 상상도 못 했던 것이다.

"당신……. 아직까지 계속 그러고 있었던 거예요?"

손풍은 그 질문에는 신경도 쓰지 않고 그녀를 향해 간절한 시선을 던졌다.

"꼬마 사형은? 사형은 어찌 되었소?"

손풍이 무어라고 하건 말건 누산산은 벌컥 화를 냈다.

"누가 당신보고 밤새 무릎 꿇고 있으라고 했어요? 어서 일어나지 못해요?"

손풍은 엉거주춤한 자세로 일어났다.

"소저가 꼼짝도 말고 있으라고 하지 않았소?"

"그게 그 자리에 가만히 있으라는 소리지, 당신보고 계속 무릎 꿇은 채로 있으란 뜻이에요? 명문정파의 제자로서 다른 사람 보기에 부끄럽지도 않아요? 뭐 이런 바보천치 같은 작자가 다 있어?"

누산산이 버럭버럭 소리를 질러 대는 모습에 손풍이 고개를 절레절레 흔들더니 다시 그녀에게 사정조로 매달렸다.

"이것도 내가 잘못한 것이란 말이구려. 알겠소. 무조건 사과하겠소. 그러니 꼬마 사형이 어찌 되었는지만 말해 주시오. 살았소, 죽었소?"

손풍의 다급한 표정을 본 누산산은 그제야 냉랭한 코웃음을 치며 솟구치는 화를 억누르는 모습이었다.

"흥. 유 소협은 아직 죽지 않았으니 그렇게 호들갑을 떨 필요는 없어요."

손풍은 귀가 번쩍 뜨이는지 표정이 한결 밝아졌다.

"정말이오? 꼬마 사형이 무사하단 말이오?"

"그래요. 애초에 별다른 부상을 입은 것도 아니고, 다만 갑작스런 음기의 침입으로 몸이 잠시 가사(假死) 상태에 빠졌던 것이라서, 음기만 제거하면 쉽게 정신을 차릴 수 있는 일이었어요."

"그것참 다행이구려."

"다만 그의 체내에 침입한 음기가 무척 독특한 것이어서 다른 사람이었다면 아마 그 음기를 제거하는 데 상당히 고생했을 거예요."

그 말에 손풍은 가슴이 덜컥 내려앉는지 다시 표정이 어둡게 변했다.

"그렇다면 꼬마 사형은……."

"다행히 내가 익힌 내공에 일맥상통하는 점이 있어서인지 그리 어렵지 않게 수습할 수 있었어요."

"휴우. 난 또 꼬마 사형에게 무슨 안 좋은 일이라도 생긴 줄 알고……."

누산산의 말 한마디에 일희일비하던 손풍은 안도의 한숨을 내쉬다가 문득 고개를 갸웃거렸다.

"그런데 내가 알기로는 사람마다 익히는 내공의 기운이 달라서 쉽게 섞이거나 간섭하지 못한다고 들었는데, 용케도 꼬마 사형의 체내에 있는 음기를 다스릴 수 있었구려. 꼬마 사형의 운이 좋았던 모양이오."

누산산의 얼굴에 한 줄기 묘한 기색이 스치고 지나갔다.

"운이 좋았다고 하기보다는…… 애초에 유 소협의 몸속에 음기를 넣은 사람의 의도가 적중했다고 봐야 옳겠죠."

"그게 무슨 말이오?"

"그 음기는 다른 사람은 몰라도 본 궁의 고수라면 어렵지 않게 해소할 수 있는 종류의 것이었어요. 유 소협의 몸에 음기를 넣은 사람은 필시 일이 이렇게 될 것을 짐작하고 유 소협에게 손을 쓴 것임이 분명해요."

"아니, 그걸 어떻게 안단 말이오?"

손풍이 도저히 믿지 못하겠다는 듯 눈을 부릅뜨자 누산산은 날카롭게 그를 쏘아보았다.

"감히 내 말을 믿지 못하겠단 말이에요?"

"그게 아니라……."

"유 소협에게 손을 쓴 사람은 아마도 임 소저일 거예요. 그녀는 내가 이 근처에 와 있음을 알고, 나라면 유 소협의 몸을 충분히 고칠 수 있으리라 생각했을 거예요."

손풍은 여전히 반신반의하는 모습이었다.

"아니 병상에 누워 계시는 사고께서 그런 사실을 어떻게 알았단 말이오?"

"유 소협이 이런 꼴이 되었으면 당신이 아니라 누구라도 유 소협을 나에게 데리고 왔을 거 아니에요? 당신 같은 사람도 내가 이곳에 있음을 알고 찾아왔는데, 그녀가 모를 리 있겠어요?"

"나 같은 사람이라니?"

"정말 몰라서 묻는 거예요?"

그녀의 눈에 섬뜩한 빛이 어른거리자 손풍은 급히 말을 바꾸었다.

"아니, 그보다 사고께서 왜 꼬마 사형에게 손을 쓰겠소? 그리고 만에 하나 내가 소저를 떠올리지 못했으면 사형은 영영 이런 꼴이 되었을지도 모르는데, 그분이 그걸 알고도 손을 쓸 리가 있겠소?"

"어쨌든 당신은 나를 찾아왔잖아요. 그리고 임 소저가 유 소협에게 손을 쓴 이유는 미루어 짐작할 수 있는 일이에요."

"그 이유가 대체 무엇이오?"

"그녀는 필시 강적을 눈앞에 둔 상태였을 거예요. 그 강적을 상대하기 위해서는 자신의 전력을 기울여야 하는데, 당신이 알지 모르지만 그녀의 체내에는 세상에서 가장 지독한 한기가 가득 담겨 있어요. 그러니 그 기운을 최대한으로 발출했다가는 그녀의 몸에서 흘러나오는 한기에 유 소협이 치명상을 입을 가능성이 있어요. 그래서 미리 음기 한 가닥을 유 소협의 심맥에 심어 놓아 한기가 침입하지 못하도록 방비한 걸 거예요."

손풍은 누산산이 마치 자신의 눈으로 직접 본 것처럼 자신 있는 어조로 말하자 반신반의하던 마음이 흔들리기 시작했다.

'이 계집이 비록 성질머리는 지랄 같지만, 그래도 명색이 강호의 고수이니 상황을 파악하는 눈은 나보다 훨씬 뛰어날 것이다. 그렇다면 이 계집의 말대로 사고께서는 두 복면인을 상대하기 위해 일부러 꼬마 사형을 음기로 재워 놓은 것이란 말인가?'

그러고 보니 처음 발견했을 때 유소응의 몸이 이불에 감싸여 있었던 것이 생각났다. 누산산의 말대로 임영옥이 유소응을 보호하기 위해 손을 쓴 것임이 분명했다.

그렇다면 대체 임영옥과 두 명의 복면인은 어디로 사라진 것이란 말인가?

자신이 폭발로 잠깐 정신을 잃은 그 짧은 순간에 자신의 시야에서 보이지 않는 곳으로 이동한 것일까?

손풍이 복잡하게 떠오르는 상념에 잠시 생각에 잠겨 있을 때, 누산산이 앞으로 성큼 나섰다.

"아무튼 당신 말을 듣고 보니 종남파의 거처에 무언가 심상치 않은 일이 벌어진 게 분명하군요. 내가 가 보고 올 테니 이곳에서 기다려요."

손풍은 퍼뜩 정신을 차리고 엉겁결에 그녀의 앞을 가로막았다.

"갈 테면 나도 데려가 주시오."

누산산이 살짝 눈살을 찌푸리며 소매를 떨쳐 그를 옆으로 비켜서게 했다.

"당신은 가 봤자 짐이 될 뿐이니, 이곳에서 기다려요. 잠시 후면 유 소협이 깰지도 모르니, 그동안 그를 지켜보고 있기나 해요."

"꼬마 사형이 멀쩡하다면 그것으로 되었소. 하나 본 파의 일에 이대로 손을 놓고 있을 수는 없소. 작은 힘이나마 거들 테니 나와 함께 갑시다."

누산산은 벌컥 화를 내려다 평상시와는 다른 손풍의 진지한 모습에 잠시 화를 억누르고 타이르듯 가라앉은 음성으로 말했다.

"문파를 위하는 당신의 마음은 알겠어요. 하지만 이건 수준이 다른 문제예요. 유 소협을 내게 데려온 것만으로도 당신은 해야 할 일을 다 한 거예요. 엉뚱한 생각 말고 이곳에서 기다리고 있어요."

그녀가 몸을 움직이려는 순간, 손풍은 다시 그녀의 앞을 가로막았다.

그녀의 눈썹이 하늘로 치켜 올라가며 고운 두 눈에서 성난 눈빛이 흘러나왔다.

"당신이 감히……!"

예전이라면 기겁을 하고 눈을 피했을 손풍은 정색을 하며 그녀의 시선을 정면으로 응시했다. 그러고는 가슴을 펴며 마음에서 우러나오는 음성을 내뱉었다.

"누 소저. 당신이 나를 인간 이하의 쓰레기로 생각하는 건 알고 있소. 하지만 누가 뭐래도 나 또한 종남파의 문하요. 문파의 위기를 앞에 두고 남에게 일을 맡긴 채 뒤로 몸을 숨기는 졸장부가 아니란 말이오."

"……!"

"당당한 종남파의 제자가 무릎을 꿇으면 다른 사람 보기 부끄럽지 않느냐고 했소? 본 파를 위해서라면 소저에게 무릎을 꿇는 일

따위는 아무것도 아니오. 그보다 더한 일도 기꺼이 감수할 수 있소. 남들의 시선 따위는 내게 있어 전혀 신경 쓸 문제가 아니오."

누산산은 그의 기백 어린 말에 압도당한 듯 말없이 그의 말을 듣고만 있었다.

"내 무릎은 굽혀질지언정 마음속의 의기는 결코 굽히거나 물러서지 않을 것이오. 소저는 믿지 못할지 모르지만, 나도 어엿한 무림인이란 말이오!"

두 눈을 이글거리며 열변을 토하는 손풍의 얼굴은 벌겋게 상기되어 있었다.

누산산은 그의 얼굴을 묵묵히 바라보고 있다가 조용히 몸을 돌렸다.

자신의 방문이 단단히 닫힌 것을 확인한 누산산은 이내 퉁명스런 몇 마디를 중얼거리고는 소맷자락을 펄럭이며 몸을 날려 새벽의 여명 속으로 사라져 갔다.

"멋진 척을 하긴. 그래 봤자 지금까지 한 추잡한 짓이 어디를 가겠어? 따라올 테면 따라와 보라지."

손풍은 순식간에 아득한 점으로 변해 버린 그녀의 뒷모습을 멀거니 쳐다보고 있다가 이를 부드득 갈았다.

"제길, 안 통하네. 그나저나 이년이 끝까지 나를 희롱하려 하는구나."

여기까지 달려오는 것만으로도 다리가 후들거릴 정도로 힘들었는데, 그 정도 사정했으면 데려갈 법도 하건만 따라올 테면 따라오라는 말만을 남기고 혼자 휭하니 가 버렸으니 손풍으로서는 바짝 약이 오를 만도 했다.

하나 몸 튼튼하고 체질 건강한 것으로는 누구에게도 뒤진 적이 없는 손풍이었다.

"좋다. 이 손풍 어르신이 얼마나 대단한 근성과 빠른 다리를 가지고 있는지 생생하게 보여 주겠다."

이내 각오를 다진 손풍은 몇 차례 팔다리를 움직여 보더니 이내 전력을 다해 자신이 떠나온 객잔을 향해 달려가기 시작했다.

"동 사형, 기다려! 내가 갈 때까지 절대로 죽으면 안 돼!"

고함인지 절규인지 모를 소리를 외치며 미친 듯이 질주해 가는 손풍의 모습은 선불 맞은 한 마리 멧돼지를 방불케 했다. 곧 그의 모습 또한 누산산과 마찬가지로 동터 오는 여명의 햇살 속으로 멀어져 갔다.

제 340 장

사중생로(死中生路)

제 340 장 사중생로(死中生路)

낙일방은 가슴이 답답했다. 해조림 사조에게 종남파의 실전된 무공을 배운 이후 어떤 상황에서도 초조하거나 갑갑함을 느낀 적이 없었는데, 지금은 가슴이 터져 나갈 듯 답답하고 입술이 바짝 말라 왔다.

마치 끝도 보이지 않는 거대한 늪에 빠진 것 같았다. 아무리 주위를 둘러보아도 빠져나갈 구멍이 보이지 않는 깊고 깊은 수렁!

자신을 에워싸고 있는 복면인들의 수는 여덟에 불과하지만 마치 수십 수백의 인파에 둘러싸여 있는 것 같았고, 자신의 주위를 위협하는 것은 여덟 개의 검이 아니라 수백 수천 개로 이루어진 검의 숲 같았다.

아무리 그 검의 숲에서 벗어나려 애를 쓰고 몸부림에 가까운 격렬한 반항을 해 보았지만, 자신을 옥죄어 오는 공세를 벗어날 수는 없었다. 오히려 시간이 흐를수록 체력이 떨어지면서 움직임이 조금씩 느려지고, 하해와 같았던 공력 또한 점차 바닥을 드러내면서 위험한 순간이 속출하고 있었다.

조금 전에도 양쪽 옆구리를 파고드는 검의 공세에 무심코 뒤로 한 걸음 물러섰다가 어느새 소리 없이 다가온 검에 뒤통수를 그대로 꿰뚫릴 뻔했다.

다행히 마지막 순간에 앞으로 엎어지다시피 하여 간신히 살인적인 일검을 피할 수 있었으나, 그 때문에 상황은 더욱 어려워져서 지금은 엉거주춤한 자세로 사방에서 날아드는 네 개의 검광을 상대해야만 했다.

"우야압!"

낙일방은 가슴 깊숙한 곳에서 우러나오는 분노에 찬 고함을 내지르며 두 주먹을 풍차처럼 마구 휘둘렀다.

만근 거석이라도 박살 내 버릴 만큼 가공할 권풍이 구름처럼 일어났으나, 어찌 된 일인지 그 권풍은 처음의 기세를 유지하지 못한 채 이내 흐지부지 사라지고 말았다. 네 개의 검광 또한 함께 모습을 감추었지만, 대신 두 개의 새로운 검이 무시무시한 속도로 목덜미와 아랫배를 향해 날아들었다.

바로 이것이다. 아무리 세찬 경력을 뿜어내고 매서운 공격을 날려도 그들의 검기에 닿는 순간 맥없이 사그라져 버렸다. 그리고 그사이를 노리고 날카로운 반격이 이어지고 있는 것이다.

그들이 펼치는 검에 특별한 기운이 어려 있는 것 같지도 않았고, 그들의 움직임에 기묘한 변화가 있어 보이지도 않았다. 그럼에도 그들의 진법 속에 갇힌 순간부터 말로 표현하기 어려운 중압감을 느껴야 했고, 아무리 강한 공격도 무용지물이 되어 버리고 말았다.

낙일방은 어렴풋이 그들 개개인의 몸에서 흘러나오는 무형의 기공(氣功)이 어떤 역할을 하지 않을까 의심했으나, 정확한 진실이 무엇인지는 지금의 그로서는 알기가 힘들었다.

'이런 상태로 가다가는 정말 큰일 나겠구나. 무언가 돌파구를 마련해야 하는데…….'

이대로 끌려갈 수는 없다는 것은 확실했으나, 좀처럼 뚜렷한 방책이 떠오르지 않았다.

아주 작은 실마리라도 있다면 그것에 전력을 기울여 건곤일척의 승부라도 걸어 볼 텐데, 당최 아무런 생각도 나지 않으니 어떻게 해야 할지 갈피를 잡을 수 없었다.

다시 몇 초가 쏜살같이 흘러갔다. 언제부터인가 낙일방은 자신의 주먹에 제대로 진력이 실리지 않고 있음을 깨달았다. 내뻗는 주먹의 위세가 점차 약해져서 상대의 공격을 막아 내기가 힘들어졌다.

온몸이 땀으로 흠뻑 젖어서 주먹을 휘두를 때마다 흥건한 물기가 사방으로 튀어 나갈 정도였다. 권법을 펼치는 속도가 그만큼 느려지며 제대로 힘이 담겨 있지 않다는 증거였다. 정상적인 상태였다면 흐르는 물기 또한 완벽하게 제어되었을 것이다.

그럼에도 자신을 압박해 오는 복면인들의 검은 조금도 느려지거나 기세가 약해지지 않았다. 오히려 조금씩 속도가 빨라진 듯한 느낌마저 들었다.

파팟!

처음으로 낙일방은 다가오는 네 개의 검을 완벽히 피하지 못하고 그중 한 검에 옆구리를 허락하고 말았다. 단순히 피육을 스친 상처에 불과했으나, 지금까지 별다른 부상 없이 나름대로 완벽에 가까운 방어를 하고 있던 것에 비하면 상당히 충격적인 일이었다.

상처를 입자 낙일방은 정신이 번쩍 들어 몸놀림이 순간적으로 빨라졌으나 그것도 잠시에 그칠 뿐이었고, 오히려 복면인들의 공세가 한층 더 빠르고 매서워지기 시작했다.

조금 전만 해도 그의 공격을 막거나 제어하는 데 중점을 두었던 복면인들이 그의 약세를 확인하고는 본격적으로 살수를 쓰기 시작한 것이다.

불과 십여 초도 흐르지 않아 낙일방은 다시 삼검(三劍)을 맞았고, 상반신이 피투성이로 변해 버렸다. 그중 어느 것도 치명상은 아니었으나, 마지막의 일검은 목덜미를 스치고 지나가는 것이어서 상당히 위험한 순간을 맞이할 뻔했다.

"허억…… 허억!"

자신이 가쁜 숨을 몰아쉬고 있다는 것을 낙일방은 처음으로 깨달았다. 숨 쉬는 것조차 조절할 수 없을 정도로 지쳐 버린 것이다.

이제는 낙일방도 최후의 상황을 염두에 두지 않을 수 없었다.

실전되었던 문파의 비급을 전수받고 대망(大望)을 가슴에 안은 채 장문 사형을 따라 두 번째로 강호에 출도 했을 때의 일이 아련한 과거처럼 여겨졌다. 서장을 비롯한 강호의 고수들과 거듭된 격전을 벌이면서 어디에 내놓아도 손색이 없는 당당한 무림인이 되었다는 자부심에 홀로 가슴 뿌듯한 적도 있었고, 문파의 간절한 염원이 담긴 중요한 싸움에 선봉으로 나서서 아까운 패배를 당하고 몇 날 며칠을 좌절한 적도 있었다.

이제 비로소 문파의 중흥에 작은 힘이나마 보탤 수 있게 되었는데, 아무리 생각해도 자신의 강호행(江湖行)은 이곳이 종착역이 될 것 같았다.

지금의 자신으로서는 도저히 복면인들의 공세를 벗어날 수 없다는 확신이 서게 되자, 낙일방은 오히려 마음 한구석이 후련해졌다.

'호남의 촌구석에서 천덕꾸러기로 태어난 내가 한순간이나마 강호의 정상을 꿈꾸는 고수가 되었으니, 억울해 할 것도 없다. 다만 더 이상 장문 사형을 보필할 수 없게 될 것이 못내 아쉽구나.'

낙일방의 두 눈에 잠시 아련한 빛이 스치고 지나갔다.

하나 그 빛은 이내 결연한 각오가 서린 눈빛으로 변해 갔다.

'갈 때 가더라도 내가 어떤 존재인지는 알려 줄 테다. 본 파를 건드린 대가가 어떤 것인지 분명하게 보여 주고야 말겠다.'

흐느적거리면서도 계속 쉬지 않고 움직이고 있던 낙일방이 돌연 그 자리에 우뚝 몸을 멈춰 세웠다.

그의 전신을 노리고 다가오던 검들이 기회를 놓치지 않으려는 듯 더욱 무서운 속도로 날아들었다.

날아오는 검의 수가 몇 개인지는 눈을 크게 뜨고 보아도 알 수가 없었다. 뿌연 듯한 검광이 어른거리며 검들이 계속 위치를 바꾸어 연환(連環)하기에 멀쩡한 상태였더라도 제대로 알아보기 힘들었을 것이다.

낙일방은 두 눈을 지그시 감았다. 어찌 보면 생을 포기하고 스스로의 몸을 검날 아래 던지는 것 같은 모습이었다.

그런 상태에서 낙일방은 오른손에 옥잠지를, 왼손에 폭섬결의 진기를 끌어올렸다.

태인장의 구결들이 머릿속으로 빠르게 스치고 지나갔다.

복면인들의 진법이 무서운 것은 그것이 낙일방의 공격을 전혀 허용치 않는다는 점이었다. 어떠한 공격을 해도 마치 거대한 바닷물에 조약돌을 던진 것처럼 아무런 효과도 거두지 못하도록 하는 그 진법의 가공함이 낙일방을 이토록 구석에 몰아넣은 것이다.

접근을 허용치도 않고, 아무리 강한 경력을 날려도 수렁에 빨아들인 것처럼 흡수해 버리는 절진의 위력은 생각만으로도 치가 떨릴 정도였다.

하나 반대로 그들 또한 낙일방이 지쳐 나자빠질 때까지 결정적인 공격은 하지 못하고 있었다. 그것은 그들의 검이 낙일방의 몸에 직접 닿는 순간이 거의 없었다는 뜻이었다.

만약 그들의 검이 낙일방의 몸을 직접적으로 타격하게 된다면, 그 순간만큼은 그들 또한 낙일방에게 접근하지 않을 수 없을 것이다.

바로 그때 태인장의 가공할 장력으로 복면인들을 직접 가격하겠다는 것이 낙일방의 의도였다. 자신의 몸을 제물로 삼아 어떤 식으로든 상대에게 한 방 먹이겠다는 위험천만한 계획이었다.

지금의 낙일방이 할 수 있는 일은 그 정도에 불과했다.

여덟 개의 장검이 수십 개의 검영(劍影)을 뿌리며 사방에서 무서운 속도로 다가왔다. 검마다 지금까지는 볼 수 없었던 시퍼런 검기들이 줄기줄기 뻗어 나오고 있는 것으로 보아 결정적인 기회를 잡은 복면인들이 끝장을 내기 위해 전력을 기울이고 있는 것이 분명했다.

싸싸싸싸싸!

마치 바람이 대나무 숲을 지나가는 듯한 음향이 들리며 낙일방의 옷자락이 갈기갈기 찢어지기 시작했다. 채 검이 닿지도 않았는데, 검기만으로 옷자락이 베이고 있는 것이다.

그럼에도 낙일방은 그 자리에 우뚝 선 채 미동도 않고 서 있었다.

두 눈마저 감고 있는 그의 모습은 아무리 보아도 삶을 포기한 사람의 그것이었다.

낙일방은 두 눈을 감은 채 주위의 흐름에 신경을 기울였다.

'아직이다. 아직……. 조금만 더…….'

그가 기다리는 것은 검날이 자신의 몸에 닿는 바로 그 순간이었다. 하나 어찌 된 일인지 금시라도 그의 몸을 처참하게 짓이길 듯하던 여덟 개의 검들은 쉽게 다가오지 않고 있었다. 검기들만이 그의 주위를 종횡으로 누비고 있을 뿐, 검날이 그의 몸에 닿는 일은 좀처럼 일어나지 않았다.

낙일방은 허탈한 생각이 들었다.

'이런 상황에서도 나를 경계하여 접근하지 않는단 말인가? 정말 지독한 자들이로구나.'

스스로의 몸을 제물로 한 마지막 시도마저 무위로 돌아가는 게 아닌가 하는 생각에 잠시 낙일방의 마음은 암담함으로 물들어 갔다.

그러다 문득 낙일방은 금시라도 다가올 듯하다가 뒤로 물러나는 검의 움직임이 이상하게 신경 쓰였다.

'이자들은 대체 무엇이 두려워서 아직도 간을 보고 있는 것일까? 왼쪽에 하나…….'

막 그의 왼쪽 옆구리를 파고들던 검이 옆구리에 혈선 하나만을 남겨 놓은 채 아슬아슬하게 스치고 지나갔다. 뒤이어 다시 하나의 검이 무서운 기세로 앞가슴을 찔러 왔다.

'앞쪽으로 둘…….'

그 검 또한 무방비 상태인 낙일방의 가슴을 관통할 수 있었음에도 단지 앞가슴에 선명한 혈흔만을 남기고 물러나 버렸다.

그 뒤로도 유사한 상황이 계속되었다.

낙일방의 온몸은 이리저리 찔리고 베여 그야말로 유혈이 낭자했다.

하나 낙일방의 머리는 반대로 더할 수 없이 맑고 개운해졌다.

'오른쪽에 셋, 좌측 상방(上方)에 넷, 우측 하방(下方)에 다섯, 후면의 하단에 여섯…….'

그의 머릿속에 무언가 야릇한 생각이 계속 굴러가기 시작했다.

'후면 상단에 일곱, 여덟 번째는? 마지막은 어디냐?'

낙일방은 필사적으로 자신의 주위를 떠도는 기세의 흔적을 파악하려 애썼다. 그리고 마침내 여덟 번째 검의 흔적을 발견할 수 있었다.

'정수리에 여덟! 그래, 이건 역팔괘(逆八卦)에 삼재(三才)를 더한 형상이로구나. 이와 비슷한 방식에 대해 들어 본 적이 있었는데…….'

그때 낙일방의 뇌리 속으로 예전 종남산의 동굴에서 자신에게 강호 제문파의 무공에 대해 설명해 주던 해조림의 말이 문득 떠올랐다.

"공동파의 무공은 괴이하고 변칙적이다. 그들은 도문(道門)의 일원이면서도 정상적인 일원, 이극, 삼재, 사상, 오행, 육효, 칠성, 팔괘, 구궁을 역팔괘(逆八卦), 반구궁(反九宮) 같은 자신들만의 방법으로 변형시켜 사용한다. 심지어는 칠성에 사상을 섞거나 팔괘에 삼재를 섞는 등의 극단적인 편법도 기꺼이 수용한다. 그들의 무공이 하나같이 도가의 무공답지 않게 편벽하고 괴이악랄한 것도 바로 그 때문이다……."

그 순간, 낙일방은 자신을 죽음의 구렁텅이로 몰아넣고 있는 여덟 명의 복면인들의 정체를 알 수 있었다.

'이자들은 공동파의 도인들이구나!'

그리고 그때 비로소 그들의 진법을 어떻게 파훼해야 할지 실마리를 잡을 수 있었다.

공동파의 무공이 원래부터 그렇게 변칙으로 흘렀던 것은 아니었다. 초창기만 해도 공동파는 여타의 도문처럼 정통을 추구하는 문파였고, 기풍 또한 청정(淸靜)하고 무위자연(無爲自然)하는 도인들이 주류를 이루었다.

하나 청성파와 도(道)의 이론(理論)에 대한 논쟁에서 참패를 한 후, 공동파는 조금씩 변화를 꾀하기 시작했다. 패배의 원인을 도에 대한 깊이의 열세가 아닌 너무 순수하고 완고할 정도로 정도

(正道)만을 걷으려는 자신들의 방식에 있다고 판단한 일부 도인들이 변화와 혁신을 부르짖으면서 노선을 바꾸게 되었다.

그들의 방식이 어느 정도 효과를 거두자 점차 과정보다는 결과를 중시하는 풍조가 대세를 이루게 되었고, 종내에는 남들이 보기에 편법이라고 할 만큼 정도에서 벗어난 길을 걷는 일조차 조금도 주저하지 않게 되었다.

무공 면에서의 변화는 더욱 극적이어서, 처음에는 곤륜파 못지않게 차분하고 격조를 중시하던 공동파의 무공들이 좀 더 빠르고 강력한 위력을 추구하면서 난폭할 정도로 거칠고 괴이하게 변모되어 갔다.

그중에는 상궤(常軌)를 벗어난 파격적인 것들도 적지 않아서, 아마도 공동파가 유구한 역사를 지닌 구대문파 중의 하나가 아니었다면 사도(邪道)의 무공으로 오인 받았을지도 몰랐을 것이다.

대표적인 예가 복마검법(伏魔劍法)인데, 처음 창시되었을 때만 해도 도가의 대표적인 검법으로 추앙받을 만큼 도풍이 짙던 무공이었으나, 나중에 여러 개의 살초(殺招)들이 추가되면서 살기가 가득한 무시무시한 검법으로 변하고 말았다.

그중 후반의 세 초식은 구대문파의 수많은 절학들 중에서도 가장 살기가 짙고 잔인한 초식들로 알려져 있었는데, 그것이 바로 그 유명한 복마삼절초(伏魔三絕招)였다. 특히 복마삼절초의 최고 초식인 만마복수(萬魔伏首)는 한 사람이 펼쳐도 수십 사람이 펼친 것처럼 변화가 다양하고 괴이무쌍해서 일단 펼쳐지면 반드시 피를 보고야 말 정도로 무시무시한 위력을 지닌 무공으로 이름이 높았다.

공동파의 도인 중 한 사람이 바로 그 점에 주목하여 만마복수를 토대로 하나의 절진을 구상하기 시작했는데, 당대에는 별다른 성과를 거두지 못하고 사장(死藏)될 위기에 처했던 그의 연구가 우연히 수뇌부의 눈에 띄게 되었다. 마침 타 문파의 절정고수를 상대할 절진의 필요성을 절감했던 그 수뇌는 그 구상을 본격적으로 검토하기 시작했고, 삼십 년의 노력과 수백 번의 거듭된 수정 끝에 마침내 하나의 가공할 절진이 탄생하게 되었다.

그것이 바로 공동파가 자랑하는 대일인합격진인 관혼팔담진이었다.

진법의 이름에 '담(潭)' 자가 들어가는 경우는 흔치 않아서 많은 이들이 의아해 했으나, 관혼팔담진의 진면목을 알고 있는 극소수의 사람들은 손뼉을 치면서 그 이름의 석설함에 찬사를 보냈다고 한다.

실제로 이 '담' 이란 글자만큼 관혼팔담진의 진정한 모습을 잘 드러내는 단어는 없었다. 마치 끝없는 수렁에 빠진 듯 절진에 갇힌 사람으로 하여금 좌절감을 느끼게 하고, 마침내는 자포자기한 상태에서 더 이상 대항할 엄두도 내지 못한 채 쓰러지게 만드는 이 절진의 무서움을 단적으로 표현한 단어이기 때문이다.

도문(道門)에는 잘 쓰지 않는 역팔괘에 삼재를 혼용한 이 절진은 단 여덟 명만으로 상대의 숨통을 최후의 순간까지 조이는 윤회(輪廻)의 지옥을 만들어 냈다. 단순히 신체뿐 아니라 마음까지도 벗어날 수 없는 수렁 속에 빠뜨려 마침내는 상대를 끝없는 고통 속에서 허우적거리며 쓰러지게 만드는 그 가공할 위력 때문에 일부에서는 정파의 무공답지 않은 악랄하고 사악한 수법이라는 지탄을 받고 있기도 했다.

그래서 공동파에서는 가급적이면 이 절진을 공개적으로 대중들 앞에 드러내지 않으려 했다. 자연히 관혼팔담진을 이루는 팔담검객들의 신상 또한 철저한 비밀에 부치게 되었다.

관혼팔담진의 악명과는 달리 실제로 이 진법을 직접 목격한 사람은 거의 없는 형편이었다. 하나 조금씩 강호에 퍼져 나간 은밀한 소문만으로도 이 절진의 무서움은 타 문파의 고수들을 두려움에 떨게 했다.

낙일방이 거의 최후의 순간을 각오하지 않으면 안 될 정도로 몰리고 있으면서도 자신을 둘러싼 복면인들의 정체를 알아차리지 못했던 것도 단순히 그가 강호의 경력이 일천(日淺)하기 때문만은 아니었다.

하나 일단 그들이 공동파의 고수들임을 알게 되자, 낙일방은 암흑 속에서 한 줄기 광명을 찾은 듯한 기분이 들었다. 도무지 실체를 알 수 없었던 보이지 않는 존재의 모습을 비로소 어렴풋이나마 확인하게 된 것 같았다.

'해 사조께서는 공동파 무공들이 괴이하고 편벽하게 변한 뒤로 한 가지 공통적인 특징이 생겼다고 하셨지. 그것은 그들이 빠름과 날카로움에 치중한 나머지 무거움과 단순함을 잃어버리게 되었으며, 그들의 무공에 조화와 중용이 빠진 이상 상극(相剋)을 만나게 되면 오히려 너무도 허망하게 일패도지할 가능성이 높다고 하셨어. 그렇다면…….'

역팔괘의 반대는 순팔괘(順八卦)이다. 그리고 삼재(三才)를 포용하는 것은 일원양의(一元兩儀)이다. 팔괘 또한 넓은 의미에서는 일원태극(一元太極)에서 파생된 것이다.

자신이 아는 무공 중에는 팔괘와 일원, 양의의 원리를 모두 포함하고 있는 것은 없다. 아마 그런 무공은 천하의 어디에도 흔치 않을 것이다.

하지만 굳이 하나의 무공에 그 모두를 담을 필요는 없지 않을까?

여덟 개의 검에 전신을 난자당하다시피 한 상태에서도 미동도 않고 있던 낙일방의 몸이 더 이상 버티지 못하는 듯 앞으로 쓰러지기 시작했다. 치명적인 상처는 없었으나, 조금씩 날카롭게 파고들어 온 수십 개의 검흔에 그의 몸은 단 한군데도 멀쩡한 부위가 없을 정도였다.

피투성이로 변한 채 바닥으로 기울어지는 그의 몸은 마치 날갯짓하며 하늘로 솟구쳐 오르던 종남파의 추락을 상징하는 듯했다.

막 땅에 쓰러질 듯하던 낙일방의 몸이 갑자기 크게 휘청이며 바닥에 나뒹굴었다. 아니, 나뒹굴었다고 느낀 순간 낙일방의 신형은 어느새 땅을 박차고 허공을 비상하고 있었다.

쾅!

그의 양손이 땅바닥을 가격하면서 엄청난 폭음과 함께 자욱한 흙먼지가 사방으로 퍼져 나갔다.

막 낙일방의 양쪽 옆구리로 다가왔던 두 개의 검이 빠른 속도로 물러나며 다시 몇 개의 검이 낙일방의 뒤를 맹렬하게 쫓아왔다.

하나 그때 먼지를 뚫고 허공으로 완전히 몸을 솟구친 낙일방은 신형을 뒤집어 몸을 똑바로 세우며 폭풍 같은 기세로 쌍장을 날리기 시작했다. 온몸으로 피를 흘리면서도 무표정한 얼굴로 두 손을 질풍처럼 휘두르는 그의 모습은 처참하면서도 더할 수 없이 비장한 것이었다.

이상하게도 그처럼 맹렬한 속도로 양손을 휘둘렀음에도 세찬 장력은 보이지 않았고, 위력적인 기운도 느낄 수 없었다. 누가 보기에도 낙일방의 진력이 완전히 바닥이 났음을 짐작할 수 있었다.

한데, 막 그의 목과 등을 노리고 검을 찔러 오던 세 명의 복면인의 몸이 순간적으로 주춤거렸다. 그들의 앞에 퍼져 있는 뿌연 먼지의 한 공간이 작은 소용돌이를 이루며 묘한 기운이 그들의 검을 무겁게 짓눌러 오는 것이다.

낙일방이 손을 휘두르는 곳과 소용돌이가 일어난 곳의 거리는 적지 않게 떨어져 있어서 둘 사이에 전혀 연관성이 없을 것 같은데, 전혀 그렇지 않았다. 그 소용돌이의 흡입력이 대단해서 복면인들이 계속 검을 앞으로 찔러 가기 힘들게 만들고 있었다.

우웅!

마침 복면인 중 한 사람의 검이 소용돌이에 닿게 되었다. 그러자 소용돌이가 급속도로 확산되면서 복면인의 전신을 그대로 뒤덮어 버렸다.

"어엇?"

복면인의 입에서 처음으로 짧은 경호성이 흘러나왔다. 복면인은 황급히 옆으로 몸을 비틀어 소용돌이에서 빠져나오려 했으나, 그 순간 소용돌이 안에서 한 줄기 강력한 기운이 뻗어 나왔다.

쐐액!

그 기운은 너무도 갑작스럽고 빠르게 튀어나왔는지라 팔담검객의 한 사람이며 공동파의 일대제자 중에서도 세 손가락 안에 꼽히는 검객이었던 경호(慶豪)조차도 일시지간 피할 틈을 찾지 못했다. 그가 할 수 있는 것이라고는 전력을 다해 자신의 수중에 들린 검으로 자신의 앞을 가로막는 것뿐이었다.

땅!

경호의 손에 들린 장검이 강력한 기운의 충격을 감당하지 못하고 끝부분이 부러져 버렸다.

경호는 그 기운이 가공할 위력의 지공(指功)임을 깨닫고 순간적으로 모골이 송연해졌다.

'단순한 지공의 위력이 이 정도라니. 아니, 그보다 대체 어떻게 선회하는 장법 안에 지공을 담을 수 있단 말인가?'

경호가 놀라운 마음을 채 진정시키기도 전에 다시 두 명의 복면인이 소용돌이에 휘말렸다가 그 안에서 튀어나오는 지공에 낭패를 당할 뻔했다. 그들 중 누구도 부상을 입거나 검을 놓친 사람은 없었으나, 모두들 크게 놀란 듯 복면 사이로 보이는 두 눈에 경악의 빛이 담겨 있었다.

소용돌이는 이내 사라졌지만, 지금까지 거칠 것 없이 무서운 기세로 낙일방을 궁지로 몰아넣었던 팔담검객들의 기세가 처음으로 주춤거리게 되었다.

다시 두 명의 복면인이 낙일방의 앞뒤를 노리고 빠르게 다가왔다.

낙일방은 미친 듯 휘두르던 양손을 멈춘 채 금시라도 쓰러질 듯 신형을 휘청거리면서도 용케도 쓰러지지 않고 그 자리에 가만히 서 있었다. 시체처럼 핏기 한 점 찾아볼 수 없는 창백한 얼굴에 유혈이 낭자한 몸이었으나, 눈빛만큼은 그 어느 때보다 매섭게 빛나고 있어서 그가 아직 승부를 포기한 것이 아님을 누구라도 쉽게 짐작할 수 있었다.

조금 전에 낙일방이 펼친 수법은 천둔장법 중의 조천와류(釣天渦流)에 옥잠지를 섞은 것으로, 천둔장법은 상대의 눈을 현혹시키는 절묘한 변화가 있는 반면에 위력이 떨어지는 면이 있어서 그동안 낙일방은 거의 사용하지 않고 있었다. 그런데 팔괘와 역팔괘를 떠올리는 순간, 천둔장법의 초식들이 하나같이 팔괘를 바탕으로 변화를 극대화시키는 무공임을 생각해 낸 것이다.

낙일방은 먼저 흙먼지로 적들의 시야를 가린 다음 조천와류를 사용하면서 떨어지는 위력을 보완하기 위해 옥잠지의 구결을 추가했는데, 그 효과는 자신이 당초 기대했던 것보다 더 탁월한 것이었다.

문제는 지금 낙일방의 진력이 거의 바닥을 드러내고 있기에 시간이 별로 없다는 것이었다. 다시 자신을 향해 날아드는 두 개의 검을 힐끗 바라보는 낙일방의 두 눈에 한 줄기 결연한 빛이 번뜩이고 지나갔다.

팔담검객들은 낙일방의 기묘한 수법에 세 명의 동료들이 낭패를 당한 광경을 목격했기에 마음속으로 그만큼 경각심을 가지게 되었다. 그래서인지 낙일방의 앞뒤를 공격하는 두 검객들의 손길은 여느 때보다 날카롭고 매서웠다. 더 이상의 반격을 용납지 않고 이제는 승부를 결정짓겠다는 의도가 다분히 보이는 공격이었다.

두 개의 검이 지척으로 다가올 때까지 별다른 움직임이 없던 낙일방이 돌연 몸을 반쯤 돌려 자신의 앞뒤로 날아오는 두 개의 검을 향해 양손을 쭈욱 내뻗었다.

지금까지는 낙일방의 손에서 흘러나오는 경력에 따라 검이 미묘한 변화를 일으키며 그의 공격을 무력화시키고는 했었다. 그런데 지금 낙일방의 손에는 일체의 공력이 담겨 있지 않았다. 그저 맨손을 검날 앞에 가져다 댄 것이다.

콱!

놀랍게도 낙일방의 양손에 두 개의 검이 그대로 붙잡히고 말았다.

상대가 발출하는 경력을 조종하여 기운을 흡수 내지는 반사시키는 관혼팔담진의 공세가 처음으로 막히게 된 것이다.

맨손으로 검날을 잡았음에도 낙일방의 손은 전혀 잘리거나 베이지 않았다. 그것은 그의 천단신공 조예가 경지에 도달해 굳이 묵령갑을 끼지 않고도 맨손으로 도검을 상대할 수 있을 만큼 묵룡기를 숙달했기 때문이다.

아마 낙일방이 묵령갑을 끼고 있었다면 팔담검객들도 검을 손으로 잡는 상황을 예견했을지 몰랐다. 하나 낙일방의 손에는 어떠한 장갑도 끼워져 있지 않았기에 설마 그가 맨손으로 자신들의 장검을 그대로 움켜잡으리라고는 상상도 하지 못했던 것이다.

낙일방이 자신들의 검을 잡았음에도 두 명의 복면인들은 순간적으로 놀랐을 뿐, 크게 당황하지 않았다. 왜냐하면 바로 그 순간에 다른 검객들의 검이 그의 전신을 그대로 갈라 버릴 기세로 날아들고 있기 때문이다.

오히려 양손으로 검을 잡아 버렸기에 낙일방으로서는 더 이상 피하거나 막을 여지를 스스로 봉쇄해 버린 격이 되어 버린 것이다.

전신이 검에 난자당하기 직전, 낙일방의 몸이 무섭게 선회했다. 양손에 검을 잡은 채 오른발을 축으로 해서 맹렬한 속도로 돌기 시작한 것이다.

그 속도와 기세가 어찌나 강력했던지, 낙일방에게 검을 잡힌 두 명의 복면인들이 몇 차례 검을 뽑기 위해 애를 쓰다가 회전하는 힘을 감당하지 못하고 그대로 손을 놓아 버렸다. 평생을 검과 함께 살아온 그들로서는 막상 검을 손에서 놓치고도 쉽게 믿기지 않는 듯한 모습들이었다.

강호에는 공수납백인(空手納白刃)이라고 하여 맨손으로 상대의 검날을 잡는 수법이 있기는 했다. 하나 그것도 한계가 명확하여, 일정 수준 이상의 검객에게는 별다른 효용을 볼 수가 없었다. 더구나 그 수법은 단순히 검날을 손으로 잡는 것에 불과해서, 지금처럼 검을 강제로 빼앗다시피 하는 것과는 경우가 전혀 달랐다.

검객들이 검을 배우면서 가장 먼저 신경을 쓰는 부분이 어떠한 상태에서도 검을 놓치지 않는 것이었다. 팔담검객같이 평생을 검과 함께 살아온 고수들이라면 그들의 수중에서 검을 빼앗기란 불가능에 가까운 일이었다.

그런데 찰나의 사이에 그대로 맥없이 검을 손에서 놓쳐 버렸으니 그들이 황당해 하는 것도 무리는 아니었다.

낙일방이 그들의 검을 맨손으로 잡은 것은 단순히 묵룡기를 절정으로 완성했기 때문만은 아니었다. 천단신공의 흡자결과 묵룡기의 특이한 기운이 결합한 데다 얼마 전에 육천기에게서 전수받은 취공대산수 중의 호로불방(葫蘆不放) 수법을 가미했던 것이다.

취공대산수는 기행으로 이름 높았던 취선 하정의의 절학답게 온갖 기이하고 절묘한 수법들이 많았는데, 호로불방도 그중 하나였다. 술꾼은 일단 수중에 들어온 술병은 절대로 놓치지 않는다는 지극히 취선다운 발상이 돋보이는 이 기발하고 절묘한 수법에 한 번 붙잡히면 잡힌 팔다리를 잘라 내거나 지금처럼 아예 손을 놓아 버리지 않는 한 절대로 빠져나올 수가 없었다.

순식간에 두 개의 검을 탈취한 상태에서도 낙일방의 선회는 멈추지 않았다. 오히려 회전하는 속도가 갈수록 빨라지는 것 같았다.

위위위윙!

곤지룡을 바탕으로 와선보에, 천단신공 중의 전륜결까지 가미된 그 선회는 도저히 멈추지 않는 수레바퀴를 보는 것 같았다. 그리고 그것은 역팔괘의 방식으로 그의 몸을 칭칭 옭아매었던 관혼팔담진의 진세를 뿌리부터 뒤흔들었다.

관혼팔담진의 기본 원리는 가까이 다가오되 접(接)하지 않고, 물러서되 놓치지 않는다는 것이었다. 상대로 하여금 수렁에 빠진 듯한 착각이 들게 하는 것도 관혼팔담진의 그러한 접근 방식 때문이었다.

그런데 낙일방이 제자리에 선 채로 몸을 빠르게 선회하자 가까이 다가서기도, 그렇다고 뒤로 물러서기도 애매한 상황이 펼쳐졌으며, 그것은 지금까지 톱니바퀴가 맞물린 듯 정교하게 움직였던 관혼팔담진의 운행에 미묘한 파장을 불러일으키고 있었다.

선회하는 기세가 워낙 맹렬하기에 섣불리 접근할 수는 없었다. 게다가 조금 전에 두 명의 검객이 얼떨결에 검을 빼앗기는 황당한 사태를 직접 보았기에 가까이 다가가기가 더욱 꺼려졌다.

그렇다고 상대가 선회를 그칠 때까지 무작정 지켜보고 있기도 힘들었다. 적절한 거리에서 끊이지 않는 움직임으로 상대의 공세를 제어하는 것이 관혼팔담진의 묘리인데, 발동하고 있는 진세(陣勢)를 멈추고 우두커니 상대가 지쳐 쓰러질 때까지 손을 놓고 구경만 하고 있을 수는 없었다.

접근하기도, 물러서기도 애매한 상황에서 처음으로 관혼팔담진의 진세가 잠깐 멈추게 되었다. 서로 다가서고 물러서는 과정에 약간의 머뭇거림이 발생하면서 순간적으로 톱니바퀴처럼 정교한 진법의 운용이 잠깐 어긋나게 된 것이다.

그것은 거의 알아차리기도 힘든 아주 짧은 순간의 일이었으나, 미친 듯이 선회하면서도 일순간의 기회를 노리고 있던 낙일방의 눈을 피할 수는 없었다.

사실 그때 낙일방은 심지를 다한 촛불처럼 마지막 불꽃을 피우고 있었다. 무리한 진기의 운용으로 인해 가뜩이나 텅텅 비어 가던 진력은 고갈되기 직전이었고, 체력 또한 바닥이 나서 얼마나 더 버틸 수 있을지 스스로가 의문인 상황이었다.

그저 마지막 도박을 하는 심정으로 '일원태극'만을 떠올리며 스스로를 한 점으로 삼아 힘이 다할 때까지 몸을 선회하고 있을 뿐이었다. 그러한 선회야말로 태극의 무한함을 상징적으로 나타내는 것이기 때문이었다.

그리고 그의 간절한 소망이 어긋나지 않았는지 그토록 한 치의 허점도 보이지 않던 관혼팔담진이 처음으로 아주 작은 틈을 드러내었던 것이다.

그것은 미세하기 그지없는 것이었으나, 낙일방은 한 치의 망설임도 없이 마지막 힘을 쥐어짜서 그 틈 속으로 전신을 내던졌다. 제일 먼저 그의 양손에 쥐어져 있던 두 개의 검이 그의 손에서 피어오르는 가공할 경력을 감당하지 못하고 그대로 산산이 박살이 나 버렸다.

우우웅!

뒤이어 마치 벌 떼가 몰려오는 듯한 음향과 함께 그의 오른손과 왼손에서 각기 다른 경력들이 세차게 뿜어져 나왔다. 오른손에 실린 것은 종남파 최고의 장공인 태인장, 왼손에 실린 것은 낙뢰신권의 최절초인 일점천뢰의 기운이었다.

낙일방으로서는 그야말로 지금 자신이 펼칠 수 있는 최고의 공격을 일시에 뿜어낸 것이다. 낙일방은 미처 의식하지 못했으나, 음유한 성질의 태인장과 양강(陽剛)한 낙뢰신권은 그 자체로 완벽한 음양양의(陰陽兩儀)를 이루는 것이었다.

그리고 결과는 가히 놀라웠다.

콰콰콰쾅!

벼락이 치는 듯한 굉음이 주위를 뒤흔들며 거센 경기가 폭풍노도처럼 일대를 완전히 휩쓸어 버렸다. 폭풍의 여세는 그야말로 대단해서 반경 오 장 일대의 땅거죽이 송두리째 뒤집혔으며, 뿌연 먼지가 십 장 위의 허공까지 자욱하게 뒤덮어 버렸다.

그 어마어마한 폭풍 속에서 미약하게 울렸다가 사라져 가는 몇 개의 희미한 비명은 제대로 알아듣기도 힘들 정도였다.

주위가 갑자기 고요해졌다.

사방을 폐허로 만들어 버린 거센 경기의 소용돌이가 점차 가라앉으면서 그 고요한 정적은 나직한 신음 소리에 깨어져 버렸다.

"으으……."

"크으윽……!"

그토록 무서운 위력을 발휘하며 낙일방을 죽음 직전까지 몰아넣었던 관혼팔담진은 처참하게 깨어져 있었고, 관혼팔담진을 이루던 여덟 명의 복면인들은 여기저기에 널브러진 채 꿈틀거리고 있었다.

그들 중 세 명은 아예 숨이 끊어진 듯 전혀 움직임이 없었고, 두 명은 손발이 부러진 채 고통 어린 신음을 토하고 있었으며, 나머지 세 명은 넋이 나간 사람처럼 바닥에 누워 멍하니 허공을 바라보고 있었다.

하늘 높이 올라갔던 먼지들이 부서진 돌조각들과 함께 그들의 몸 위로 우수수 떨어져 내렸으나, 그들 중 누구도 그것을 피하거나 움직이는 사람은 없었다.

휘익!

그때 어디선가 밤하늘을 가르고 나타난 누군가가 장내로 날아내렸다.

유난히 노란 황의가 밤바람에 한 차례 펄럭거렸다. 나타난 사람은 다름 아닌 누산산이었다. 누산산은 창백하게 질린 얼굴로 주위를 둘러보고 있었다.

"놀랍구나. 이러한 위력의 장공이 다 있다니……."

그녀의 시선이 이내 한곳에 고정되었다.

폐허로 변해 버린 장내의 중앙에 유난히 커다란 구멍이 파여 있었다. 그리고 한 사람이 그 구멍 안에 우뚝 서 있었다.

아니, 지금의 그에게 우뚝이란 말은 어울리지 않았다. 두 다리가 무릎까지 바닥을 파고 들어가 쓰러지고 싶어도 쓰러질 수 없는 상태였기 때문이다.

바닥에 두 다리가 박힌 채로 두 눈을 부릅뜬 채 서 있는 그 사람의 행색은 가히 목불인견이었다. 코와 입을 비롯해 귀와 눈까지 칠공(七孔)에서 시커먼 핏물이 흘러나와 얼굴을 알아보기 힘들었다.

입고 있는 옷은 여기저기가 찢어지고 터진 데다 검붉은 핏자국과 먼지로 더럽혀져서 도저히 원래의 색깔을 알아보기 힘들었다.

그럼에도 누산산은 한눈에 그 사람을 알아보았다.

어찌 모를 수 있겠는가? 유혈낭자한 처참한 몰골임에도 한 줄기 고고한 기상을 느낄 수 있는 천하 미남자의 모습을.

"낙 소협……."

그녀의 입술을 뚫고 무거운 신음성이 흘러나왔다.

그녀는 무언가에 홀린 사람처럼 느릿느릿 그가 서 있는 공터의 중앙으로 다가갔다.

부릅뜬 두 눈에 핏물이 가득 고여 있고 반쯤 열린 입술에는 부서지도록 굳게 악다문 이빨이 살짝 드러나 보였다. 온 얼굴이 피투성이임에도 그에게서는 숨길 수 없는 분노와 패기, 그리고 웅혼한 기상이 느껴졌다.

누산산은 떨리는 손으로 그의 목덜미에 손을 갖다 대었다.

끊어질 듯하면서도 가늘게 이어지고 있는 한 가닥의 맥을 확인하는 순간, 비로소 그녀의 입에서는 자신도 모르게 깊은 한숨이 흘러나왔다.

"휴우!"

가슴 깊은 곳에서 흘러나오는 안도의 한숨이었다.

사실 그녀는 낙일방의 숨이 이미 끊어진 줄로만 알고 가슴이 덜컥 내려앉았던 것이다. 자신이 너무 지체하여 그의 죽음을 막지 못한 것 같아 눈앞이 캄캄해질 지경이었다.

하나 기적적으로 낙일방은 목숨 줄을 유지하고 있었다.

누산산은 그의 몸을 조심스럽게 구멍에서 꺼내어 바닥에 눕혔다.

그러고는 품속에서 늘 소지하고 있는 취영단(聚靈丹)을 꺼내 그의 입에 넣어 주었다. 취영단은 천봉궁에서도 귀하게 여기는 내상약으로, 워낙 조제하기가 어려워서 천봉팔선자들도 일인당 하나씩밖에는 가지고 있지 못하는 것이었다.

그런 취영단을 선뜻 꺼내 들 만큼 낙일방의 상세는 위독해 보였다. 이대로 숨이 끊어져도 하등 이상하지 않을 정도였다.

누산산은 그의 맥문을 잡고 진기를 불어넣어 취영단의 약효가 그의 몸에 빨리 퍼지도록 했다.

한참 낙일방의 몸에 진기를 불어넣던 누산산의 눈이 번쩍 뜨이며 시선이 한곳으로 향했다. 조금씩 밝아 오는 어둠 속에서 한 사람이 천천히 걸어오고 있었다.

그를 확인한 누산산의 눈가에 안도의 기색이 스치고 지나갔다.

"성 대협!"

힘없는 걸음으로 느릿느릿 다가오고 있는 사람은 다름 아닌 성락중이었다.

언제나 청수하고 담담한 기세를 지니고 있던 그의 얼굴은 왠지 더할 수 없이 피곤하고 힘들어 보였다. 그럼에도 그는 그녀에게 예의를 잊지 않고 인사를 했다.

"누 소저였구려. 내 사질을 도와주어서 고맙소."

"별말씀을. 제가 너무 늦게 온 게 아닌지 모르겠군요."

"늦지 않았소. 낙 사질은 어떻소?"

"내외상이 너무 심해서 위독한 상황이에요. 그나마 다행히 한 줄기 기운이 심맥을 보호하고 있어서 숨이 끊어지지 않았지만, 당장이라도 제대로 된 치료를 받지 않으면 어떻게 될지 몰라요."

"그 기운은 아마도 본 파의 천단신공 중 호심결의 진기일 거요. 그렇다면 목숨을 부지하는 것에는 문제가 없을 거요."

천단신공의 호심결은 단 한 숨의 진기만으로도 천하에서 가장 끈질긴 생명력을 주는 상승절학이었다. 호심결로 보호하고 있다면 낙일방의 생명은 든든한 동아줄에 묶여 있는 것이나 마찬가지였다.

성락중의 몸이 한 차례 휘청거렸다.

그제야 누산산은 성락중의 몸에도 적지 않은 상처가 있음을 알아차렸다.

'아까부터 왼손을 옆구리 쪽에 대고 있어서 이상하다 했더니 옆구리에 큰 부상을 입고 있었구나.'

자신의 옆구리를 만지는 성락중의 손가락 사이로 핏물이 흘러나오고 있었다. 지혈을 했음에도 피가 그치지 않는 것은 그 상처가 옆구리를 완전히 관통하여 등 뒤까지 뚫려 있기 때문이었다.

"성 대협의 그 상처는……."

누산산이 성락중의 상처를 가리켜 보이자 성락중의 얼굴에 씁쓸한 웃음이 떠올랐다.

"오늘 강호의 하늘이 얼마나 높은지 알게 되었소. 강적을 만나서 정말 호된 꼴을 당할 뻔했는데, 운이 좋았는지 기적적으로 한 목숨을 부지할 수 있었소."

누산산은 형산파의 오결검객도 어렵지 않게 꺾은 바 있는 성락중이 목숨마저 위험했다고 하자 의아함을 감출 수 없었다.

"아니, 대체 누가 성 대협을 위협할 수 있었던 거죠? 그 사람은 어떻게 되었어요?"

성락중은 잠시 생각에 잠겨 있더니 조용한 음성으로 말했다.

"창을 쓰는 고수였는데, 내 강호 경험이 그리 많지 않아 정체는 파악할 수 없었소. 워낙 창의 변화가 예리하고 기기묘묘해서 싸우는 내내 수세에 몰리게 되었소. 특히 후반의 몇몇 절초들은 정말 무섭더구려."

누산산은 눈을 동그랗게 뜬 채 그의 말에 귀를 기울이고 있었다.

"악전고투 끝에 결국 옆구리에 그자의 창을 맞고 말았소. 다행히 거의 동시에 나도 운 좋게 그의 어깨에 일검을 격중시킬 수 있었소. 그때 이곳에서 엄청난 굉음이 울리자 그자가 창을 거두고 물러나서 겨우 한 목숨 부지하게 된 것이오."

성락중의 말인즉 자신이 계속 비세에 몰리다가 겨우 동수(同手)를 이루었고, 이곳의 일이 계획대로 진행되지 않은 것에 실망한 상대가 스스로 물러나서 겨우 목숨을 건질 수 있었다는 것이다.

누산산은 성락중 같은 훌륭한 검객을 수세로 몰아넣은 창의 고수가 누구인지 떠올려 보았다.

'환상제일창 유 대협은 아닐 테고, 그분 외에 그런 실력의 고수라면…….'

그녀가 생각에 잠겨 있을 때, 성락중이 다시 주위를 두리번거렸다.

"이 근처에 본 파의 사손이 있을 텐데 보이지 않는구려. 그를 찾아봐야겠소."

누산산은 문득 정신을 차리고는 급히 입을 열었다.

"손풍이라면 조금 전에……."

성락중의 얼굴에 한 줄기 어두운 그림자가 떠올랐다.

"손가 녀석이 아니라 동중산을 말하는 거요. 그에게도 감당하기 힘든 고수들이 갔을 텐데, 그의 모습이 아직까지 나타나지 않아 불안한 생각이 드는구려."

바로 그때였다.

"동 사형! 내가 뭐랬어? 다들 무사할 거랬지?"

새벽의 공기를 찢을 듯한 요란한 환성과 함께 허겁지겁 달려오는 두 인영이 있었다.

성락중은 밝아 오는 여명 사이로 그들이 바로 걱정했던 동중산과 손풍임을 알아보고 얼굴빛이 환해졌다.

동중산은 여기저기에 크고 작은 부상을 입은 모습이었으나, 달려오는 모습으로 보아 심한 상태는 아님이 분명했다.

원래 동중산은 습격자들의 공세에 계속 몰리다가 사태가 심상치 않음을 알아차리고 그들을 유인하여 싸움터를 바깥으로 이동했다. 정신없이 몰리고 쫓기는 와중에 때마침 객잔으로 돌아오던 손풍의 도움으로 간신히 그들을 물리치게 되었던 것이다.

손풍 또한 동중산을 구하는 와중에 왼쪽 뺨에 검이 스쳐 핏자국이 완연했다. 밤새 오 리가 넘는 길을 두 번이나 전력으로 왕복한 데다 생각지 않은 고수들과의 싸움으로 얼굴에 칼자국까지 남기게 된 손풍이었으나 어찌 된 일인지 그의 얼굴 표정은 더할 수 없이 밝았고, 입가에는 뿌듯한 미소마저 어려 있었다.

아마 속으로는 이제 비로소 자신도 완벽한 무림인의 얼굴이 되었다며 킬킬거리고 있을지도 모를 일이었다.

제 341 장

회연전야(會宴前夜)

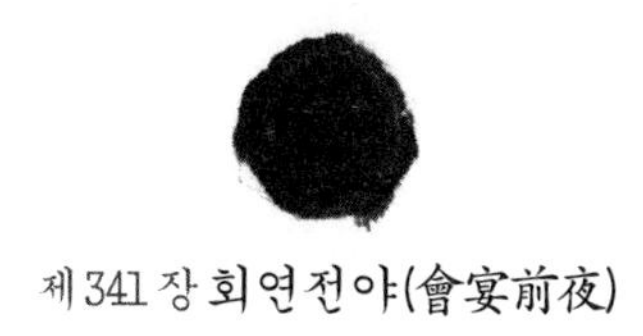

제341장 회연전야(會宴前夜)

서안의 밤거리는 흥겨움에 가득 차 있었다. 한낮의 무더위가 사라지고 시원한 밤바람이 기분 좋게 불어오는 서안의 밤은 사람들을 거리로 불러 모으고 있었다.

형형색색의 야등(夜燈) 사이로 웃음 지으며 거리를 걸어가는 사람들의 모습은 흡사 축제 전야를 보는 듯했다.

노해광은 자신의 집무실에서 창문 너머로 보이는 거리의 풍경을 물끄러미 내려다보고 있다가 문득 나직한 음성으로 중얼거렸다.

"축제 전야라. 확실히 누군가에게는 축제겠지. 그게 어느 쪽이 되느냐가 문제겠지만……."

한쪽에서 조용히 시립해 있던 지일환이 고개를 갸웃거렸다.

"예? 뭐라고 하셨습니까?"

노해광은 창문에서 시선을 거두며 태사의에 가서 앉았다.

"아니다. 그보다 지시한 일은 알아보았느냐?"

"예. 그는 여전히 화산 오운봉(五雲峯) 밑의 산자락에 있는 작은 암자에서 지내고 있는 것을 확인했습니다."

"그 일대는 화산파에서도 금지(禁地)로 정한 곳이라 출입하기가 쉽지 않았을 텐데, 용케도 알아냈구나."

지일환은 작은 눈을 반짝이며 히죽 웃었다.

"화산파의 주방에 식자재를 배달하는 포송(包宋)이란 자를 운좋게 포섭할 수 있었습니다. 화산파에서는 닷새에 한 번씩 오운봉의 암자로 식재료를 보급하고 있는데, 마침 어제가 그날이었습니다. 포송은 비록 그 보급처까지 따라가지는 못했으나, 보급을 담당했던 화산파의 제자에게서 '사조께서 아직도 정정해 보이시며, 기력이 좋으신 듯하다' 라는 말을 들었다고 합니다."

"흠."

노해광은 침음하며 잠시 생각에 잠겼다.

노해광이 주의를 기울이고 있는 인물은 다름 아닌 검단현의 스승인 한천검 한세일이었다. 노해광은 내일로 다가온 회람연에서 혹시라도 한세일이 나오지 않을까 우려하고 있었다. 화산파의 다른 고수들에게는 나름의 대비책이 있지만, 한세일에 맞설 만한 인물이 마땅히 없기 때문이었다.

배분으로 보자면 당연히 전풍개가 나서야 하지만, 전풍개는 따로 상대할 자가 있었다. 그리고 솔직히 전풍개의 실력으로 한세일을 감당할 수 있을지 노해광은 선뜻 장담할 수 없었다.

화산파의 장문인인 용진산이 자리를 비운 지금, 화산파에 남은 고수 중 제일의 실력자라면 많은 사람들이 수석장로인 십지매화검 선우정을 꼽을 것이다. 하나 노해광은 한세일이야말로 선우정을 능가하는 최고의 고수라고 확신하고 있었다.

다만 한세일은 오랜 기간 동안 오운봉 아래에 칩거하고 강호에 모습을 드러내지 않았기에 그 이름이 널리 알려져 있지 않았을 뿐이다.

칩거하기 전에도 한세일은 자타가 공인하는 화산파 제일의 검객이었다. 그의 성격상 그동안 놀고 있지는 않았을 테니, 이십여 년간 화산의 외진 구석에서 검을 갈고닦았을 그의 실력이 어느 정도일지는 짐작조차 가지 않는 일이었다.

칩거에 들어갈 때 스스로의 입으로 '앞으로 두 번 다시 강호에 나타나지 않겠다' 라고 말하기는 했으나, 노해광은 만의 하나 그가 출전할 경우를 완전히 배제할 수 없었다. 무엇보다 이번 회람연은 화산파의 명운이 걸리다시피 한 중대사이기에 화산파를 끔찍이도 아끼는 한세일이라면 스스로의 말을 번복하고 칩거를 깰 가능성도 다분히 있었다.

'어제까지도 한세일이 칩거지에 머물러 있었다면 이번에 안 나올 가능성이 농후하겠군. 자신이 없어도 충분히 본 파를 이길 수 있다고 믿는 것인가?'

종남파와 화산파의 회람연은 이미 섬서성 일대에 파다하게 소문이 퍼져 많은 사람들의 이목을 집중시키고 있었다.

얼마 전까지만 해도 아무리 종남파가 최근에 무섭게 일어나고 있다고 해도 구대문파 중에서도 전통의 명문인 화산파에 상대가 되겠느냐는 의견이 더 우세했으나, 불과 며칠 전에 무당산에서 종남파가 형산파를 격파했다는 사실이 알려지면서 이제는 오히려 종남파 쪽으로 조금씩 무게 추가 쏠리고 있는 형편이었다.

무당산의 대집회에서 종남파가 형산파를 상대로 다섯 번의 격전을 벌인 끝에 짜릿한 승리를 거두었다는 소식은 무림인들뿐 아니라 서안의 모든 사람들을 경악과 흥분에 빠지게 하기에 충분한 것이었다.

형산파는 비록 가장 늦게 구대문파에 속하게 되었으나, 그 세력만큼은 소림과 무당에 비견될 만큼 엄청난 성세(盛勢)를 이루고 있었다. 그들의 특이한 청삼과 청건, 그리고 푸른 수실이 매달린 장검은 뭇 강호인들에게 동경의 대상이었으며, 그중에서도 형산파의 최고수인 오결검객의 위명은 강호를 진동시키고 있는 실정이었다.

혹자들은 앞으로 십 년 안에 형산파가 소림이나 무당을 능가할지도 모른다고 말하기도 했다.

그런데 불과 일 년 전까지만 해도 멸문의 위기에 처해 있던 종남파가 기적적으로 회생한 데 이어 거대 문파로 성장하고 있는 형산파마저 꺾었다니 사람들이 놀라는 것도 무리는 아니었다.

형산파에서는 이번에 욱일승천의 기세로 성장하고 있는 종남파에 승리하기 위해 자파에서 가장 어른이며 무림구봉 중의 일인인 지봉 용선생을 선봉으로 내세우는 최강수를 펼쳤으며, 그 외에도 오결검객 중에서 최고의 고수들을 줄지어 출전시켰다고 한다.

뿐만 아니라 형산파 사상 최초로 배출된 육결검객마저 아낌없이 내보냈음에도 결국은 종남파에 무릎을 꿇고 말았으니, 그 충격은 상상을 불허하는 것이었다.

실로 무림 전체가 그 일로 경동(驚動)하고 있었다.

서안의 누구보다도 그 소식을 일찍 접한 노해광조차도 처음에는 자신의 귀를 믿지 못하고 부하들에게 다시 되물었을 정도였다.

그리고 그 소식이 사실임을 알게 되었을 때, 노해광은 자신도 모르게 몸을 세차게 떨고 말았다. 말로 표현하기 어려운 복잡한 감정들이 그의 가슴속을 이리저리 휘몰아쳤다.

'결국은...... 결국은 해냈구나!'

기산취악으로부터 이십 년이 넘는 장구한 세월 동안 끝없는 고통과 인고의 세월을 겪어 왔던 종남파가 마침내 그 무거운 사슬을 스스로의 힘으로 끊어 버린 것이다.

그때 그의 심정을 무어라고 해야 할까?

정말 많은 것들이 머릿속을 스치고 지나갔다.

점점 기울어 가는 문파와 미래가 없는 암담한 현실을 견디지 못하고 실연(失戀)을 핑계로 종남산을 등지게 되었을 때부터 아무런 목적도 없이 강호를 유람하며 겪었던 많은 방황과 시련, 그리고 문득 되돌아온 서안에서 한 줄기 서광을 발견하고 정신없이 쫓아오기까지의 모든 일들이 하나하나 기억이 났다.

그리고 얼굴들.......

구대문파에서 쫓겨난 상실감과 자책감에 괴로워하며 시름시름 앓다가 회한에 찬 마지막 숨결을 내뱉으며 숨을 거둔 선사 하원지, 갑작스레 맡게 된 장문인의 지위에 버거워 하면서도 문파의 부흥을 위해 풍찬노숙을 마다하지 않았던 사형 임장홍, 종남파의 부흥을 확신하고 기꺼이 한목숨을 바쳐 문파의 법도를 세우려 했던 사제 백동일, 그리고 지금 이 순간까지도 형산파에 복수할 그날을 기다리며 검을 닦고 있을 늙은 사숙 전풍개의 주름진 얼굴이 차례로 떠올랐다.

미치도록 보고 싶은 얼굴도 있고, 그리운 얼굴도 있으며, 가슴 아픈 얼굴도 있었다.

그들은 모두 종남파의 부흥을 위해 각기 다른 방식으로 최선을 다한 인물들이었다. 그들의 피땀 어린 노력과 간절한 염원이 쌓이고 쌓여 마침내 오늘의 현실을 이루어 낸 것이리라.

노해광이 격동하는 마음을 다스린 것은 그로부터 한참 후의 일이었다.

장문 사질을 비롯해 강호행을 떠난 제자들은 그들이 해야 할 일을 정말 훌륭하게 해내었다.

이제는 자신의 일이 남아 있다. 그들에게 부끄럽지 않도록 화산파와의 이번 회람연을 완벽하게 치러 내야 하는 것이다.

그래야 훗날 그리운 얼굴들을 떳떳한 모습으로 볼 수 있지 않겠는가?

노해광은 다시 한 번 이번 회람연에 대해 다각도로 연구하고 검토에 검토를 거듭했다. 실낱같은 착오라도 자칫 치명적인 결과를 초래할 수 있기에 그는 자신의 모든 것을 걸고 이번 일을 성공적으로 마무리 짓기 위해 최선을 기울였다. 아무리 사소한 변수라도 놓치지 않으려고 노력했다.

이제 하룻밤만 지나면 그의 그런 노력이 그만한 가치가 있었는지 증명될 것이다.

두려움 따위는 없었다.

종남파가 형산파를 꺾었다는 그 소식을 들은 다음부터 마음속에 가지고 있던 화산파에 대한 희미한 두려움은 씻은 듯이 사라져 버렸다.

단지 여섯 명에 불과한 인원으로 강호행을 시작하여 무수한 적들을 물리치고 끝내는 강호에 전설을 만들어 낸 제자들이 있다. 더구나 그들 중 두 명은 무공도 제대로 배우지 못한 자들이었다.

본산의 모든 지원을 받고 더불어 자신의 안방과도 같은 서안에서 철저한 준비를 하고도 패한다면 무슨 낯으로 돌아오는 제자들을 볼 수 있겠는가?

노해광은 지일환에게 정해를 불러오라고 지시했다.

지일환이 집무실을 나가자 잠시 태사의에 몸을 묻은 노해광은 양쪽 관자놀이를 지그시 눌렀다. 며칠 동안 잠도 거의 자지 않고 생각을 많이 해서인지 머리가 무거워진 것 같았다.

가만히 천정을 응시하고 있는 노해광의 두 눈에는 복잡한 빛이 일렁이고 있었다.

'검단현이 무슨 수를 쓰든 그에 대한 대비는 모두 완벽하게 갖추었다. 그럼에도 불길한 마음이 드는 것은 무슨 이유일까? 혹시 내가 놓치고 있는 무언가가 있는 건 아닐까?'

검단현은 방심할 수 없는 인물이었지만, 그만큼 그에 대해서는 철저한 연구가 되어 있었다. 젊었을 적부터 그와 몇 번의 크고 작은 충돌을 벌였던 노해광은 종남파에 다시 몸을 담기로 한 순간부터 언젠가는 검단현이 다시 출현할지도 모른다는 가정하에 그에 대한 대비를 해 왔다.

화산파의 전력 또한 상세한 분석을 마친 후였다.

화산파는 최근 벌어진 일련의 일들로 문파의 기세가 한풀 꺾였음이 분명했다. 멀리는 장로인 사익의 갑작스런 변사(變死)로 시작된 취미사 혈겁으로 인한 매장원의 이탈로 적지 않은 충격을 받았고, 뒤이어 노해광과 서안에서 다툼을 벌이면서 장로 및 일대제자들의 상당수가 전력에서 제외되었다.

더구나 무당산 집회 때문에 장문인이자 화산파 최고의 고수인 용진산마저 자리를 비운 상태여서 한창때에 비하면 오 할에 가까운 공백이 존재하는 게 사실이었다.

그럼에도 불구하고 화산파는 여전히 강했다.

남아 있는 전력만으로도 구대문파 중 소림과 무당, 형산파를 제외하고는 어느 문파도 충분히 감당할 수 있는 강력한 세력이었다.

문하제자가 십여 명뿐이고 가동할 수 있는 고수의 수가 지극히 한정적인 종남파의 입장에서는 화산파와의 정면충돌은 무조건 피해야 할 상황이었다.

그래서 이번 회람연이 그만큼 중요했다. 무리한 정면충돌을 하지 않고도 화산파와 자웅을 겨루어 볼 수 있는 절호의 기회인 것이다.

주위의 분위기도 좋았다.

이제는 서안의 어느 누구도 종남파를 화산파의 아래라고 생각하지 않았다. 더구나 무당산에서 벌인 쾌거로 인해 오히려 종남파를 더 위에 두는 자들도 적지 않았다.

만약 회람연에서 만족할 만한 성과를 벌인다면, 적어도 서안 일대에서는 종남파가 화산파보다 우위에 있음을 누구라도 인정하지 않을 수 없을 것이다.

하나 만에 하나 불행한 결과를 맺게 된다면?

지금까지의 좋은 분위기에 찬물을 끼얹는 것은 물론이고 형산파를 꺾고 하늘 높은 줄 모르고 솟구치고 있는 종남파의 위상이 치명적인 타격을 입게 될 것이다. 그리고 그 여파로 자칫 종남파의 구대문파 복귀가 힘들게 될지도 모르는 일이었다.

그런 일만큼은 무슨 수를 써서라도 막아야 한다.

그것이 노해광으로 하여금 며칠째 잠도 제대로 자지 못하고 고민하게 만드는 원인이었다.

문파의 부흥이 온통 자신의 양어깨에 달려 있다고 생각하자 노해광은 아무리 맛있는 음식을 먹어도 맛을 느낄 수 없었고, 아무리 흥겨운 일을 벌여도 즐겁지가 않았다. 그리고 고민에 고민을 거듭해도 마음속에 도사리고 있는 불안감을 완전히 제거할 수 없었다.

이렇게 되자 노해광은 문득 한 가지 사실을 떠올리고는 자신도 모르게 혀를 내두르고 말았다.

'단 며칠만으로도 이렇게 고통스러운데, 장문 사질은 지난 몇 년 동안 문파의 모든 사활(死活)을 혼자서 지고 살아온 것이 아닌

가? 젊은 나이에 그게 가능키나 한 일일까? 어떻게 이런 부담감을 견딜 수 있었을까?'

그런 생각을 하자 갑자기 그 말이 없고 얼굴에 칼자국이 나 있는 장문 사질의 모습이 무척이나 보고 싶어졌다.

'장문 사질의 앞길에 장애물이 될 수는 없다. 한 번만 더 처음부터 끝까지 검토해 보자.'

노해광이 마음을 가다듬고 태사의에서 일어났을 때, 마침 정해가 문을 열고 안으로 들어왔다.

"부르셨습니까, 사숙?"

정해는 종남파에 복귀한 뒤로 제법 살집이 오르고 자세에도 여유가 풍겨서 관록이 붙은 모습이었다. 종남파가 승승장구하고 있는 요즘에는 태도 하나하나에도 신중함과 지혜로움이 엿보여서 노해광이 더욱 듬직하게 생각하고 있었다. 특히 수많은 군웅들 앞에서 벌어진 무당산의 비무에서 종남파가 형산파를 격파했다는 소식을 듣고 난 후로는 몸가짐이 더욱 의젓해지고 당당해져서 산전수전을 다 겪은 노련한 강호인을 보는 것 같았다.

성격적으로 소심한 구석이 있는 정해였기에 만약 종남파가 지금처럼 성세를 유지하고 있지 않았다면 조금은 다른 모습을 보였을지도 몰랐다.

정해를 바라보는 노해광의 눈빛에는 신뢰와 호감이 담겨 있었다. 좀처럼 남을 믿지 않는 노해광에게서는 좀처럼 볼 수 없는 광경이었다.

"이리 와 앉거라. 너에게 부탁할 일이 있어서 오라고 했다."

정해는 공손하게 머리를 조아렸다.

"부탁이라니요. 당치 않습니다. 제게 지시하실 게 있으면 말씀하시지요."

"허헛. 이제는 제법 수단 좋은 장사꾼 냄새가 나는구나."

정해가 질색을 하며 도리질을 했다.

"장사꾼이라니요? 저도 엄연한 무림인입니다. 만에 하나라도 사숙조 앞에서는 그런 말씀을 자제해 주셨으면 합니다. 그러지 않았다가는 제가 사숙조께 크게 경을 치고 말 겁니다."

그 말에 노해광은 껄껄 소리 내어 웃고 말았다.

"하하. 엄살을 피우기는. 사숙께서 비록 엄격한 면이 있기는 하지만, 하나의 문파를 꾸려 나가기 위해서는 너나 나 같은 존재도 반드시 필요하다는 사실은 인정하고 계시니 너무 걱정할 필요 없다."

정해의 얼굴에 씁쓸한 웃음이 떠올랐다.

"가끔 사숙조님을 뵐 때마다 제가 무공에 소홀한 점을 못마땅해 하시는 것 같아 송구스러웠습니다. 하지만 아무리 노력을 해도 무공에는 별다른 진전이 없으니 저도 참 답답하더군요."

"사람이 모든 일을 다 잘할 수 있겠느냐? 너의 그 대단한 장문 사형도 돈 벌어 오는 일을 맡기면 아주 질색을 할 것이다. 사람마다 다 쓰임새가 다른 법이니 너는 그 점에 대해 부끄러워하지 마라."

"부끄럽기보다는 하루가 다르게 무섭게 성장하고 있는 다른 동문 사형제들을 볼 때마다 조금씩 뒤처지는 것 같아 부럽기도 하고, 한편으로는 아쉬운 마음도 생깁니다. 제가 좀 더 무공에 재질이 있었으면 본 파에 적지 않은 힘이 되었을 텐데 하고 말입니다."

노해광은 그의 심정을 잘 이해하고 있다는 듯 빙긋 웃으며 그의 어깨를 두드려 주었다.

"너는 지금도 충분히 잘하고 있다. 본 파의 누구도 네가 본 파에 큰 힘이 되고 있음을 부인하지 못할 것이다."

정해는 가벼운 한숨을 내쉬었다.

"휴우. 이번에 화산파와의 회람연이 코앞에 닥치고 나니 무림인에게 가장 중요한 것은 결국 스스로의 무공이라는 생각이 끊이지 않는군요. 아무리 머리를 굴리고 잔재주를 부려도 본신의 실력이 뒷받침되지 않고서는 제대로 된 결과를 내기 힘드니 말입니다."

"그 머리 굴리고 잔재주를 피우는 것도 본신의 실력이다. 각자가 서로 자신이 잘할 수 있는 일을 하면 그뿐이다. 장문 사질이나 소지산 같은 녀석들이 무공으로 본 파를 이끌고 있다면, 뒤에서 그들이 차질 없이 앞으로 나아갈 수 있도록 묵묵히 지원하는 것이 바로 우리가 할 일이다. 우리는 결코 앞으로 나서서 공을 탐해서는 안 될 것이다."

노해광의 묵직한 말에 정해는 공손하게 머리를 조아렸다.

"사숙의 말씀을 명심하겠습니다."

"그래. 이번 일이 마무리되면 우리끼리 조촐하게 술잔이라도 기울이도록 하자."

"그런데 제게 시키실 일이 무엇입니까?"

노해광의 시선이 문득 정해의 두 눈에 고정되었다. 사람의 마음을 훤히 들여다보는 듯한 날카롭고 예리한 눈빛이었다. 정해는 노해광의 따가운 시선을 받고도 전혀 흔들리거나 꺼리는 기색 없이 담담한 표정을 유지하고 있었다.

언뜻 노해광의 얼굴에 희미한 미소가 스치고 지나갔다.

"이제는 제법 배짱이 커진 모양이구나."

"사숙께 하도 단련을 받아서 이제는 아무리 무서운 눈빛도 감당할 수 있을 것 같더군요. 그런데 대체 무슨 일이십니까?"

노해광의 음성이 묵직하게 가라앉았다.

"배짱이 필요한 일이다."

정해의 표정 또한 어느새 진지함으로 가득 차 있었다.

"쉽지 않은 일이겠군요."

"쉽지 않을 뿐 아니라 그 중요함은 이루 말할 수 없을 정도다."

"흥미가 이는군요."

"뿐만 아니라 상황에 따라서는 애써 해 놓은 일이 아무 쓸모가 없는 무용지물이 될 수도 있다."

"만약의 사태를 대비하는 최후의 대비책 같은 거로군요. 제가 꼭 맡고 싶던 일이었습니다."

노해광은 피식거리며 웃었다.

"남의 속을 몰래 들여다보는 너구리 같은 놈이로군."

"칭찬으로 듣겠습니다."

"물론 칭찬이다. 너하고는 확실히 말하기가 편하구나. 조금만 더 배짱을 기르고, 은밀한 술수에 능해진다면 능히 내 뒤를 이을 만하겠다."

정해는 의외로 고개를 내저었다.

"그건 별로 기쁘지 않습니다."

"왜 그러냐?"

"사숙께서 일은 일대로 다 하시면서 그만큼의 호평을 받지 못하는 걸 제가 누구보다 잘 알고 있습니다. 저는 사숙처럼 갖은 비난을 다 들으면서도 태연히 버틸 수 있을 만큼 얼굴이 두껍지 못합니다."

"하하……. 정말 내 배 속의 벌레 같은 놈이로구나."

정해의 얼굴이 처음으로 울상이 되었다.

"너구리는 몰라도 벌레는 좀……."

"그만큼 네놈이 내 사정을 잘 꿰뚫어 보고 있기에 하는 말이다. 확실히 나는 주위에서 이런저런 욕을 하도 많이 들어서 누구보다 오래 살 자신이 있다. 내가 하는 일이 비록 남에게 욕을 많이 먹고 환호를 받지도 못하는 것이지만, 그래도 나름대로의 보람은 있다. 무엇보다 본 파가 강호에 우뚝 서기 위해서는 누군가가 반드시 해야만 하는 일이다."

정해는 엄숙한 얼굴로 노해광을 향해 머리를 숙였다.

"사숙께서 본 파를 위해 주위의 비난을 마다하지 않고 스스로를 기꺼이 진흙탕 속에 던지셨다는 것을 잘 알고 있습니다. 저를 비롯해서 본 파의 제자들은 모두 그런 사숙께 깊은 고마움과 존경심을 가지고 있습니다."

"낯간지러운 말은 할 필요 없다. 비난과 욕설이야말로 나 같은 사람에게는 자양분이나 마찬가지다. 적어도 아직은 살아 있다는 생생한 증거이니 말이다. 아무튼 이번에 네게 맡길 일이 그러하다. 일이 잘되어 봤자 기껏해야 욕이나 안 먹으면 다행이지만, 만에 하나 잘못된다면 모든 오물을 네가 다 뒤집어써야만 한다."

"……!"

"게다가 그 일 자체가 필요 없게 될 확률도 농후하다. 그야말로 힘은 힘대로 들고 결과의 달콤함은 맛볼 수 없는 일이지. 그래도 하겠느냐?"

정해는 담담한 표정으로 그의 말을 듣고 있다가 그를 향해 정중하게 포권했다.

"제게 맡겨 주십시오. 꼭 해내겠습니다."

노해광은 정해의 얼굴을 가만히 바라보았다. 온화하고 부드러운 얼굴에 눈초리가 살짝 아래로 처져서 순해 보이는 인상이었다. 체구 또한 그리 크지 않았고, 무공 실력은 같은 배분의 제자들 중에서 가장 뒤떨어졌다.

자신의 말대로 머리 굴리는 일 외에는 아무 짝에도 쓸모없어 보이는 외모였지만, 종남파를 주목하는 많은 사람들은 그를 궤령낭군이라 부르며 경원의 눈으로 쳐다보았다.

노해광은 그동안 정해를 가까이에서 지켜보았기에 그가 실제의 성격도 인상처럼 순후했고, 겁도 많은 편이라는 걸 알고 있었다. 하나 또한 그가 얼마나 종남파를 아끼고 사랑하며, 종남파의 부흥을 위해 헌신하고 있는지도 알고 있었다.

종남파가 멸문의 위기에 처하고 다른 사형제들이 고난의 시절을 보내고 있을 때 자신은 아리따운 신부를 맞아들이고 행복한 신혼 생활을 꾸렸다는 죄 아닌 죄 때문에 정해는 늘 다른 사형제들에게 미안한 마음을 가지고 있었다. 그래서 더욱 자신의 모든 것을 다해 종남파의 안살림을 꾸려 가는 데 매진해 왔다.

노해광은 정해의 반짝이는 두 눈과 굳게 다문 의지 가득한 입술을 보고 있다가 고개를 끄덕였다.

"너라면 잘해 낼 것이다. 장안부의 관리 중에 강염이란 자가 있다……."

정해가 노해광의 지시를 받고 집무실을 벗어난 직후, 다시 한 사람이 그의 방을 찾아왔다.

그를 보자 노해광은 편한 자세로 앉아 있던 태사의에서 벌떡 일어나 공손하게 머리를 조아렸다.

"어서 오십시오, 사숙."

들어온 사람은 전풍개였다.

전풍개는 노해광의 인사를 받는 둥 마는 둥 하고 그의 앞에 있는 의자에 털썩 주저앉더니 매서운 눈으로 노해광을 노려보았다.

"대체 왜 그런 짓을 했느냐?"

노해광은 이미 전풍개가 무슨 일로 자신을 찾아왔는지 짐작이 가면서도 겉으로는 조용한 음성으로 되물었다.

"무슨 말씀이신지요?"

노해광을 쏘아보는 전풍개의 눈초리가 어찌나 날카롭고 사나웠던지 흡사 철천지원수를 보는 것 같았다.

"내일 회람연에 삼대삼(三對三)의 비무를 제안할 거라며? 그 비무에 나갈 자로 하동원과 소지산, 그리고 응계성이란 녀석을 정했다는 게 사실이냐?"

노해광은 조금도 당황하지 않고 대답했다.

"그렇습니다."

전풍개의 숨소리가 거칠어지더니, 돌연 낮게 가라앉은 음성으로 변했다.

"네가 생각 없이 일을 벌이는 놈이 아니라는 건 알고 있다. 하지만 이번에는 대체 무슨 생각을 하는지 도무지 모르겠구나."

전풍개의 음성이 평소와 달리 부드럽게 변했으나, 노해광은 이것이 전풍개가 극도로 화가 났을 때 최후로 화를 억누르는 모습이라는 걸 알고 있었다. 억눌렀던 화가 폭발할 때는 처음과는 비교도 할 수 없는 무시무시함이 몰아닥칠 것이다.

"지산은 노부도 인정하는 검술 실력을 지니고 있으니 선정된 것이 당연하고, 동원 또한 비록 행실이 가볍기는 하나 수십 년간 노력을 게을리하지 않았으니 어느 정도의 모자람이 있더라도 납득할 수 있다. 그런데 문파에서 뛰쳐나가 상가(商家)의 개가 된 놈을 이런 중대한 비무에 내보내려 하다니. 어찌 된 연유인지 소상히 밝히도록 해라."

전풍개의 말은 그렇게 하지 않을 경우 억눌렀던 화를 터뜨리고야 말겠다는 선전포고였다.

그런 전풍개를 바라보는 노해광의 시선은 담담하기 이를 데 없었다. 그 차분한 시선을 받자 전풍개는 격동했던 마음이 점차 가라앉는 것을 느꼈다.

그것은 그동안 노해광이란 인물이 전풍개에게 쌓아 놓은 신뢰 때문이었다. 노해광은 결코 엉뚱한 판단을 하거나 경솔한 실수를 할 사람이 아니라는 믿음이 있었던 것이다.

그리고 노해광은 그의 그런 기대를 배반하지 않았다.

"제가 내일의 회람연에서 검단현에게 삼대삼의 제의를 할 계획인 건 분명합니다. 아마 검단현은 수락하든 수락하지 않든 나름의 복안을 가지고 선택을 할 것입니다."

전풍개의 눈초리가 꿈틀거렸다. 노해광의 말속에서 묘한 의미를 파악한 것이다.

"검단현이 그 제의를 수락하지 않을 가능성도 있단 말이냐?"

"그렇습니다. 검단현이 지금 현재 가장 주목하는 것은 본 파에 쓸 만한 고수들이 그리 많지 않다는 점입니다. 그러니 비무에 참가할 숫자를 늘릴수록 화산파에 유리하다고 판단할 수 있지요."

확실히 노해광의 말은 일리가 있었다. 강호행을 떠난 제자들이 합류하지 못하는 지금, 종남파의 고수들은 열 명이 채 되지 않았다. 물론 본산의 제자들을 제외한 빈객이나 노해광의 수하들은 적지 않은 수가 있지만, 화산파와의 회람연에 그들을 출전시킬 수는 없는 일이었다.

"반면에 본 파의 제안을 수락한다면 이견의 여지가 없는 완벽한 승리를 거둘 수 있기에 그 제안을 승낙할 가능성도 충분히 있습니다."

"그럼에도 손가전장의 애송이를 쓰겠단 말이냐?"

"그렇습니다."

"그놈이 그동안 손가전장에서 무슨 희대의 무공을 익혔는지는 모르지만, 그놈의 실력으로는 죽었다 깨어나도 화산파의 고수를 상대로 승리하지 못할 것이다."

"그가 지든 이기든 상관없습니다. 어차피 승부는 다른 쪽에서 판가름 날 테니 말입니다."

전풍개의 얼굴이 살짝 찌푸려졌다.

"동원을 믿고 있는 것이라면 너무 경솔한 판단이다. 그 녀석의 실력이 나름대로 뛰어나기는 하지만, 화산파의 고수를 상대로 무조건적인 승리를 장담하기는 힘들다."

"승리는 힘들어도 지지 않을 수는 있습니다."

"그게 무슨 말이냐?"

"일전에 동원에게서 묘한 말을 들었습니다. 성 사형과 자주 대련을 하다 보니 너무 많이 패한 게 억울하고 분해서 쉽게 패하지 않는 방법을 연구해 왔다고 말입니다. 그래서 결국 성 사형 수준의 고수가 아니라면 누구에게도 쉽게 지지 않는 방법을 만들어 냈다고 하더군요."

전풍개의 표정은 여전히 풀어지지 않았다.

"그 녀석이 쓸데없는 재주 몇 가지를 가지고 있는 건 알고 있지. 그게 과연 화산파의 고수들에게도 통용될 수 있겠느냐? 그리고 일단 네 말이 맞는다고 해도 그걸로 화산파와의 비무에서 승리하지는 못할 게 아니냐?"

노해광의 눈빛이 여느 때보다 날카롭게 빛났다.

"그래서 사숙의 역할이 중요합니다."

"내 역할이라니?"

"검단현이 삼대삼의 비무를 승낙한다면 제 목표는 그 비무에서 한 번 이기고 한 번 비겨서 무승부를 만드는 것입니다. 그렇게 되면 결국 최후의 승부 하나로 모든 걸 결정지을 수 있게 됩니다."

"음!"

전풍개의 입에서 무거운 침음성이 흘러나왔다.

노해광은 그의 얼굴을 뚫어지게 주시하며 나직하면서도 분명한 음성으로 말했다.

"저는 사숙께 마지막 승부를 걸어 볼 생각입니다. 고수가 많아서 출전자를 예측하기 힘든 화산파를 좁은 골목으로 몰아넣고 건곤일척의 승부를 걸 수 있는 유일한 기회이니 말입니다."

전풍개의 얼굴은 시시각각 변했다. 하나 어디에서도 조금 전과 같은 분기 어린 모습은 보이지 않았다.

막상 자신에게 누구보다 무거운 짐이 주어진다고 하자 깊은 상념에 빠져 있는 전풍개의 모습을 노해광은 가만히 지켜보다가 소리 없는 한숨을 내쉬었다.

자신이 종남파의 명운을 걸고 화산파와 마지막 일전을 벌여야 한다는 점 때문에 전풍개는 미처 한 가지 질문을 마저 하지 못한 것이다.

만약 검단현이 노해광의 제안을 거절한다면 과연 어떻게 될 것인가?

노해광은 그것에 대한 비책(祕策)을 전풍개에게 발설하지 않게 된 것에 마음 깊숙이 안도하지 않을 수 없었다.

그 비책의 주인공은 전풍개가 아닌 전혀 다른 사람이기 때문이었다.

제 342 장

흉살지계(凶殺之計)

제 342 장 흉살지계(凶殺之計)

검단현은 문득 허공을 올려다보았다. 곧게 뻗은 대들보가 방의 이쪽에서 저쪽을 가로질러 놓여 있었고, 그 위로 빗살 모양으로 얹힌 서까래가 쭉 이어져 있었다. 제법 크기는 했으나, 여느 집과 전혀 다를 바가 없는 평범한 모습이었다.

한쪽 귀퉁이에서 거미 한 마리가 길게 늘어진 거미줄을 따라 열심히 위로 올라가는 광경이 시야에 들어왔다. 검단현은 무심한 얼굴로 그 거미가 거미줄을 타고 올라가 서까래 사이로 사라질 때까지 가만히 쳐다보고 있었다.

이번에는 시선을 내려 바닥을 바라보았다. 천장과는 달리 굵은 나무로 단단하게 마감한 바닥에는 거미는커녕 먼지 한 톨 찾아볼 수 없었다.

천천히 고개를 쳐든 검단현의 눈에 한쪽 벽에 걸려 있는 유등

(油燈)이 들어왔다. 유등 안에 나방 한 마리가 갇혀서 파닥거리는 모습이 방 안 전체에 묘한 그림자를 만들고 있었다.

검단현은 한참 동안이나 유등 안에서 바동거리는 나방의 그림자를 보고 있었다. 별로 크지도 않은 유등을 빠져나오지 못하고 이리저리 날갯짓을 하는 나방의 모습이 마치 자신의 처지를 보는 듯한 기분이 들었던 것이다. 그러다 문득 피식 웃고 말았다.

'두려운 거냐, 검단현? 이제 와서 종남파가 두려워진 거냐?'

그는 마음속으로 나직하게 중얼거렸다.

'정말 두려운 거냐? 하찮게 보았던 그들이 형산파를 꺾었다고 갑자기 무서운 존재로 보이는 거냐? 그래서 이렇게 하루 종일 넋을 잃고 우두커니 있었던 거냐?'

그 중얼거림은 조금씩 커지더니 종내에는 거대한 외침으로 변했다.

'너는 결국 그 정도밖에 안 되는 인간이었느냐? 검단현, 대답해라. 너는 정녕 그 정도의 인간이었느냐?'

검단현은 이를 악물었다.

물론 자신은 그런 인간이 아니다. 적이 무서워 꽁무니를 뺀다는 것은 그의 뇌리에는 존재하지 않았다. 더구나 그 적이 종남파가 되리라고는 상상으로라도 떠올려 본 적이 없었다.

–종남파가 무당산에서 형산파를 격파했다!

며칠 전에 들려온 그 소문으로 인해 서안은 물론이고 섬서성 일대가 완전히 난리 법석이 나고 말았다.

검단현은 지금까지 실망하거나 좌절한 적이 없는 사람이었다. 속으로는 어땠는지 몰라도 적어도 겉으로 그것을 드러낸 적은 단 한 번도 없었다.

장문인에게 무기한 폐관을 명 받았을 때도 입가에 가벼운 미소를 머금고 있었고, 하늘 같았던 사부 한세일이 소림의 굉수선사에게 뜻밖의 패배를 당하고 칩거에 들어갔을 때도 실망스런 표정을 짓지 않았다.

그런데 종남파가 형산파를 꺾었다는 그 소문을 듣자 자신도 모르게 얼굴이 일그러지고 말았던 것이다.

그것은 그에게는 세상의 종말과도 같은 커다란 충격이었다.

형산파라면 솔직히 화산파의 전력이 완벽하게 갖추어져 있다고 할지라도 이긴다고 장담할 수 없는 거대한 세력이었다. 그들의 오결검객들은 하나같이 정말 놀라운 검술을 지닌 뛰어난 검객들이었으며, 화산파의 장로에 뒤지는 인물들이 하나도 없었다. 게다가 형산파 내에는 강호에 아직 알려지지 않은 고수들도 많았다.

화산파에도 물론 화산의 깊숙한 곳에서 수행(修行)하거나 칩거해 있는 선배 고인들이 적지 않았으나, 여러모로 생각해 보아도 형산파는 결코 승산을 장담할 수 없는 무서운 상대였다.

그런 형산파가 불과 여섯 명으로 시작한 종남파의 강호행을 막지 못하고 끝내는 그들의 마지막 제물(祭物)이 되어 버린 것이다.

그리고 그 중심에는 바로 그자가 있다.

누구나가 인정하는 강호제일검객이며, 일 년도 되지 않은 짧은 시간 내에 신화와 전설의 주인공이 된 사나이!

신검무적!

강호 무림 역사상 그와 같이 빠르게 명성을 쌓아 올리고 있는 자도 없었고, 그와 같은 나이에 그러한 경지에 도달한 자도 없었다. 실로 공전절후전무후무(空前絶後前無後無)란 바로 그를 두고 하는 말일 것이다.

검단현은 화산파에 있을 때부터 그자에 대한 여러 가지 소문을 들어 왔었다. 처음에는 대수롭지 않게 생각했었으나, 그가 초가보를 꺾고 종남파를 재건했다는 소식에 비로소 그에 대한 경각심을 갖게 되었다.

초가보는 당시의 화산파도 만만히 볼 수 없는 강력한 세력이었다. 그런 초가보를 몇 명 되지도 않는 제자들을 규합하여 물리친다는 것은 평범한 사람으로는 도저히 해낼 수 없는 일이었다.

그가 두 번째로 신검무적의 소식을 들은 것은 서안의 이씨세가에서 매장원의 죽음을 보고받을 때였다.

매장원은 사부인 한세일이 가장 경계하던 실력자였다. 단순히 무공 실력뿐 아니라 주위를 끌어당기는 기질이나 사람들을 통솔하는 지도력에서 그는 한세일뿐 아니라 장문인인 용진산조차도 꺼리는 대단한 인물이었다.

그런 매장원이 신검무적과의 격전에서 비참하게 죽고 신검무적의 화려한 검법만이 사람들 사이에 회자되었을 때, 검단현은 처음으로 희미한 불안감을 느꼈다.

그래서 신검무적이 몇몇 제자들을 거느리고 종남파를 떠나 강호행을 한다는 소문이 들려왔을 때, 이번이 종남파의 기세를 꺾을 수 있는 유일한 기회라고 판단을 했다. 그가 신산 곡수의 죽음으로 공백이 된 서안의 책임자에 자원하게 된 것도 그런 연유에서였다. 이번 기회에 종남파의 세력을 확실히 무너뜨리지 않으면 자칫 그들로 인해 화산파의 존재가 뿌리째 흔들릴지도 모른다는 강력한 예감이 들었던 것이다.

종남파의 비무행으로 온 무림이 술렁거릴 때마다 검단현의 그런 예감은 점점 더 강해졌고, 종남파를 향한 마음속의 칼날은 한층 더 예리해졌다.

그가 명문정파답지 않게 흑도의 무리를 이용하고 잔혹한 일 처리를 한 것은 목적을 위해서라면 수단과 방법을 가리지 않는 그의 기질 탓도 있지만, 무섭게 커져 가는 종남파의 위상에 대한 불안감이 더 크게 작용한 것이었다.

그런데 막상 종남파가 형산파를 꺾었다는 소식을 듣게 되니, 일시지간 머릿속이 텅 빈 듯 아무 생각도 나지 않았고 맥이 풀린 듯 몸에 아무런 힘도 들어가지 않았다. 몸 안의 기력이 모두 어딘가로 빠져나가 버린 것 같았다. 대신 그 자리를 종남파와 신검무적에 대한 두려움과 공포가 야금야금 채워 가고 있었다.

단지 다섯 명의 제자들을 대동하고도 신검무적은 그 막강한 형산파를 물리쳤다. 만약 그가 다시 종남파로 돌아온다면 과연 화산파는 그를 감당할 수 있을 것인가?

그렇다면 그가 돌아오기 전에 종남파와 회람연을 벌이게 된 것은 과연 복(福)인가, 화(禍)인가?

무당의 집회에 참석한 두 문파의 정예들이 모두 복귀한 상태였다면 당연히 회람연의 무게 추는 종남파로 기울 수밖에 없었을 것이다.

하나 회람연은 내일로 닥쳐왔고, 그들 중 누구도 아직은 돌아오지 않았다.

그들이 오기 전에 회람연의 승부가 판가름 난다면 과연 그들은 그 결과를 기꺼이 받아들일 것인가? 회람연의 승자가 화산파로 결정된다면, 혹시 신검무적은 종남파의 패배를 인정하지 않고 새로운 도전을 해 오지 않을까?

만약 그런 상황이라면 과연 자신과 화산파는 그의 도전을 뿌리칠 수 있을 것인가? 형산파에서 최초로 배출한 육결검객조차 물리친 그를 상대할 수 있는 고수가 화산파에 존재할 수 있을까?

복잡한 생각에 잠겨 있던 검단현은 문득 자신조차도 종남파의 우세를 당연하게 받아들이고 있음을 깨닫고 무심결에 쓴웃음을 짓고 말았다. 그리고 다음 순간, 피가 나도록 입술을 질끈 깨물었다.

'종남파가 존재하는 한 그들은 언제까지고 본 파의 우환(憂患)이 될 수밖에 없다. 한 산에 두 호랑이가 존재할 수 없는 법이니, 결국은 결판을 내야 한다. 그런 의미에서 이번 회람연이야말로 그들을 끝장낼 수 있는 유일한 기회일 것이다.'

검단현의 눈에서 섬뜩한 광망이 이글거렸다.

'내 생각이 맞았다. 처음의 계획대로 밀고 나가야 한다. 도산검림 속에서 살아가는 무림인이 손에 피를 묻히는 것을 망설일 필요가 없는 것이다.'

한참을 어둠 속에서 서성거리던 검단현이 누군가를 부른 것은 그로부터 한 시진 후의 일이었다.

"부르셨습니까?"

조심스런 태도로 머리를 조아리는 준수한 청년은 다름 아닌 두기춘이었다.

두기춘은 매장원이 음모를 꾸밀 당시 신산 곡수를 지원하여 제법 커다란 공을 세운 적이 있었다. 그로 인해 곡수의 신임을 받아 승승장구하는 듯했으나, 곡수의 죽음 이후 애매한 신세가 되어 버렸다.

종남파의 제자 출신이었다는 원죄(原罪) 때문에 다른 화산파 제자들의 눈 밖에 난 그로서는 든든한 동아줄이 잘려 나간 후유증에 시달릴 수밖에 없었다. 뒤를 봐줄 사람이 없는 상태에서 외톨이가 되어 버린 두기춘은 화산으로 복귀할 것을 청했으나 그마저도 거절당했다.

그렇다고 중책을 맡긴 것도 아니어서 그야말로 어쩔 수 없이 무위도식을 해야 하는 불편한 시간을 보내고 있었다. 그런 두기춘이 느닷없이 검단현의 부름을 받게 된 것이다.

두기춘은 검단현이 종남파에 대해 강박에 가까운 증오를 품고 있음을 잘 알고 있기에 그동안 그의 눈에 띄지 않기 위해 몸조심을 해 왔다. 그렇기에 그가 종남파와의 회람연 전날 밤에 남들 눈에 띄지 않게 자신을 부른 저의를 알지 못해 불안한 마음이었다.

검단현은 칼날같이 예리한 시선으로 두기춘의 얼굴을 뚫어지게 바라보았다. 어지간한 고수라도 오금이 저릴 정도로 차갑고 냉정한 시선이었다.

다행히 두기춘은 속마음을 감추는 데 무척이나 능숙한 사람이었다.

검단현은 표정 하나 변하지 않고 묵묵히 자신의 시선을 받아내고 있는 두기춘을 한참이나 응시하고 있다가 문득 불쑥 입을 열었다.

"명령진기가 팔성을 넘어섰구나. 네가 본 파에 입문한 지가 얼마나 되었지?"

명령진기가 팔성을 넘어서면 안광에 은은한 초록빛이 감돌게 된다. 그 빛은 너무 미약해서 주의 깊게 살펴보지 않으면 발견하기 힘든 것이었지만, 검단현의 눈을 피할 수는 없었다.

두기춘은 신중한 음성으로 대답했다.

"사 년이 조금 안 됐습니다."

"그런데 벌써 명령진기를 그 정도 경지까지 익혔단 말이지? 과연 듣던 대로 재질이 범상치 않구나."

검단현은 다른 사람에 대한 칭찬에 무척이나 인색한 사람이었다. 그런데 지금은 처음으로 대면하는 두기춘에게 선뜻 칭찬의 말을 한 것이다.

그럴수록 두기춘의 불안감은 더욱 커져만 갔다.

"명령진기가 팔성을 넘어가면 본 파의 다른 신공을 익혀도 아무런 문제없이 융합시킬 수 있다. 너도 알고 있겠지?"

"그렇습니다."

"태청강기를 익혀 볼 생각은 있느냐?"

뜻밖의 말에 침착함을 유지하고 있던 두기춘의 표정이 처음으로 살짝 변했다.

태청강기는 화산파의 제자들이 익힐 수 있는 최고의 신공이었다. 물론 그 위에 자하신공이 있기는 하지만, 자하신공은 장문인을 비롯한 극소수의 선택받은 수뇌부들만이 익힐 수 있는 비전 중의 비전이라 일반 제자들은 구경조차 할 수 없는 것이었다.

두기춘 또한 태청강기를 간절히 원하고 있었다.

명령진기가 비록 천하의 어디에 내놓아도 부끄럽지 않을 훌륭한 무공이기는 하지만, 태청강기와 비교하기에는 손색이 있었다. 특히 명령진기는 수신(修身)의 목적이 강해서 위력 면에서 태청강기와 상당한 차이가 있었다. 그래서 강호에 나가 높은 명성을 얻는 것을 꿈꾸는 화산파의 제자라면 누구라도 태청강기를 익히는 것을 간절히 염원하고 있었다.

하나 태청강기는 장로들을 비롯한 수뇌들의 허락을 받아야만 익힐 수 있는 무공이어서, 일반 제자들에게는 그야말로 꿈속에서나 그려 볼 수 있는 화중지병(畵中之餠)일 뿐이었다.

두기춘의 입장에서는 더더욱 꿈조차 꿀 수 없는 일이었다.

그런데 검단현의 입에서 불쑥 태청강기에 대한 언급이 나왔으니, 두기춘으로서는 가슴이 흔들리지 않을 수 없었다.

태청강기를 익힌다는 것은 단순히 무림 최고의 신공 중 하나를 얻는 것뿐 아니라 비로소 화산파의 수뇌들에게 인정받는, 실세 중의 실세가 될 수 있다는 의미를 담고 있었다. 그것은 두기춘이 너무도 간절히 바라마지 않는 일이었다.

하나 과연 자신에게 그런 행운이 선뜻 주어질 수 있을 것인가? 숙적인 종남파의 제자였던 자신에게 과연 화산파 최고의 신공을 익힐 기회를 줄 수 있겠는가?

두기춘의 마음은 기대감과 초조함, 그리고 이유 모를 불안함으로 마구 뛰고 있었다.

그런 두기춘의 심정을 훤히 꿰뚫어 보는 듯 검단현의 입꼬리에 희미한 미소가 그려졌다. 무어라 형용키 어려운 음산하고 괴이한 웃음이었다.

"한 가지 일만 해 주면 네가 태청강기를 익힐 수 있도록 지원해 주겠다. 나의 이름을 걸고 약속하지."

두기춘은 차라리 마음이 편해졌다.

역시 세상에 거저 얻는 것은 없는 법이다. 검단현의 입에서 다음에 무슨 말이 나올지 걱정스러웠지만, 태청강기를 얻기 위해서라면 어떤 일이든 기꺼이 해내겠다는 마음을 굳혔다.

"말씀하십시오."

검단현은 비장함마저 엿보이는 두기춘의 얼굴을 뚫어지게 바라보고 있다가 이윽고 느릿느릿 입을 열었다.

"종남파를 멸문시켜야겠다."

두기춘은 검단현이 무슨 말을 하든 기꺼이 들어 줄 마음의 준비가 되어 있었지만, 지금 이 순간만큼은 순간적으로 얼굴이 핼쑥하게 굳어지며 자신도 모르게 반문하고 말았다.

"그게 무슨 말씀이십니까?"

검단현의 음성은 나직했지만, 두기춘의 귀에는 세상의 어떤 고함보다도 거대하게 들렸다.

"이번에 종남파의 본산을 없애야겠다는 뜻이다. 주춧돌 하나까지 남기지 않고 모두 다."

두기춘은 검단현의 냉혹하리만치 냉정한 시선을 정면으로 응시하고 있다가 무언가에 억눌린 사람처럼 낮게 가라앉은 음성으로 물었다.

"그게 가능하리라고 보십니까?"

검단현은 주저하지 않고 고개를 끄덕였다.

"다른 때라면 몰라도 내일은 가능하다. 회람연 때문에 종남파의 고수들은 대부분 본산을 비울 테니 말이다."

두기춘의 눈이 부릅떠졌다.

물론 내일 종남파의 본산은 여느 때보다 방비가 허술할 것이다. 화산파와의 회람연은 종남파로서도 사력을 다할 수밖에 없는 중대사였다. 장문인을 비롯한 주력 인물들이 강호행을 떠난 지금, 종남파는 화산파를 상대하기 위해 쓸 수 있는 모든 전력을 기울일 것이 분명했다.

그런 종남파의 본산을 공격하는 일은 어쩌면 생각보다 수월한 일일지 모른다.

하나 과연 그게 강호에서 용납될 수 있는 일일까? 명문정파 사이에 중요한 회합을 하면서 뒤로는 상대의 빈집을 터는 것이 가당키나 한 것일까?

두기춘은 그 일의 성사 가능성 이전에 그와 같은 발상을 한 검단현이란 인간에 대해 새삼 두려움이 일지 않을 수 없었다.

고고하기로 이름 높은 화산파의 수뇌 중 한 사람인 그가 강호의 도의(道義)를 저버리고 흑도의 무리들도 감히 하지 못할 만행을 저지르려 하고 있는 것이다. 더욱 두려운 것은 현재의 그 누구도 그의 이러한 계획을 짐작도 하지 못하고 있기에 저지조차 할 수 없다는 것이었다.

검단현의 눈빛이 그 어느 때보다 날카롭게 번뜩였다.

"어떠냐? 해 보겠느냐?"

두기춘의 몸이 바짝 긴장되었다. 단순한 질문이었으나, 대답 여하에 따라 자신의 신상에 급격한 변화가 일어날 수 있음을 직감적으로 알아차린 것이다.

검단현의 제의를 승낙하면 그는 화산파의 최고 무공 중 하나를 익힐 수 있을 뿐 아니라, 그토록 원하던 화산파의 중심부로 들어갈 수 있는 기회를 잡게 될 것이다.

하나 만약 거절하게 된다면? 앞으로 두 번 다시 이와 같은 기회는 잡지 못할 것이며, 평생 동안 화산파의 변두리에서 남의 뒤치다꺼리나 하며 살게 될 것이다.

단지 그뿐일까?

자신의 제의를 거절한 제자를 검단현이 순순히 놔두겠는가? 정파인(正派人)이라면 상상도 하지 못할 추악한 계획을 알고 있는 자를 과연 내버려 두려 하겠는가?

어떤 식으로든 입을 다물게 하려고 할 것이며, 비밀을 지킬 수 있는 가장 효과적인 방법을 사용하려 할 것이다.

그것이 무엇인지는 굳이 깊이 생각하지 않아도 충분히 짐작할 수 있었다. 살인멸구(殺人滅口)는 예로부터 가장 전통적이고 확실한 비밀엄수 방법 중 하나였다.

검단현이라면 주저하지 않고 그러한 방법을 쓸 것이다. 벌써부터 두기춘을 응시하는 검단현의 눈가에 은은한 살기가 피어오르고 있지 않은가?

살아서 영화를 누리겠는가? 아니면 죽어서 한 줌의 재로 사라지겠는가?

선택의 기로에서 두기춘은 고심할 수밖에 없었다. 하나 그의 고심은 그리 길지 않았다.

'아니, 사실은 선택이 아니다. 이미 내가 택할 길은 정해져 있는 것이다.'

검단현이 늦은 밤에 두기춘을 불렀을 때부터 그가 택할 수 있는 길은 오직 하나뿐이었다. 아니 신산 곡수가 죽고 검단현이 서안의 책임자로 내려왔을 때부터, 어쩌면 그보다 훨씬 이전에 진산월이 먹었어야 할 만년삼정을 몰래 훔쳐 먹고 종남산을 도망쳐 내려왔을 때부터 그가 걸어갈 수 있는 길은 이미 정해져 있었는지도 몰랐다.

'어차피 가야 할 길이라면…….'

한동안 고민에 차 있던 두기춘의 표정이 차츰 원래대로 되돌아왔다.

그는 담담한 음성으로 물었다.

"제가 어떻게 하면 되겠습니까?"

검단현은 복잡한 기색이 가득하던 두기춘의 얼굴에 점차 표정이 사라지며 무심한 모습으로 변하는 과정을 가만히 지켜보고 있었다. 그와 함께 그의 눈가에 어른거렸던 살기 어린 빛 또한 사라져 갔다.

검단현은 품속에서 한 장의 종이를 꺼내어 내밀었다.

두기춘이 받아 보자 십여 개의 이름이 적혀 있었다.

두기춘은 이내 그 이름에서 공통점 몇 가지를 발견할 수 있었다. 그들이 하나같이 섬서성 이북이나 산서성 일대에서 활약하는 떠돌이 낭인들이며, 또한 그들이 한때 화산파의 속가제자였으나 비밀스런 이유로 파문된 자들임을 알아본 것이다.

"내일 이들과 함께 종남산으로 가라."

"……!"

"종남파의 고수들이 회람연에 참석하기 위해 산을 내려가면 한 시진 후에 종남파의 본산을 공격해라. 그곳에 남아 있는 자들을 모두 제거하고, 모든 전각과 건물들을 하나도 남김없이 불태우도록 해라."

한 자 한 자 분명한 음성으로 말하는 검단현의 모습은 감정이라고는 찾아볼 수 없는 냉혈인간 같았다.

한 문파의 본산이 주춧돌 하나 남기지 않고 모두 불태워진다는 것은 그 문파에게는 영원히 씻을 수 없는 오점이나 마찬가지였다. 오랜 세월 동안 쌓아 놓은 모든 것이 송두리째 사라짐으로써 문파의 정통성 또한 영영 회복될 수 없게 되는 것이다.

회람연에서 패하고 본산마저 남아 있는 제자들과 함께 한 줌의 잿더미로 변해 버린다면 제아무리 형산파를 꺾고 천지를 뒤흔드는 명성을 쌓았다고 해도 종남파의 위상은 치명적인 타격을 입게 될 것이다.

본산조차 지키지 못하는 문파가 어찌 강호에서 명문정파라고 행세할 수 있겠는가?

그런 점에서 검단현의 계획은 그 무모함만큼이나 효과적인 것이라고 할 수 있었다.

두기춘은 잠시 생각에 잠겨 있다가 예의 신중한 음성으로 입을 열었다.

"아무리 종남파의 주력이 빠져나갔다고 해도 만약의 사태에 대비해서 적지 않은 고수들이 남아 있을 겁니다."

"물론 그렇겠지. 몇 명의 제자들과 빈객들은 남아 있을 것이다. 그들 외에 얼마 전부터 종종 정체 모를 자들이 종남파 일대를 서성이고 있는데, 그 수가 제법 된다고 알고 있다."

검단현이 파악한 자들은 다름 아닌 수신대원들이었다. 초가보가 멸망한 후 초가보주의 아들인 방화를 찾아 종남파로 들어온 그들은 그 후로 줄곧 보이지 않는 곳에서 종남파를 지켜 왔다.

서른 명의 수신대원들 중 절반은 얼마 전에 대주인 혈화창 우문화룡을 따라 서안으로 내려갔으나, 나머지 열다섯 명은 아직도 종남파의 본산에 머물러 있는 상황이었다.

검단현은 그들이 과거 초가보주의 최측근 수하들인 수신대라는 것까지는 알지 못했으나, 그들 개개인이 제법 뛰어난 실력을 지닌 고수들이며 현재 몇 명이 종남파에 남아 있는지를 정확하게 파악하고 있었다.

"그들 열다섯에 빈객과 제자들을 합쳐서 내일 종남파의 본산을 지키는 자들의 수는 많아야 스물다섯을 넘지 않을 것이다. 그 정도라면 이들만으로도 충분히 일을 완수할 수 있을 것이다."

검단현이 두기춘에게 준 명단에 적힌 자들은 화산파에서 비밀스런 일을 처리하기 위해 특별히 키운 고수들로, 강호에 퍼져 있는 명성에 비해 훨씬 더 고강한 무공을 지닌 실력자들이었다.

그들 중에는 임독양맥을 타통해 일류고수의 수준을 넘어선 두기춘도 승산을 장담하기 어려운 무공의 소유자들이 적지 않았다.

그래도 두기춘의 표정은 여전히 신중했다.

"이들만으로 부족할 수도 있습니다. 강호의 일은 워낙 예측하기 힘드니 말입니다."

검단현은 선뜻 그 의견에 수긍을 했다. 오히려 그런 신중함이 더욱 마음에 드는 듯한 표정이었다.

"그래서 그들 외에 한 사람을 더 지원해 줄 생각이다."

"그가 누구입니까?"

검단현은 문득 문 쪽으로 시선을 돌렸다.

"들어오게."

방문이 소리도 없이 열리며 한 사람이 안으로 성큼 들어섰다.

열린 문 사이로 불어오는 밤바람에 유등 속의 나비가 한층 더 세차게 파득거렸고, 그만큼 어지러운 그림자가 방 안을 이리저리 휘돌아다녔다. 벽을 따라 일렁이는 그림자 사이로 방 안에 들어온 사람의 하얀 옷자락이 유난히 시선을 끌었다.

흐릿한 불빛 아래 드러난 그자의 얼굴을 보는 순간, 이제껏 냉정함을 잃지 않고 있던 두기춘의 입에서 처음으로 나직한 신음성이 흘러나왔다.

"악살……."

그 사람은 이를 드러내며 활짝 웃었다. 왠지 모르게 보는 이의 가슴에 섬뜩함을 남기는 차갑고 살벌한 웃음이었다.

"맞아. 내가 바로 장병기야."

그는 다름 아닌 소문삼살의 막내인 악살 장병기였던 것이다.

두기춘이 물러간 후, 장병기는 검단현의 앞에 가서 태연한 표정으로 앉았다.

"애송이치고는 눈빛이 제법 살아 있군. 화산파의 일대제자다운 기백이 보이는걸."

검단현은 아무 대꾸도 없이 허공의 한 점을 응시하고 있었다.

장병기는 싱겁게 히죽 웃었다.

"걱정 마시오. 맡은 일은 철저하게 해낼 테니. 내일 적어도 종남파에서 숨을 쉬고 살아남은 자는 아무도 없게 될 거요."

문득 검단현은 힐끔 그를 돌아보았다.

"그 일은 걱정하지 않네."

"그럼 무엇이 그리도 신경 쓰이는 거요?"

"자네 눈에 그렇게 보이나?"

"그렇소."

"신경 쓰는 일이야 많이 있지. 자네도 있지 않나?"

웃음기가 감돌았던 장병기의 얼굴이 가면을 씌운 것처럼 딱딱하게 변했다.

마강의 청부를 받고 흑선방의 잔당들을 소탕하기 위해 나섰다가 검마의 아들에게 막혀 도망치듯 몸을 빼야 했던 일은 그에게는 너무도 커다란 치욕이었다. 그 원한을 갚기 위해 서안을 떠나지 않고 있다가 검단현이 접촉해 오자 주저하지 않고 선뜻 제안을 받아들인 것이다.

높은 자존심에 씻을 수 없는 상처를 입은 만큼 장병기는 자신의 상처를 헤집는 듯한 검단현의 말에 불쑥 화가 치밀어 올랐다. 하나 검단현은 아무리 세상에 무서운 것이 없는 장병기라 할지라도 함부로 대할 수 없는 사람이었다.

장병기는 냉랭하게 코웃음을 치는 것으로 자신의 불만을 표현했다.

"흥. 말하기 싫으면 하지 마시오. 어쨌든 나는 내 할 일만 해치우면 그만이니."

"나도 그 이상은 바라지 않네. 명심하게, 종남파의 인물은 단 한 명도 살려 두어서는 안 되네."

장병기는 너무도 당연한 사실을 거듭 확인하는 검단현의 말이 의아한 듯 그를 빤히 쳐다보았다.

"말하고 싶은 게 뭐요?"

"방금 나간 그자는 원래 종남파의 제자였네."

장병기의 얼굴에 피식 미소가 걸렸다.

"종남파의 제자가 화산파로 들어왔다가 원래의 문파를 멸문하는데 선봉에 섰다는 말이오? 명문정파의 제자치고는 지나치게 화려한 행적인데?"

다분히 비꼬임이 가득 담긴 그의 말에도 검단현은 전혀 화를 내지 않았다.

"오늘 부로 그는 본 파에서 파문당할 걸세. 정식으로 파문장(破門狀)이 발송되는 것은 며칠 후가 되겠지만, 거기에 적힌 파문일자는 오늘이 될 걸세."

"그건 또 무슨 꿍꿍이요?"

"종남파에서는 아직 그를 정식으로 파문하지 않았네. 다시 말해서 본 파에서 파문당하게 되면 그는 종남파에 적(籍)을 둔 원래의 신분으로 돌아가는 걸세."

가만히 그의 말을 듣고 있던 장병기는 손뼉을 탁 치더니 이빨을 드러내며 활짝 웃었다.

"하핫! 정말 정파의 행사는 못 따라가겠는걸. 이렇게 혁신적인 방법을 쓰다니, 이 정도면 가히 토사구팽(兎死狗烹)의 새로운 문을 열었다고 할 만하오."

장병기의 웃음에는 비웃음과 조롱이 가득 담겨 있었으나, 검단현은 표정 하나 변하지 않은 채 담담한 음성으로 말을 이었다.

"종남파의 제자는 단 한 명도 살려 두지 않아야 한다는 내 말을 잊지 말게."

"걱정하지 말라니까. 그나저나 이번 일을 해내면 그자에게 뭘 준다고 약속하지 않았소? 자신의 이름까지 걸었던 것 같던데."

"때로는 지키고 싶어도 지킬 수 없는 약속도 있는 법이지."

검단현의 무심한 말에 장병기는 어깨를 들썩이며 웃었다.

“흐흐. 죽은 자와의 약속 같은 거 말이오? 그나저나 내일이 정말 기대되는군. 그자의 마지막 표정을 보고 싶어 벌써부터 견딜 수가 없구려.”

제 343 장

여인원정(女人怨情)

제343장 여인원정(女人怨情)

임영옥은 찬찬히 주위를 둘러보았다.

아담한 방이었다.

별다른 장식은 없었으나, 그리 넓지 않은 크기에 꼭 필요한 물건들만 배치되어 있어 사람의 마음을 포근하게 하는 분위기를 풍기고 있었다.

이번에는 자신이 누워 있는 침상을 살펴보았다. 비단금침은 아니었으나 그래도 제법 질 좋은 천을 이중으로 겹친 이불은 깔끔해 보였고, 침상 주위도 먼지 한 톨 없이 단정하게 정리되어 있었다.

임영옥은 다시 베개에 머리를 기댄 채 잠시 생각에 잠겨 있었다.

그녀가 정신을 차린 것은 조금 전이었다. 마안의 객잔에서 갑작스런 습격을 당한 것이 꿈속의 일처럼 생각되었다.

습격은 철저히 계획된 것이어서 종남파 고수들은 각기 다른 상대들과 악전고투를 벌여야 했다. 자신을 든든하게 지켜 주던 낙일방마저 꼼짝할 수 없는 상황에서 마지막까지 그녀의 앞을 막아서 준 것은 뜻밖에도 종남파의 가장 어린 제자 두 사람이었다.

그들의 충정(忠情)은 너무도 고마운 것이었으나, 그 상태가 지속된다면 아까운 두 사람의 목숨은 헛되이 사라질 것이 너무도 뻔했다. 그래서 그들을 살리기 위해 그녀는 위험천만한 도박을 하지 않을 수 없었다.

그녀의 역량으로 보호할 수 있는 사람은 오직 한 명뿐이었다. 그래서 그녀는 유소응이 적들을 안내해 오자 문밖에 손풍이 남아 있음에도 강제로 문을 닫은 것이다.

유소응이 안으로 들어온 순간, 그녀는 칠음진기로 유소응의 마혈을 제압했다. 유소응의 체내에 들여보낸 칠음진기가 그의 심맥을 보호해 줄 수 있기를 간절히 바라며 자신이 덮고 있던 이불로 유소응의 몸을 꽁꽁 싸맸다. 그것이 절박한 순간에 그녀가 그의 안전을 위해 할 수 있는 최선의 방법이었다.

상황이 심상치 않음을 알아차린 복면인과 궁장 여인이 그녀를 향해 달려들려 했을 때, 그녀는 그동안 선천진기로 억지로 틀어막고 있던 체내의 음기를 발출시켰다. 선천진기에 억눌려 있던 음기가 폭발하게 되자 그 여파는 가히 상상을 초월하는 엄청난 것이었다.

그녀가 있던 방 안은 폭발하는 음기에 송두리째 박살 나 버렸고, 그녀를 공격해 들어왔던 두 명의 남녀 또한 그 음기의 폭풍에 휩쓸려 그녀에게 접근할 수 없었다.

하나 그 폭발의 여파를 가장 강하게 받은 사람은 다름 아닌 임영옥 자신이었다. 억지로 막고 있던 음기가 분출되자 그녀는 더 이상 그 음기를 통솔하거나 제어할 수가 없었다. 그녀의 전신은 몸속에서 끊임없이 쏟아져 나오는 음기의 통로가 되어 손가락 하나 마음대로 움직이기 힘들었다.

그녀가 마지막으로 할 수 있는 것이라고는 전력을 다해 그곳을 벗어나는 일뿐이었다. 자신을 쫓아오는 두 명의 남녀를 뒤에 매달고 그녀는 사력을 기울여 앞으로 달려 나갔다. 방향이나 주위의 지리는 신경 쓸 상황이 아니었다.

폭발하는 음기의 분출로 그녀가 펼치는 신법의 속도는 그야말로 가공스러운 것이어서 그녀를 쫓던 두 남녀의 신화경(神化境)에 달한 무공으로도 쉽게 따라갈 수 없는 것이었으나, 그녀는 그것도 의식하지 못한 채 무작정 앞으로 앞으로만 몸을 날릴 뿐이었다.

얼마나 달렸을까? 문득 어느 순간에, 그녀는 누군가가 자신의 앞을 막아서는 것을 느꼈다.

"임 소저……."

그 사람이 자신을 부르는 소리를 들은 것 같았으나, 그것이 그녀가 기억하는 마지막 순간이었다. 그녀는 그대로 의식을 잃고 그 사람의 품에 쓰러지고 말았던 것이다.

그리고 이제 다시 깨어난 그녀는 곰곰이 당시의 일을 떠올려 보고 있었다.

하나 텅 빈 머리는 백지장처럼 아무것도 떠오르지 않아서, 그 사람이 누구인지 알 수가 없었다. 심지어는 성별조차 기억이 나지 않았다. 그러다 문득 그자의 품에 쓰러질 때 맡았던 은은한 향기가 떠올랐다. 그 향기는 그녀에게 익숙한 것이었다.

그제야 그녀는 자신이 마지막에 만난 사람이 누구인지 짐작할 수 있었다.

그리고 그때 방문이 열리며 한 사람이 들어왔다.

들어온 사람은 임영옥이 정신을 차린 것을 알고는 이내 반색을 하며 다가왔다.

"임 소저. 깨어났군요."

새하얀 백의를 곱게 차려입은 그 사람은 다름 아닌 천봉팔선자 중의 첫째인 백봉 정소소였다.

임영옥은 침상에 누운 채 가만히 정소소를 올려다보았다.

정소소는 그녀의 심정을 이해한다는 듯 가볍게 고개를 끄덕였다.

"이번에는 정말 운이 좋았어요. 혹시나 하는 마음에 거처를 떠나지 않고 있었던 게 천만다행이었네요."

임영옥은 천천히 눈을 감았다가 떴다. 유달리 긴 속눈썹이 느릿하게 감겼다가 뜨이면서 무어라 형용키 어려운 영롱한 눈빛이 흘러나왔다.

정소소는 몇 번이고 임영옥을 보아 왔지만, 지금의 이런 모습을 보자 다시 한 번 그녀의 미모에 경외감을 느끼지 않을 수 없었다. 핏기를 찾아볼 수 없는 파리한 안색에 병색이 완연했지만, 그래서 더욱 그녀만의 독특한 아름다움이 흘러나오고 있었다.

임영옥은 미모가 화려하지도 않고, 폭발하는 듯한 염기(艶氣)를 뿜어내지도 않았으며, 남자를 유혹하는 듯한 색기도 없었다. 하나 사람의 마음을 편안하게 해 주는 음성과 가슴을 아련하게 하는 분위기를 지니고 있어서 돌아서면 다시 되돌아보고 싶어지게 하는 묘한 매력을 지니고 있었다. 그것은 그녀를 가까이에서 오랫동안 지켜보지 않고서는 발견할 수 없는 그녀만의 개성이었다.

진산월같이 냉정하고 한 치의 빈틈도 찾아볼 수 없는 사람이 그녀를 연인으로 삼게 된 연유도 아마 그래서일 것이다.

진산월과 임영옥은 다른 사람들로서는 쉽게 이해하기 어려운 독특한 연인 관계라고 할 수 있었다.

그들은 오랫동안 멀리 떨어져 있으면서도 서로에 대한 절실한 마음이 흔들리지 않았고, 그토록 그리워하면서도 상대를 배려해 스스로를 자제하는 이해심을 가지고 있었다. 어떻게 보면 다소 밋밋하고 미온적인 관계 같기도 했지만, 다른 한편으로는 그들처럼 정열적이고 뜨겁게 서로를 바라는 사이도 없는 것 같았다.

정소소는 가끔 자신이 먼저 진산월을 만났다면 그와 사랑하는 사이가 될 수 있었을까 생각해 보곤 했다.

어쩌면 그럴 수도 있고, 어쩌면 그러지 않을지도 모르지. 하나 지금 그들이 보여 주는 그러한 관계는 절대로 될 수 없을 것이다. 서로에 대한 헌신과 신뢰, 그리고 희생은 다른 어떤 연인 사이에서도 쉽게 볼 수 없는 것이었다. 그러한 그들의 관계에 대해 적지 않은 시간 동안 옆에서 지켜보아 온 정소소는 한편으로는 안타까우면서도 한편으로는 부러운 마음이 들고는 했다.

특히 임영옥의 처지를 생각하면 안타까움은 몇 배로 증폭이 되고, 절실함은 가슴이 타들어 가는 고통스러움으로 변해 버리는 것이다.

자신이 이럴지언정 임영옥 본인의 심정은 어떠하겠는가?

그럼에도 임영옥은 단 한 번도 좌절하거나 고통스러워하는 표정을 보인 적이 없었다.

지금도 그녀는 정소소를 향해 낮게 가라앉은 음성으로 조용히 중얼거리듯 말하는 것이었다.

"어떻게 해서든 정 소저가 있는 곳까지 가고 싶었지만, 장담은 할 수 없었어요. 다행히 하늘이 도운 모양이군요."

참으로 사람의 마음을 편하게 하면서도 설레게 하는 묘한 음색이었다.

진 장문인이 그녀에게 빠져든 것에는 이 독특한 목소리의 영향도 적지 않을 것이라는 생각이 정소소의 뇌리를 언뜻 스치고 지나갔다.

"몸은 어때요?"

임영옥은 담담한 표정으로 대답했다.

"무공을 상실했어요."

정소소의 눈초리가 자신도 모르게 파르르 떨렸다. 그녀는 임영옥의 얼굴을 자세히 살펴보았으나, 그녀는 여전히 차분하고 조용한 모습이었다.

정소소는 묻지 않을 수 없었다.

"임 소저는 괜찮아요?"

"어차피 각오한 일이었어요. 억눌렸던 음기가 분출되면 어떠한 일이 벌어질지 이미 충분히 예상하고 있었으니까. 오히려 음기가 모두 빠져나간 덕분에 몸이 편안해졌어요."

몸이 편안해졌다고?

단순히 그것뿐일 리가 없지 않은가?

정소소는 입술을 깨물었다.

"하지만…… 이제 시간이 흐르면 심맥이 굳기 시작할 거예요. 태음신맥의 음기를 제어할 기회가 영영 사라지고 마는 셈이니……."

앞으로의 그녀는 태음신맥을 제어할 힘을 잃고 점차 심맥이 굳어져 끝내는 목숨을 잃어버리는 비참한 결말밖에는 남지 않게 된 것이다.

정소소는 차마 그 말까지는 하지 못했다. 굳이 입 밖으로 꺼내지 않아도 임영옥 또한 그 사실은 이미 알고 있을 것이다.

하나 임영옥의 표정은 여전히 변화가 없었다.

"나는 이미 예견했었어요. 두 명의 용왕이 나를 찾아왔을 때부터 최악의 상황을 염두에 두었지요. 다행히 정 소저에게 올 수 있어서 내 예상보다 일이 훨씬 더 잘 풀린 셈이에요."

"하지만 그들을 사주한 사람은……."

"그녀겠지요. 혹시라도 그녀의 마음이 변할 것에 한 가닥 기대를 했었지만, 아무래도 그녀는 더 이상 나를 용납할 수 없었나 봐요."

정소소의 고개가 힘없이 떨구어졌다.

"미안해요."

임영옥은 부드러운 눈으로 그녀를 바라보았다.

"그런 말 하지 말아요. 정 소저 덕분에 앞으로의 일을 차질 없이 진행할 시간을 얻게 되었어요."

"……."

임영옥은 정소소의 두 눈을 가만히 들여다보며 속삭이듯 물었다.

"예전에 나와 한 약속을 잊지 않았지요?"

정소소는 아무런 대답 없이 임영옥의 얼굴을 바라다보았다. 두 여인의 시선이 서로 허공에서 마주치며 수많은 말과 표정들이 침묵 속에서 오고 갔다.

한참 후에야 정소소는 간신히 고개를 끄덕였다.

그제야 임영옥의 창백한 얼굴에 처음으로 한 줄기 미소가 떠올랐다. 무어라 형용키 어려운 복잡한 빛을 띤 미소였다.

"고마워요."

정소소는 입술을 오물거리다가 참지 못하고 불쑥 입을 열었다.

"임 소저는 정말 그대로 괜찮겠어요?"

"나머지는 장문 사형의 몫이에요. 장문 사형이라면 알아서 잘 할 거예요."

"하지만……."

정소소는 무슨 말을 하려다 끝내 하지 못했다.

비록 입가에는 엷은 미소가 매달려 있지만, 파리한 임영옥의 얼굴에는 실로 다채로운 빛이 감돌고 있었다. 그 복잡하고 처연하며 깊은 한(恨)과 정(情), 고뇌로 가득 찬 표정에 말문이 막히고 만 것이다.

한동안 장내에는 무거운 침묵이 감돌았다. 두 여인은 각기 다른 상념에 잠긴 듯 말이 없었다. 임영옥이 여전히 차분한 모습인 데 비해 정소소는 무언가 심사가 복잡한 듯 무거운 표정이었다.

문득 임영옥이 정소소를 향해 물었다.

"본 파의 다른 사람들은 어찌 되었는지 아시나요?"

정소소는 의미 모를 한숨을 가볍게 내쉬고는 이내 한결 밝아진 얼굴로 말했다.

"마침 막내가 육매(六妹)의 서신을 전해 주러 종남파의 숙소를 찾아간 것이 기억나서 막내에게 급히 전서구(傳書鳩)를 보냈는데, 조금 전에 답장이 왔어요."

그녀는 소맷자락에서 한 장의 종이를 꺼내어 건네주었다. 종이는 작은 원통에 들어 있던 탓에 돌돌 말려 있었는데, 조심스레 펴 보자 깨알 같은 글자가 빽빽하게 쓰여 있었다.

정소소는 글자가 너무 작아서 무공을 잃은 임영옥이 제대로 읽을 수 없을 것을 염려했던지 신중한 음성으로 말을 이었다.

"서신에 따르자면 종남파의 고수들은 모두 무사하다고 해요. 근처에 있던 막내가 소식을 듣고 달려갔을 때는 이미 상황이 마무리된 후였다고 하더군요."

임영옥은 그녀의 말에 무심코 고개를 끄덕이면서도 눈으로는 편지의 글자를 꼼꼼하게 읽어 보았다.

편지에 적힌 내용은 정소소가 말한 것과 별반 다르지 않았다.

편지는 천봉팔선자의 막내인 누산산이 쓴 것이었다.

누산산은 손풍이 의식을 잃은 유소응을 데리고 자신을 찾아온 일부터 시작하여, 유소응을 치료한 후 황급히 종남파의 고수들이 머물고 있는 객잔으로 달려갔으며, 그곳에서 악전고투를 벌인 낙일방이 적들을 모두 쓰러뜨리고 빈사지경에 처해 있는 광경을 보고 황급히 조치하여 간신히 위급한 상황을 넘기게 된 상황 등을 소상하게 적었다. 이어 강적을 물리친 성락중이 합류하고, 마지막으로 막내 제자인 손풍이 동중산을 구해 무사히 돌아오기까지의 일들을 여인 특유의 섬세한 시각으로 상당히 자세하게 적어 놓았다.

그 편지를 모두 읽은 다음에야 비로소 임영옥은 안도의 한숨을 내쉴 수 있었다.

"흐음. 누 소저의 도움에 감사드려야겠군요. 그들 중 누구라도 이번 일로 피해를 입었다면 장문 사형의 얼굴을 볼 수 없었을 거예요."

"이번 일이 꼭 임 소저 때문에 일어난 건 아니니 너무 자책할 필요 없어요. 쾌의당은 이번 기회에 종남파의 예봉을 꺾으려고 작정한 게 틀림없어요. 그러니 청부와는 상관없이 어떤 식으로든 습격은 있었을 게 분명해요."

임영옥도 그녀의 말이 사실에 가깝다는 것을 알고 있었다.

쾌의당은 예전부터 종남파와 몇 번의 크고 작은 다툼을 벌여왔으며, 특히 영하 강변에서의 일 이후 운중용왕과 화중용왕은 종남파에 대해 다른 누구보다 강한 적개심을 품고 있었다. 이번의 습격도 그 사건의 연장선에서 벌어진 일이라고 보아야 할 것이다.

그럼에도 임영옥의 마음은 그리 편하지 않았다.

아마 정소소의 말처럼 그녀에 대한 청부가 없었어도 쾌의당의 습격은 언제고 벌어질 일이었을 것이다. 하나 그날처럼 종남파 고수들 개개인에 대해 철저하게 분석하여 확실한 대응책을 갖고 덤비지는 못했을 것이다.

일전의 습격은 두 명의 용왕들이 가용할 수 있는 최고의 전력을 기울인 것이어서, 그들로서도 적지 않은 위험을 감수해야만 하는 일이었다. 청부가 없었다면 그들로서는 굳이 과거의 원한에 연연하여 섣불리 자신들의 모든 걸 동원할 결심을 하지는 못했을 것이다.

그 때문에 하마터면 종남파의 귀한 제자들이 몰살당할 뻔했던 걸 생각하면 그녀의 가슴은 지금도 심하게 격탕되었다.

현재의 종남파는 누구도 부인할 수 없는 강호의 최고 문파 중 하나로 떠오르고 있는 상황이지만, 불안한 면도 없지는 않았다. 무엇보다 가장 큰 약점은 그들이 다시 몸을 일으킨 지 얼마 되지 않았기에 문하제자들의 수가 절대적으로 부족하다는 점이었다.

이것은 단시일 내에 보완하기 힘든 것이어서 앞으로도 상당 기간 동안 종남파의 가장 큰 우환거리로 작용할 가능성이 높았다.

바꿔 말하자면 이대로 시일이 흘러 문하제자들의 수가 일정 수준 이상을 유지할 수만 있게 된다면 종남파의 위상은 누구도 흔들지 못할 정도로 확고해질 것이며, 그때 비로소 강호제일문파의 자리에 기꺼이 도전해 볼 수 있게 된다는 것이다.

종남파의 적들 또한 그 점을 누구보다 분명히 알고 있을 것이기에, 필연적으로 그 약점에 대해 집중적인 공격을 해 올 것이 분명했다.

그래서 종남파 제자들 한 사람 한 사람의 생명은 다른 무엇보다도 중요했다.

더구나 그들 중에는 아직 제대로 무공을 배우지도 못한 어린 제자가 두 사람이나 포함되어 있었고, 종남파를 재건하는 데 혁혁한 공을 세운 노련한 제자와 몇 남지 않은 장문인의 사숙도 있었으며, 강호제일의 후기지수라 불리는 신성(新星)과도 같은 존재도 있었다.

만에 하나 그들 중 누구라도 변을 당했다면 단순히 문파제자 한 사람을 잃은 것과는 비교도 할 수 없는 커다란 충격이 될 것이다.

그런 점에서 임영옥은 안도와 함께 어떤 절박감을 느꼈다.

'더 이상은 그러한 습격이 있어서는 안 된다. 그들은 모두 한 사람의 낙오자도 없이 무사히 본산으로 돌아가야만 한다.'

그래야만 군림천하의 대망을 위해서 지금 이 순간에도 강호의 낯선 곳을 돌아다니고 있을 장문 사형에게 작은 힘이라도 될 수 있을 것이다.

더 이상 장문 사형 혼자 그 무거운 짐을 짊어지도록 내버려 두어서는 안 된다.

임영옥은 의식적으로라도 진산월에 대한 생각은 하지 않으려 했다. 단지 그를 떠올리는 것만으로도 너무나 고통스럽고 가슴이 아팠기 때문이다.

가슴 깊숙한 곳에서 울컥 치밀어 오르는 감정 때문에 그녀는 지그시 입술을 깨물었다.

아직은 나약해져서는 안 된다. 자신에게는 본 파를 위해서, 장문 사형을 위해서 아직 할 일이 남아 있으며, 그 일은 자신 외에는 누구도 할 수 없는 일이었다.

그 일을 해내야 한다.

모든 일을 마친 다음에야 비로소 그녀는 진산월의 넓은 가슴에 얼굴을 묻을 것이다. 그에게 그동안 자신이 얼마나 외롭고 힘들었는지 하소연하고, 원망하며, 질책할 것이다. 그를 얼마나 그리워하고 보고 싶어 했는지 고백하고, 애원하며, 투정 부릴 것이다.

그리고 그때 비로소 마음 편히 쉴 수 있게 될 것이다. 반드시 그렇게 될 수 있을 것이다.

임영옥은 천천히 고개를 쳐들었다.

그녀와 시선이 마주친 정소소는 자신도 모르게 몸을 흠칫 떨었다. 예전과 같은 차분하고 조용한 시선이었으나, 왠지 모르게 평상시와는 다른 무언가가 느껴졌던 것이다.

임영옥은 그런 시선으로 정소소를 보며 특유의 조용한 음성으로 입을 열었다.

"그녀를 만나게 해 주세요."

정소소의 얼굴이 딱딱하게 굳어졌다.

"임 소저."

"최대한 빠른 시일 내에 그녀를 만나야겠어요."

"하지만……."

"그녀도 어쩌면 나와의 만남을 예상하고 있을 거예요. 내가 자신을 찾아오기를 기다리고 있을지도 모르죠."

무어라 입을 열려고 했던 정소소는 임영옥의 말에 입을 다물어 버렸다.

어쩌면 그녀의 말이 맞을지도 모른다는 생각이 들었던 것이다.

정소소는 한동안 아무 대답 없이 임영옥을 바라보기만 했다.

임영옥 또한 더 이상은 그녀를 재촉하지 않았다. 그녀는 자신의 의사를 분명하게 밝혔으며, 자신이 아는 정소소라면 그 부탁을 거절하지 못할 것이다.

한참 후에야 정소소의 고개가 거의 알아차리기 힘들 만큼 살짝 끄덕여졌다.

"알겠어요."

임영옥은 이불 밖으로 손을 내밀어 그녀의 손을 잡았다.

임영옥의 손에 처음으로 미약한 온기가 느껴졌다. 몸속에 잠복해 있는 지독한 한기 때문에 늘 얼음장처럼 차갑던 손에 사람다운 온기가 감돌기 시작한 것이다.

하나 그것을 알아차린 정소소의 얼굴은 더할 수 없이 어둡게 변했다.

그 온기는 회광반조(回光返照)의 신호나 마찬가지였다.

꺼져 가는 모닥불이 마지막 불빛을 반짝이듯이 그녀의 몸속에 남아 있는 한 줌도 되지 않는 진원진기가 마지막 몸부림을 하고 있는 것이다. 그 빛이 꺼진다면 그녀의 몸은 태음신맥의 음기 때문에 꽁꽁 얼어붙고 말 것이며, 숨결 또한 꺼지고 말 것이다.

정소소는 힘주어 그녀의 손을 맞잡으며 속삭이듯 말했다.

"최후의 순간까지 희망을 잃지 마세요, 임 소저. 그녀도 결국은 사람이고, 여자예요. 그 점을 잊지 마세요."

임영옥은 그녀를 향해 웃어 주었다. 파리한 웃음이었으나, 세상의 어떤 미소보다도 아름다워 보였다.

"알아요."

물론 알고말고.

아무리 무서워도 그녀 또한 사람이었다. 눈 하나 깜박하지 않은 채 사람을 죽이고, 늙지도 않은 채 백 년을 훨씬 넘게 살고 있는 마녀(魔女)였지만, 그래도 몸속에 피가 흐르는 엄연한 사람이었다. 가벼운 손짓만으로도 세상의 어떤 남자든 유혹할 수 있고, 숨결 하나로도 자신에게 다가온 남자들을 시체로 만들어 버릴 수 있지만, 아직도 매일같이 거울을 보며 단장을 하는 천생 여자이기도 했다.

그래서 더욱 무서운 여자였다. 단지 자신과 같은 신맥(神脈)을 타고 났다는 것만으로도 생면부지의 남을 태연하게 살해할 수 있는 정말 무서운 여자.

자신은 이제 그런 여자를 상대로 최후의 도박을 하지 않으면 안 된다.

그럼에도 임영옥은 전혀 마음이 불안하거나 떨리지 않았다. 오직 진산월의 품에서 편히 안겨 있게 될 순간만을 머릿속으로 떠올리려 했다.

정소소는 그녀의 손을 몇 번이고 두드린 다음 방을 나갔다.

막 방문을 나서기 전, 정소소는 다시 한 번 임영옥을 바라보았다.

"종남파의 고수들에게 전할 말은 없어요?"

"나는 치료를 위해 다른 곳에 갈 테니 먼저 본산으로 가 있으라고 전해 줘요."

정소소는 알겠다는 듯 고개를 끄덕이고는 돌아서려다 머뭇거리며 다시 물었다.

"진 장문인에게 전할 말은?"

임영옥은 배시시 웃으며 고개를 저었다.

이미 마음속으로 수천수만 마디의 말을 했는데, 더 할 말이 남아 있을 리 없었다.

정소소는 미소를 짓고 있는 임영옥의 얼굴을 묵묵히 바라보다가 급히 몸을 돌렸다. 그녀의 얼굴에 떠 있는 미소는 모든 것을 초연한 사람만이 지을 수 있는 너무도 순수하고 해맑은 웃음이었다. 정소소는 차마 더 이상 그 미소를 보고 있을 수 없었던 것이다.

제 344 장
회람대연(回覽大宴)

제 344 장 회람대연(回覽大宴)

응계성은 감았던 눈을 번쩍 떴다.

멀리 먼동이 터 오고 있는지 창문 밖으로 흐릿한 빛이 어른거리고 있었다.

응계성은 자리에 누운 채 잠시 허공을 올려다보았다.

밤새 뒤척거리다 잠깐 졸았던 것 같은데, 머릿속은 오히려 더할 수 없이 맑았다. 몸 상태도 나쁘지 않았고, 무엇보다 기분이 고양되어 전혀 피곤하거나 힘든 것을 느낄 수가 없었다.

드디어 오늘이다.

자신이 종남파를 위해 미력한 힘이나마 보탤 수 있는 유일한 기회가 드디어 다가온 것이다.

며칠 전, 사숙인 노해광이 불쑥 찾아와 화산파와의 회람연에서 선봉을 맡아 달라고 했을 때 응계성은 한 치의 망설임도 없이 승낙을 했다.

그로부터 오늘까지 응계성은 단 한순간도 자신을 다그치지 않은 적이 없었다. 몸 상태를 최선으로 끌어올리기 위해 과도한 수련을 자제하고 가급적 충분한 휴식을 취했으며, 영양분 있는 음식들을 골고루 섭취하고 수면 시간도 일정하게 유지했다.

어젯밤에는 어쩔 수 없이 깊은 잠을 자지 못했지만, 그래도 정신만큼은 그 어느 때보다 맑았다.

자리에서 일어나 몸을 이리저리 움직여 보니 왼쪽 다리를 제외한 모든 곳의 움직임이 원활했다.

응계성은 물끄러미 자신의 왼쪽 다리를 내려다보았다.

몇 달 전만 해도 전혀 움직일 수 없었던 왼쪽 다리는 그동안 각고의 노력을 한 끝에 미세하나마 움직임을 보일 수 있을 정도가 되었다. 물론 그 움직임이라는 것이 있는 힘을 기울여야 새끼발가락 하나를 간신히 까닥거릴 정도에 불과했으나, 그것만으로도 주위 사람들을 놀라게 하기에 충분한 것이었다.

심지어 종남파의 깊숙한 곳에 머물며 좀처럼 외부로 모습을 드러내지 않던 제갈외마저 그 소식을 접하고는 도저히 믿지 못하겠다며 직접 찾아와서 자기 눈으로 확인하기까지 했다.

응계성의 왼쪽 다리를 본 제갈외는 한동안 말문을 잇지 못했다.

의당 비쩍 말라비틀어져 있으리라 생각했던 왼쪽 다리가 오른쪽 다리와 구별할 수 없을 만큼 멀쩡해 보였던 것이다.

제갈외는 한눈에 그것이 어찌 된 영문인지를 알아보았다. 그것은 처절한 노력의 산물이었다. 종남산을 내려온 이후 응계성은 단

하루도 빠지지 않고 매일 한 시진씩 왼쪽 다리를 이용한 훈련을 해 왔던 것이다.

얼마나 혹독하게 단련해야 움직이지도 않는 다리에 멀쩡한 다리와 같은 근육을 만들 수 있을까?

평생을 강호의 모진 풍파 속에서 살아오며 숱한 고수들을 치료해 온 제갈외였지만, 응계성의 다리를 보는 순간 뭐라 형용할 수 없는 감정을 느껴야 했다.

한참 후에야 제갈외는 퉁명스런 음성을 내뱉었다. 그때 제갈외가 한 말을 응계성은 결코 잊지 못할 것이다.

"이론상으로 발가락 하나를 움직일 수 있다면 두 개도 움직일 수 있고, 두 개가 움직인다면 세 개도 움직일 수가 있다. 이론상으로는 말이다. 물론 다른 사람이라면 어림도 없는 일이지만, 네놈 같은 독종이라면 어쩌면 가능할지도 모르지. 지독한 놈!"

제갈외는 연신 투덜거리면서도 꼬박 하루 동안 머물면서 무려 여섯 번이나 그의 발에 침을 놓아 주고는 휑하니 종남산으로 돌아가 버렸다.

그날 이후 응계성의 왼쪽 다리는 조금 더 부드러워졌고, 새끼발가락의 움직임도 조금 더 커지게 되었다.

응계성은 왼쪽 발목을 손으로 어루만졌다. 마치 나무로 만든 발목인 양 아무런 촉감도 느껴지지 않았지만, 응계성은 일각에 걸쳐 발목 주위의 혈도 열두 군데를 꼼꼼하게 주물렀다. 이것은 제갈외가 알려 준 수법으로, 이 추궁과혈 덕분에 제대로 사용하지도 못하는 발목이 아직 말라비틀어지지 않고 일정 수준의 유연함을 유지할 수 있었다.

추궁과혈을 마친 응계성은 뒷마당으로 나가 제자리에서 껑충껑충 뛰기 시작했다. 왼쪽 다리를 오른쪽 발등 위에 얹은 특이한 자세였는데, 이것은 방취아가 창안한 금계탁속의 가장 기본적인 운신법(運身法)이었다.

얼핏 보기에는 아무 특징 없이 뛰어오르는 것 같아도 뛸 때마다 조금씩 다른 자세를 요하기에 무척이나 많은 신경과 집중을 필요로 하는 동작이었다. 오른 발바닥의 각 부위를 골고루 단련하는 이 수련법 덕분에 응계성은 왼쪽 다리를 사용할 수 없음에도 무공을 사용할 때 필요한 여러 가지 자세들을 능숙하게 취할 수 있게 되었다.

평상시라면 반 시진 가까이 정신없이 뛴 다음에야 비로소 세수를 하고 아침 식사를 했지만, 오늘은 일각 만에 훈련을 마쳤다. 금계탁속의 운신법은 보기와는 달리 무척이나 힘들고 고된 것이어서 반 시진의 훈련을 마치면 몸이 무척 고단했기에, 오늘만큼은 일각으로 시간을 줄인 것이다.

뒤이어 몇 차례 장괘장권구식의 초식들을 펼치던 응계성은 동작 하나하나에 힘이 담기며 자세가 마음먹은 대로 유연하게 움직이자 비로소 수련을 멈추었다.

몸에 적당히 땀이 흐르고 밤사이 굳었던 근육들이 풀어지면서 불길 같은 투지가 가슴 깊숙한 곳에서 솟아올랐다. 이제야 비로소 어느 누구와 싸워도 자신의 전력을 기울일 수 있는 최적의 몸 상태가 된 것이다.

'무조건 이긴다.'

응계성은 상대가 누구든 개의치 않았다. 무슨 수를 써서라도 기필코 승리하겠다는 마음뿐이었다.

자신을 위해서 장문 사형은 대문파의 장문인 신분에 한낱 장사치인 손노태야에게 머리를 숙여야 했다. 한창때의 젊음을 누려야 했을 방취아는 몇 날 며칠을 방 안에 틀어박혀 새로운 신법을 만드는 데 땀을 쏟았으며, 정해는 자신에게 줄 천지유불란 한 방울을 얻기 위해서 노해광 밑에서 정신없이 뛰어다녀야 했다.

뿐이랴? 항상 무뚝뚝해 보였던 노해광은 자신에게 맞는 무공을 얻기 위해 그 귀한 호천비록을 선뜻 남에게 건네주었으며, 소지산은 지금도 며칠에 한 번씩 사람을 보내 자신의 안부를 일일이 확인하고는 했다.

종남파의 모든 제자들이 자신 때문에 이런저런 노고를 하고 있다는 생각을 하면 응계성은 도저히 격동하는 마음을 주체할 수가 없었다.

사형제들에게 짐이 되기 위해서 종남파의 제자가 된 것이 아니었다.

'나는 결코 그런 사람이 아니다. 본 파에 힘이 되고자 했지, 짐이 되고자 한 것은 아니다.'

그때마다 응계성은 이런 말을 되뇌며 미친 듯이 뒷마당으로 달려가 무공을 수련하고는 했다.

종남산을 내려온 후 응계성은 단 하루도 마음 편히 쉰 적이 없었다. 항상 자신을 채찍질하고 마음속의 칼날을 쉬지 않고 갈아 왔다.

종남파에 도움이 되는 존재가 되기 위해, 언제고 종남파를 위해 자신의 모든 것을 바칠 그날을 위해 응계성은 매 순간을 정말 혼신의 힘을 다해 살아왔다. 그리고 이제 드디어 그날이 다가온 것이다.

지금 그의 심정을 무어라고 해야 할까? 설렘과 비장함, 사무침과 그리움, 흥분과 절제가 모두 한 웅덩이 속에 뒤섞여 그 자신도 제대로 알 수가 없었다.

다만 한 가지, 내일의 아침은 오늘과는 절대로 같을 수 없다는 것만은 분명하게 알고 있었다. 승리하여 본 파에 비로소 작은 도움이 되는 인생이 될 것인가, 아니면 마지막 순간까지도 본 파에 짐이 되는 한 맺힌 삶이 될 것인가?

어떤 인생을 살게 되느냐에 따라 내일 아침에 보는 세상도 달라질 것이다.

응계성은 무복을 걸친 채 방문을 열었다. 그리고 절룩이는 걸음으로 자신의 거처를 벗어났다.

막 대문을 열고 밖으로 나가려던 그의 몸이 순간적으로 멈춰졌다.

대문 밖에는 많은 사람들이 늘어서 있었다.

대부분은 눈에 익은 사람들이었다. 그들 중에는 손가장의 경비를 책임지고 있는 신풍검 표일립도 있었고, 몇 차례나 실랑이를 벌렸던 감웅기와 왕등 같은 경비무사들도 있었다. 청명숙이나 백로숙에 머물며 모습을 보기 힘들었던 식객들의 모습도 보였고, 좀처럼 손노태야의 곁을 떠나지 않고 지키고 있던 마익산의 차가운 얼굴도 시야에 들어왔다.

제법 친하게 지내는 사이도 있었고, 크고 작은 충돌을 일으켜 소원해진 자들도 있었다. 또 얼굴만 몇 번 마주쳤던 자들도 적지 않았다.

친한 사이든 소원했던 사이든 그들은 모두 응계성의 대문 앞에서 그를 기다리고 있었다.

응계성이 나타나자 그들 중 몇 사람은 "힘내라!" 하고 소리치기도 했고, 몇 사람은 "반드시 종남파가 이길 거요."라고 말하기도 했다.

하나 대부분의 사람들은 묵묵히 응계성을 바라보고 있었다.

비록 말은 하지 않았지만, 응계성은 그들의 눈에서 그들이 보내는 마음의 소리를 쉽게 알아볼 수 있었다.

—손가장의 소벽력(笑霹靂)이 어떤 사람인지 화산파에 똑똑히 보여 주시오.

그들은 모두 그렇게 말하고 있었다.

응계성은 찬찬히 그들 한 사람 한 사람과 시선을 마주쳤다.

그런 다음 빙긋 웃었다.

화가 날 때마다 웃고 웃을 때마다 더욱 무서워지는 소벽력이었지만, 지금 그의 웃음은 그 어느 때보다 무서웠고 흉겨워 보였다.

응계성은 천천히 걸음을 떼어 놓았다.

대문 앞을 에워싸고 있던 사람들이 양쪽으로 갈라지며 중앙에 작은 길을 만들어 주었다.

응계성은 왼쪽 다리를 절룩이며 그 통로를 지나갔다. 모두의 말없는 시선이 그의 뒷모습을 배웅하는 가운데, 그의 모습은 이내 손가장 밖으로 멀어져 갔다.

오늘따라 화월루는 더욱 화려해 보였다.

원래 화월루는 장안에서도 손꼽히는 번화한 주루였다. 노해광이 산해루를 인수하면서 무서운 기세로 사업을 확장하자 한때 화월루의 경영이 위기를 맞을 거라는 말이 들린 적도 있었다. 하나 화월루는 그런 소문에도 아랑곳하지 않고 여전히 번창했으며, 끊임없이 사람들로 북적거렸다.

오히려 산해루와 화월루가 거리 하나를 사이에 두고 서로 치열하게 경쟁하면서 더욱 많은 사람들을 그 일대로 끌어모으고 있는 것 같았다. 술을 마시는 사람이든, 맛있는 음식을 먹으려는 사람이든, 혹은 아름다운 여인을 품으려는 사람이든 일단 산해루와 화월루가 있는 거리로만 가면 자신들의 욕망을 충족할 수 있기 때문에 사람들은 전낭에 돈을 두둑하게 채운 후에 이 거리를 어슬렁거리고 있는 것이다.

그런데 오늘만큼은 산해루보다 화월루 앞에 더욱 많은 사람들이 몰려들고 있었다.

화월루의 사방 벽에는 휘황찬란한 문양을 수놓은 비단들이 늘어져 있었고, 창문마다 형형색색의 꽃으로 장식되어 있어서 언뜻 보기에도 무언가 거창한 연회가 열리고 있음을 쉽게 알아볼 수 있었다. 풍악 소리는 들려오지 않았지만, 화려하게 수놓아진 깃발들이 줄지어 꽂혀 있는 화월루의 정문은 보는 이의 마음을 끌어당기는 강한 마력이 있었다.

정문 앞에는 네 명의 호위무사들이 나란히 서 있었는데, 하나같이 두 눈에 정광이 가득하고 기도가 범상치 않아 보였다. 그래서인지 화월루의 주위를 뒤덮고 있는 인파들은 연신 정문을 기웃거리면서도 감히 그쪽으로 발걸음을 옮길 엄두를 내지 못하는 모습이었다.

그러다 갑자기 인파가 갈라지며 누군가가 화월루의 정문 쪽으로 성큼성큼 걸어갔다. 주위에서 웅성거리는 소리가 더욱 커졌다.

"금륜장의 장수인 금륜군자 고소명이다."

"역시 고 장주도 초대받았구나."

"아무래도 종남파 쪽 참관인이겠지?"

"그럴 걸세. 얼마 전에 고 장주의 막내아들도 종남파에 입문했다고 하더군. 고 장주가 몇 번이나 종남파를 찾아가서 사정했다는 소문일세."

사람들의 소곤거림을 뒤로하고 화월루의 정문으로 다가간 고소명은 입구를 지키는 무사들에게 배첩을 내밀고는 당당한 자세로 안으로 들어갔다.

그 모습을 부러운 표정으로 보던 중인들 틈에서 다시 작은 환성이 들려왔다.

"와아! 사해표국(四海鏢局)의 총국주(總局主)인 사해신룡(四海

神龍) 광세악(廣世握)이다!"

사람들의 시선이 온통 건장한 체구의 남포인에게로 향했다.

남포인의 얼굴은 자줏빛으로 붉었고, 두 눈에 형형한 신광이 어른거리고 있어 한눈에 보기에도 범상치 않은 인물임을 알 수 있었다.

"사해표국이라면 하남성의 대풍표국(大風鏢局)과 함께 강북에서 첫째 둘째를 다투는 대형 표국이 아닌가? 그들의 총국(總局)은 하북성에 있다고 들었는데, 그들의 총국주가 왜 이곳에 왔단 말인가?"

누군가가 제법 큰 소리로 묻자, 옆에 있던 사람이 낮은 음성으로 속삭이듯 말했다.

"얼핏 듣기로는 사해표국에서 조만간에 장안에 지국을 낸다고 하더군. 아마 그 사전 작업으로 총국주가 직접 온 모양일세."

"허! 그러고 보니 창룡표국이 공 국주의 죽음 이후 후계 문제로 다툼이 심해 문을 닫느니 마니 하는 사이에 다른 지역의 대형 표국들이 그 빈자리를 노린다고 하더니 결국 사해표국이 눈독을 들인 모양이구나."

"단순히 그 정도가 아니라 아예 제이(第二)의 총국을 만든다는 각오로 엄청난 돈을 쏟아부을 모양일세. 그리고 그들의 배후에……."

그 사람의 목소리가 더욱 낮아졌다.

"화산파가 있다는 소문일세. 화산파와 함께 공동으로 돈을 투자하고 지분을 나눈다고 하더군."

"어쩐지. 아무리 사해표국이 강북 전체에서도 내로라하는 표국이라고 해도 아무 연고도 없는 장안에 대뜸 들어올 리가 없었는데 이상하다 생각했지. 화산파를 업고 있다면 그들의 기세가 대단하겠군. 그동안 장안 일대의 표물들을 모조리 쓸어 담고 있던 대응표국이 바짝 긴장하겠는걸.”

“화산파를 등에 업은 사해표국과 종남파의 그늘에 있는 대응표국이 본격적으로 경쟁을 벌인다면 정말 볼만한 일이 되겠지. 아마 오늘의 결과에 따라 두 표국의 희비가 크게 엇갈리게 될 걸세.”

광세악은 두 명의 호위만을 대동한 채 화월루 안으로 들어갔다.

뒤이어 몇 번인가 비슷한 일이 벌어졌다.

그때마다 사람들은 때로는 호기심에 찬 눈길을 보내기도 하고 때로는 작은 환성을 지르기도 하며 그들에 대해 여러 가지 뒷소문을 주고받았다. 그런 식으로라도 화월루의 안으로 들어가지 못하는 아쉬움을 달래고 있는 모양이었다.

그때 다시 몇 명의 인물들이 화월루의 정문 앞으로 다가갔다.

그들을 본 사람들은 고개를 갸웃거렸다. 보통 이쯤 되면 누군가가 그들의 정체에 대해 떠들 법도 하건만, 아무도 입을 여는 사람이 없는 것이다.

그들은 모두 세 명의 중년인들이었는데, 유난히 짙은 회의를 입고 머리에는 모두 방갓을 쓰고 있었다. 얼핏 보기에도 같은 방파의 인물들임이 분명해 보였지만, 회의와 깊게 눌러쓴 방갓, 옆구리에 차고 있는 평범한 장검 외에는 신분을 알 수 있을 만한 것이 특별히 보이지 않았다.

“누구지?”

“글쎄. 한 가지 분명한 것은 적어도 장안 일대에서는 저런 복장을 한 방파는 없다는 걸세. 그건 내가 장담할 수 있지."

"그런 말은 누가 못 하나? 모두 검을 차고 있는 걸 보니 검을 주로 쓰는 방파의 고수들인 것 같은데……."

그들이 화월루 안으로 모습을 감출 때까지도 사람들의 웅성거림은 그치지 않았다.

해가 중천에 가까워지자 이제 더 이상은 화월루로 들어가려는 자들이 보이지 않았다. 그래도 사람들은 화월루 주위에서 쉽게 떠나려 하지 않았다.

오히려 기대감이 더욱 증폭되었는지 자기들끼리 언성을 높이며 말싸움을 벌이는 자들도 있었다.

서로 화산파가 유리하니 종남파가 유리하니 시비를 벌이고 있던 사람들은 갑자기 터져 나온 누군가의 외침에 일제히 소란을 멈추고 고개를 돌렸다.

"화산파다! 화산파의 고수들이 왔다!"

주위가 갑자기 조용해지며 인파가 마치 벼락에 맞은 나무처럼 쫘악 갈라졌다. 그 사이로 일단의 무리들이 걸어오고 있었다.

그들은 하나같이 신태가 비범한 십여 명의 인물들이었다. 남녀노소가 두루 섞여 있지만, 누구 하나 기개가 헌앙하고 인물됨이 뛰어나지 않는 사람이 없었다.

각기 다른 복장을 하고 있었으나, 눈이 예리한 자라면 그들의 소맷자락에 작은 매화 문양이 새겨져 있음을 알아볼 수 있을 것이다.

그토록 시끄럽고 소란스럽던 장내가 그들의 등장으로 쥐 죽은 듯 고요해졌다. 중인들은 숨결조차 제대로 내뱉지 못하고 그들을 따라 시선을 옮기고만 있었다.

그것은 화산파 인물들의 전신에서 하나같이 칼날처럼 예리한 기운이 줄기줄기 흘러나오고 있었기 때문이다. 딱딱하게 굳어 있는 그들의 얼굴 표정만큼이나 전신에서 흘러나오는 예기가 사람들로 하여금 감히 섣불리 입을 열 엄두를 내지 못하게 하고 있는 것이다.

화산파의 고수들은 입을 굳게 다문 채 화월루 안으로 한 사람씩 들어갔다. 그들 중 마지막 인물이 사라진 후에야 비로소 사람들은 하나둘씩 숨을 내쉬며 소곤거리기 시작했다.

"휴우! 화산파의 고수들이 저렇게 살벌한 표정을 짓고 있는 건 처음 보는 것 같군."

"누가 아니래나. 꼭 불공대천의 원수를 맞이하는 것처럼 비장해 보이기까지 하군. 그들의 모습을 보니 오늘 반드시 종남파와 결판을 내고야 말겠다는 각오가 역력한 것 같네. 아무래도 오늘은 한바탕 피바람이 불지도……."

"쉿! 말조심하게."

무심코 말을 하던 사람은 친구의 질책을 받자 찔끔하여 급히 입을 다물었다.

"오늘 같은 날은 그저 몸조심, 입조심을 하는 게 상책이네. 우리 같은 사람은 그저 조용히 눈치만 살피고 있다가 결과가 정해지면 승자에게 소리 없는 박수를 보내면 그뿐이네. 결코 나서서 이러쿵저러쿵 떠들 필요가 없단 말일세."

"알았네. 조심하겠네. 그나저나 어쨌든 오늘만 지나면 그들의 싸움도 일단락 될 테니 장안도 이제 조용해지겠군."

"그랬으면 얼마나 좋겠나?"

"왜? 누가 이기든 패한 쪽에서는 고분고분할 수밖에 없지 않겠나? 회람을 돌려서 이렇게 쟁쟁한 고수들까지 증인으로 내세우는 마당에 설마 약속을 깨겠나? 명문정파의 위신이 있는데……."

"그게 아니라, 이곳에 온 양 파의 고수들은 사실 주력이 아닐세. 주력은 모두 무당파의 대집회에 가 있지. 그러니 그들이 돌아오게 된다면 이번 결과에 상관없이 또다시 한바탕 회오리가 몰아치지 않겠나?"

그 사람은 갑자기 설레는 표정이 되었다.

"그래, 드디어 신검무적이 돌아오는구나!"

"신검무적뿐이 아니라 옥면신권과 종남신녀도 오겠지. 중요한 건 돌아오는 자들이 그들만이 아니라는 것일세."

"그들 외에 또 누가 있나? 아! 무영검군과 비천호리도 있지?"

"잊었나 본데, 무당파의 집회에 참석한 자들은 종남파의 고수들뿐만이 아닐세."

"그렇군. 화산파도 있었지."

"그래. 다시 말해서 신검무적뿐 아니라 화산파의 장문인인 육합신검을 비롯한 화산파의 고수들도 모두 장안으로 돌아온단 말일세. 회람연이 끝났다고 해도 그들이 온다면 장안은 물론이고 섬서성 전체가 풍운에 휩싸이지 않을 수 없을 걸세."

듣고 있던 사람의 얼굴이 찡그려졌다.

"그럼 장안이 평안해질 날은 아직 멀었단 말이군. 그들의 격돌 때문에 하루하루가 조마조마해서 불안한데 말이지. 그래도 신검무적을 볼 수 있으니…….”

“신검무적이 그렇게 좋나?”

“자네는 안 그런가? 신검무적을 볼 생각에 흥분되지 않느냔 말일세.”

“솔직히 흥분되고 설레는 거야 자네나 매한가지지. 하지만 장안에 더 이상의 피는 흐르지 않았으면 하는 마음이네. 솔직히 지금까지 너무 많은 피가 흘렀어.”

“그게 우리 마음대로 되나?”

“하긴, 그들로서도 어쩔 수 없었겠지. 그게 강호에 몸을 둔 문파들의 숙명인 것을.”

그들이 떠들고 있을 때, 다시 주위가 술렁거렸다. 조금 전과는 다른 기이한 열기가 소리 없이 사방으로 퍼져 나갔다.

“종남파다!”

누군가의 짤막한 한마디 외에 더 이상의 고함이나 외침은 없었다.

하나 모든 사람들은 눈에 불을 켜고 정신없이 앞을 바라보았다.

종남파의 고수들은 모두 다섯 명이 왔을 뿐이었다. 열 명이 넘는 다양한 연령층의 고수들인 화산파와는 숫자부터 현격한 차이가 났다.

두 명의 청년과 두 명의 중년인, 그리고 노인 하나.

단출한 숫자이지만 그들을 보고 화산파보다 뒤처진다고 생각하는 사람은 아무도 없었다.

젊은 두 청년은 신검무적의 사제들이었고, 두 명의 중년인은 신검무적의 사숙들이었다. 그리고 늙은 노인은 이미 오래전부터 종남파를 지켜 온 전설 같은 존재였다. 강호제일검을 사형으로 두고 사질로 둔 고수들을 무시할 자는 적어도 현 강호에는 아무도 없었다.

밑바닥에서 일어나 강호의 정상을 향해 달려가는 종남파는 모든 장안 사람들의 자랑이고 희망이었다. 아무도 입을 열지 않았으나, 주위에 늘어선 많은 사람들은 뜨거운 눈으로 종남파 고수들의 얼굴을 한 사람 한 사람씩 뚫어지게 바라보고 있었다.

그 열띤 분위기는 냉정하고 위압감마저 어렸던 화산파 고수들의 등장과는 전혀 다른 것이었다.

종남파 고수들은 중인들의 보이지 않는 성원을 받으며 한 사람씩 화월루로 들어갔다. 제일 마지막으로 한쪽 다리를 절룩이는 소벽력의 모습이 화월루 안으로 사라지는 것을 끝으로 화월루의 정문은 굳게 닫혔다.

탁!

닫힌 정문을 바라보는 사람들의 시선은 일제히 화월루의 현판 옆으로 향했다.

온갖 꽃들과 비단 장식으로 휘황찬란한 화월루의 현판 양쪽에 언제부터인지 두 개의 깃발이 내걸렸다.

하나는 하얀 비단에 매화 문양이 수놓아져 있었고, 다른 하나는 푸른색의 비단에 한 자루 검이 그려져 있었다.

화월루에서 안으로 들어오지 못하는 장안 사람들을 위해 특별히 마련한 장치였다. 그 깃발이 오르내리는 것으로 화산파와 종남파의 회람연 결과를 밖에서도 알 수 있는 것이다.

두 깃발을 바라보는 사람들의 시선에는 고요한 흥분과 그보다 열띤 갈망이 번뜩이고 있었다. 누가 이기든 이번 싸움으로 장안이 다시 평화를 되찾기를 바라지만, 가급적이면 그 승자가 종남파가 되었으면 하는 소소한 희망이 조금씩 장내의 공기를 뜨겁게 달구고 있었다.

* * *

이번 회람연은 모처럼 서안에서 벌어지는 최고의 연회였다.

사실 연회라는 말이 무색하게 회람연이 열릴 때마다 한바탕 혈투극이 벌어지고는 했으나, 그래도 명문정파 사이의 회람연에서 눈살이 찌푸릴 정도의 참변이 일어나는 경우는 별로 없었다.

당사자들뿐이었다면 정말 살벌한 싸움이 벌어질지 몰라도 각 파에서 초청한 여러 명숙들이 자리를 지키고 있기에 다들 최후의 선까지는 넘지 않으려 했다. 그것이 문파의 위신을 지키는 길이라고 생각했기 때문이다.

하나 오늘의 회람연은 여러모로 여타의 회람연과는 차이가 있었다.

우선 회람을 돌린 당사자들이 현재 강호에서 가장 유명하고 강력한 두 곳의 문파였고, 둘 중 어느 누구도 전혀 물러설 생각이 없다는 것이었다. 게다가 그들 사이에 이미 적지 않은 피가 흘렀다는 것은 공공연한 사실이었다.

그래서 오늘 회람연을 기대하면서도 한편으로는 걱정하는 자들이 적지 않았다.

종남파에서 초청한 인물은 모두 다섯 명으로, 금륜장의 장주인 금륜군자 고소명 외에 대응표국의 국주인 일도풍뢰 단리정천, 쌍하보의 철혈수사 국조린, 철기보의 철기은창 하대경, 그리고 관중일관의 노호공 장력패였다. 하나같이 서안 일대를 주름잡는 문파의 주인이거나 뛰어난 실력을 지닌 고수들이었으나, 한편으로는 이미 종남파와 연관이 있다고 소문이 자자한 인물들이기도 했다.

그에 비해 화산파에서 초청한 자들 중 서안에서 활동하는 인물은 금수장의 장주인 만금호(萬金虎) 양송표(楊宋飄)와 천지무관(天地武館)의 관주인 일도경동(一刀驚動) 위송림(威松林)뿐이었다.

금수장은 서안의 오대전장 중의 하나이기는 했지만 순수한 무인들의 단체라기보다는 군부와 양씨 문중의 결합체 성격이 더 강한 곳이었고, 천지무관 또한 같은 십대무관에 속해 있다고 해도 관중일관에 비해서는 한 수 아래로 평가받는 곳이었다.

그들만 따지자면 화산파의 초청 인사들이 한 수 처진다고 볼 수도 있지만, 그들 외에 다른 자들이 소개되자 장내의 분위기는 완전히 달라졌다.

강북 무림에서 가장 큰 표국 중 하나인 사해표국의 총국주인 사해신룡 광세악의 등장도 놀라웠지만, 백발이 성성한 노인 한 사람이 소개되자 좀처럼 냉정을 잃지 않던 전풍개조차도 흠칫할 정도였다.

그 노인은 다름 아닌 만서림(萬書林)의 주인인 소요일사(逍遙逸士) 유장현(劉長玹)이었던 것이다.

만서림은 엄밀히 말하면 무림 세력이라기보다는 학사들의 집합체인 서원에 가까웠다. 만서림은 특히 희귀한 고서(古書)를 다량으로 보유하고 있어서 많은 문인(文人)들이 들어가기를 앙망하는 곳으로 유명했다. 그러한 문인학사들 중에는 무공이 뛰어난 유협(儒俠)들도 적지 않았기에 자연히 유가(儒家)의 한 방파로 인정받게 된 것이다.

하나 고고한 학사들의 단체답게 좀처럼 특정 문파에 치우치거나 강호 무림의 복잡한 일에 참여하지 않았는데, 뜻밖에도 오늘의 회람연에 화산파의 초청 인사로 모습을 드러낸 것이다.

전풍개도 유장현의 명성을 듣기는 했지만, 실물을 본 것은 오늘이 처음이었다. 그만큼 유장현은 외부에서 활동한 적이 드문 사람이었다.

"화산파가 소요일사까지 포섭할 줄은 몰랐구나. 소요일사가 헛된 명성을 좇지 않는 청정(淸淨)한 인물이라는 소문이 잘못된 것이었단 말인가?"

전풍개가 나직한 탄식을 토해 내자 노해광이 신중한 음성으로 입을 열었다.

"소요일사도 어쩔 수 없었을 겁니다."

"그게 무슨 소리냐? 화산파에서 감히 소요일사를 겁박이라도 했단 말이냐?"

"그게 아니라, 소요일사는 유화상단의 주인인 유방현의 친형입니다. 원래 유화상단을 물려받아야 했으나, 워낙 책 읽는 걸 좋아하는 소요일사가 가주의 자리를 동생에게 넘겨주고 집을 나온 것이지요."

전풍개는 처음 듣는 이야기에 호기심이 이는 모습이었다.

“그래서?”

“유화상단은 최근에 큰 아들인 유현상이 죽고 몇 차례의 커다란 거래를 실패하면서 세가 크게 위축되었습니다. 특히 화산파와 연합을 추진했던 일이 잘되지 않아 존폐의 기로에 서 있다는 말까지 들려올 정도였습니다. 그러니 아무리 무림의 일에 개입하지 않으려는 소요일사였지만, 가문이 망하게 생긴 이상 나서지 않을 수가 없었겠지요.”

“소요일사가 이번 일에 나서는 대가로 화산파에서 유화상단을 봐주기로 했단 말이냐?”

“유방현이 며칠 동안 소요일사에게 찾아가 눈물로 사정했다고 하더군요. 소요일사가 나선 이상 화산파에서는 유화상단에 상당히 비싼 대가를 치르지 않을 수 없을 겁니다.”

소요일사는 그만한 가치가 있는 인물이었다. 당장 소요일사의 등장으로 종남파 쪽으로 쏠렸던 초청 인사의 무게감이 거의 비등해지거나 오히려 화산파 쪽으로 기울어진 듯한 느낌이 들 정도였다.

화산파에서 초청한 마지막 인물들은 짙은 회의를 입고 머리에 방갓을 쓴 세 명의 중년인들이었다. 그들은 실내에 들어와서도 계속 방갓을 쓰고 있다가 자신들을 소개할 즈음이 되어서야 방갓을 벗고 얼굴을 드러냈다.

하나같이 청수한 인상의 중년인들이었다. 눈빛이 맑고 차가웠으며, 칼날같이 예리한 기도를 풍기고 있어서 뛰어난 실력과 함께 적지 않은 수양을 쌓은 인물들임을 쉽게 알 수 있었다.

장내의 고수들은 대부분이 서안에서만 주로 활동했기에 그 중년인들의 얼굴을 보고도 그들의 정체를 파악하는 사람이 없었다. 하나 노해광만은 섬서성 일대는 물론이고 장성 이북을 제 집처럼 드나들며 활동해 왔기에 그들의 신분을 한눈에 알아보았다.

"오대파의 검수(劍樹)들이군."

그리 크지 않은 음성이었으나, 주위가 워낙 조용했기에 그 말을 듣고 놀란 중인들의 눈이 크게 뜨여졌다.

오대파.

달리 오대검문(五臺劍門)이라 부르는 자들도 있었다.

그들은 산서성 오대산에 자리를 둔 유명한 문파였다. 대대로 검술을 위주로 익혀 왔기에 검문이라 했지만, 사실은 도교의 한 가닥에서 파생된 도문(道門)에 가까웠다. 그래서 무공뿐 아니라 정신적인 수양에도 상당히 신경을 써서 문무를 겸비한 인재들을 많이 배출해 냈다.

그들은 제자들의 수준에 따라 각기 다른 이름으로 불렀는데, 아직 수양이 제대로 되지 않은 어린 제자들을 검묘(劍苗)라 했고, 수양이 일정 수준에 오르면 비로소 검목(劍木)이라 하여 오대파의 제자로 행세할 수 있게 했다.

검수는 오대파에서도 최고의 정예로, 다른 문파의 장로 신분이었다.

오대파의 검수들은 그 수가 적을 뿐 아니라, 좀처럼 오대산 밖으로 모습을 드러낸 적이 없어서 강호에는 그들의 존재만 알 뿐 정확한 인원이나 신분에 대해서는 제대로 아는 사람이 드물었다.

세 명의 중년인 중 사각턱을 가진 중앙의 중년인이 노해광 쪽으로 고개를 돌렸다. 서슬 시퍼런 안광이 화살처럼 노해광에게 날아와 꽂혔다.

"그렇소, 철면호. 우리는 오대산에서 왔소."

노해광은 외부 출입을 잘 하지 않던 그들이 이곳에 온 이유를 짐작하고 있었으나, 겉으로는 아무런 내색도 하지 않고 태연히 물었다.

"오대파 검수들의 고고함은 익히 들었소. 실례가 되지 않는다면 세 분의 높은 이름을 알 수 있겠소?"

오대산에서 고고하게 머물러 있던 사람들이 무슨 일로 여기까지 왔느냐는 뜻이 담긴 물음이었다.

사각턱 중년인은 무심한 음성으로 입을 열었다.

"빈도는 청풍자(靑風子)라고 하고, 옆의 두 사람은 내 사제들인 청송자(靑松子)와 청수자(靑水子)라 하오."

노해광은 그들을 향해 포권을 했다.

"이제 보니 오대파의 검수들 중에서도 검법이 뛰어나기로 유명한 청명삼검(靑冥三劍)이셨구려. 몰라 뵈어 죄송하오."

청풍자는 그에게 답례하면서 묵직한 한마디를 덧붙였다.

"또한 빈도는 삼 년 전에 추혼사절에게 살해당한 오기동(吳起東)의 못난 사부이기도 하오."

노해광은 천연덕스런 표정으로 고개를 갸웃거렸다.

"그런 일이 있었소? 삼가 귀 제자의 명복을 빌겠소."

청풍자는 가만히 있는데, 옆에 있던 청송자와 청수자의 눈빛이 얼음장처럼 차가워졌다.

그들은 이미 검단현에게서 자신들의 제자를 죽이고 도망쳤던 추혼사절이 노해광의 밑에서 머물러 있다는 것을 알고 있었다. 그 소식을 듣자마자 바로 검 한 자루만을 달랑 차고 황급히 달려올 정도로 추혼사절에 대한 그들의 원한은 깊고도 깊은 것이었다.

그런데 그 사실을 뻔히 알고 있을 게 분명한 노해광이 아무렇지도 않은 듯 태연히 제자의 명복 운운하자 분기를 참기 힘들었던 것이다.

하나 청풍자는 눈짓으로 사제들을 제지하고는 담담한 표정으로 말했다.

"우리는 이미 추혼사절의 꼬리를 잡았으니, 조만간 제자의 넋을 위로해 줄 수 있을 거요."

사정을 알고 있는 사람이라면 뜨끔하지 않을 수 없는 의미심장한 말이었으나, 노해광은 아무렇지도 않은 표정으로 빙긋 웃기까지 했다.

"정말 다행스러운 일이구려. 모쪼록 귀하의 소원이 이루어지길 바라겠소."

해볼 테면 해보라는 식의 그 태도에 오히려 청풍자를 비롯한 청명삼검의 말문이 막혀 버렸다.

청송자와 청수자는 노성이라도 지르고 싶었으나, 청풍자는 다시 한 번 사제들을 진정시킨 후 노해광의 얼굴을 가만히 주시했다.

"과연 철면호다운 말이오. 그런 모습을 계속 유지할 수 있게 되기를 기대하겠소."

"제자의 복수를 하기에도 바쁘실 텐데 나까지 신경을 써 주다니 정말 고마운 일이오. 그런데 말이오."

노해광의 목소리가 갑자기 은근해졌다.

"내가 듣기로 삼 년 전에 오대산 인근에서 여인들을 간살(姦殺)하던 희대의 색마(色魔)가 출현한 적이 있다고 하던데, 그게 사실이오?"

그 말에 청송자와 청수자는 물론이고 이제까지 평정을 유지하고 있던 청풍자마저 안색이 딱딱하게 굳어졌다.

노해광은 서슬 퍼렇게 굳어 있는 청풍자의 얼굴을 빤히 주시하며 나직하면서도 분명한 음성으로 말했다.

"그 희대의 색마를 잡기 위해 귀 파에서도 많은 노력을 기울였으나 도무지 종적을 잡기 힘들어서 헛수고에 그치고 말았다고 하더구려. 마치 귀 파의 속사정을 속속들이 알고 있는 것처럼 귀 파가 경계를 하고 있는 지역만을 피해 계속 여인들을 간살하고 다녔으니 말이오. 그런데 귀하의 제자가 추혼사절에게 살해당한 후 그 색마가 두 번 다시 나타나지 않게 되었다고 들었소. 정말 공교로운 일 아니오?"

"그건……."

"물론 귀하의 제자가 그 희대의 색마라는 소리는 아니오. 다만 색마의 흔적과 귀 제자가 이동한 경로가 이상하게도 일치할 뿐 아니라, 처음 색마가 등장한 시기에 오대산 인근에서 마공 비급이 나타났다는 소문을 들은 적이 있어서 말이오. 그 소문을 들은 오대산 근처에 있는 명문정파의 제자가 우연히 그 마공 비급을 입수해서 호기심에 펼쳐 볼 수도 있는 것이고, 그런 식으로 정파의 제자가 어설프게 마공을 익히려다 주화입마에 빠져 색욕에 사로잡히게 되는 경우도 아주 없지는 않소. 그리고 우연히 색마가 여인을 간살하는 광경을 목격한 무림 고수 네 사람이 상대의 정체를 확인하지 않고 그를 살해하는 경우도 불가능한 일은 아니지."

청명삼검의 고아했던 얼굴이 시체의 그것처럼 핼쑥하게 변했다. 그들은 무시무시한 눈빛으로 노해광을 쏘아보고 있었는데, 당장이라도 노해광의 입을 틀어막고 난도질이라도 할 것 같은 매서운 모습이었다.

노해광은 그를 아는지 모르는지 태연하게 말을 이었다.

"그리고 그 사실을 알게 된 명문정파에서 문파의 위신을 지키기 위해 그 무림 고수들을 제자를 살해했다는 명목으로 살인멸구하려는 것도 충분히 가능한 일이지. 아암, 무림에서는 어떠한 일이 벌어질지 모르니 말이오."

청명삼검은 모두 입을 굳게 다문 채 아무런 말이 없었다.

잠시 후에야 청풍자가 무언가에 억눌린 사람처럼 나직한 음성으로 입을 열었다.

"그 말을 책임질 수 있소?"

노해광은 어깨를 으쓱거렸다.

"무슨 책임 말이오? 나는 그냥 무림에서 흔히 벌어질 수 있는 일을 주절거렸을 뿐이오. 그런데 그게 귀 파와 무슨 연관이라도 있단 말이오?"

청풍자는 더 이상 아무 말도 할 수가 없었다. 때마침 검단현이 재빨리 나서지 않았다면 청풍자로서는 앞으로 나서지도 못하고 뒤로 물러서지도 못하는 참으로 난감한 상황에 빠졌을 것이다.

"자, 이제 양측의 초청 인사가 모두 소개되었으니 오늘 일을 어떻게 진행할 건지 세칙을 정하는 게 어떻겠나?"

노해광도 오대파의 세 고수를 더 이상 궁지로 몰 생각은 없는지 검단현의 말에 토를 달지 않고 선뜻 고개를 끄덕였다.

"좋네. 손님을 모셔 놓고 쓸데없이 시간을 보내는 건 군자가 할 일이 아니지."

서안의 막후 실력자로 군림하면서 때로는 흑도의 거친 일에까지도 손이 닿아 있는 노해광이 스스로의 입으로 군자 운운하자 몇몇 사람들은 실소를 흘리기도 했으나, 누구도 정면으로 그를 비웃지는 못했다. 그것은 노해광의 위상이 서안에서 그만큼 강력하다는 것을 뜻했다.

검단현도 그 점을 알아차렸는지 표정이 살짝 굳어졌으나, 이내 냉랭한 미소를 지었다.

"흐흐. 군자라……. 좋은 말이지. 하지만 오늘은 누가 군자인지를 가리는 날이 아니지."

"물론이지. 하지만 이왕이면 군자답게 승리하는 게 좋지 않겠나?"

"그럴 수 있다면 얼마든지."

두 사람 사이의 날선 대화가 시작되자 장내의 분위기는 점차 고조되기 시작했다. 섬서성뿐 아니라 중원 무림 전체를 놓고 보아도 가장 강력한 문파 중 하나인 종남파와 화산파 사이의 불꽃 튀는 대결이 이미 시작되었음을 조금씩 절감하고 있는 것이다.

제 345 장

벽력선봉(霹靂先鋒)

제 345장 벽력선봉(霹靂先鋒)

응계성은 아까부터 심기가 불편한 표정이었다.

무언가에 단단히 심사가 틀어진 사람처럼 잔뜩 인상을 찡그린 채 화산파 쪽을 노려보고 있는 모습이 당장이라도 주먹을 휘두르며 그들에게 달려들 것만 같아 종남파 고수들은 절로 마음이 조마조마했다.

화월루로 들어설 때만 해도 이 정도는 아니었는데, 막상 화산파 고수들을 눈앞에서 보게 되니 마음속의 격동을 참기 힘들어 하는 것 같았다.

결국 소지산이 그에게 다가가서 그의 소매를 살짝 잡았다.

"긴장이 되는 거냐?"

응계성은 여전히 화산파 쪽을 노려보면서 짤막하게 대답했다.

"그놈이 보이지 않는다."

"누구?"

"두기춘. 그 씹어 먹을 놈은 의당 올 줄 알았는데, 저들 속에 없구나. 그놈과 마주하게 될 순간만을 간절히 기다려 왔는데……."

응계성의 음성 속에는 숨길 수 없는 아쉬움과 분노의 빛이 담겨 있었다.

그 말에 소지산도 퍼뜩 고개를 돌려 화산파 진영을 바라보았다.

확실히 그들 사이에 두기춘의 모습은 보이지 않았다. 누구보다 외모가 뛰어난 그이기에 어느 곳에서든 쉽게 눈에 들어왔으나, 열 명이 넘는 화산파 고수들 속에는 그의 모습을 찾을 수 없었다. 두기춘과 비슷한 나이의 젊은 제자들도 몇 명 있는 것으로 보아 단순히 나이가 어리기 때문에 제외된 것은 아닌 게 분명했다.

소지산은 두기춘이 신산 곡수의 신임을 받아 서안에서 상당히 활발하게 활동하고 있다는 말을 들은 적이 있기에 의아함과 동시에 걱정스러운 생각이 들었다.

"그에게 무슨 일이 있는 것일까?"

응계성이 힐끔 그를 돌아보더니 냉소를 날렸다.

"흥, 일이 있기는. 화산파 놈들에게 버림받은 게 틀림없어. 아니면 어디에서 여자라도 만나고 있겠지."

그의 머릿속에는 일전에 잠깐 보았던 두기춘과 묘령의 여인의 모습이 스치고 지나갔을 것이다.

응계성은 소지산보다 항렬이 낮았으나, 나이가 같아서 서로 간에 말을 트고 지냈다. 물론 문규를 엄격하게 따지는 전풍개 앞에서는 조심을 하는 편이었으나, 지금은 두기춘에게 설욕할 수 없다는 분기에 차 있어서 무심코 평상시의 습관대로 말을 내뱉고 말았다.

아차 싶어서 돌아보니 과연 전풍개가 쌍심지를 켜고 그를 노려보고 있었다. 자리가 자리인지라 당장 불호령을 내리지는 않았으나, 나중에 한 소리 할 것이 분명했다.

때마침 검단현과 회담을 나누었던 노해광이 돌아왔다.

"세칙을 정했습니다."

노해광은 전풍개를 향해 머리를 숙인 후 정중한 태도로 입을 열었다.

"양쪽에서 다섯 명씩 나와서 비무를 벌이기로 했습니다."

전풍개의 입꼬리에 냉랭한 미소가 어른거렸다.

"흥, 우리가 나온 인원 그대로 정했군."

"사숙 말씀대로 본 파에서 몇 명이 나오든 그 숫자대로 하자고 했을 겁니다. 어차피 그들로서는 본 파에서 내세울 만한 고수가 자신들에 비해 적다는 걸 잘 알고 있으니, 그 이점을 놓치기 싫었겠지요."

전풍개의 얼굴에 못마땅한 표정이 떠올랐다.

"그들의 속셈을 알면서도 선뜻 승낙을 했단 말이냐?"

"대신에 방식은 제가 정한 대로 따르기로 했습니다."

"어떤 식이냐?"

"승자가 계속 싸우는 연승식(連勝式)으로 했습니다."

전풍개의 얼굴이 살짝 찌푸려졌다.

"너는 연승식이 본 파에 유리하다고 보느냐?"

"저는 그렇게 판단했습니다."

전풍개는 무어라고 말하려다 입을 다물었다. 하나 얼굴 표정은 그다지 탐탁지 않아 하는 기색이 역력했다.

전풍개는 화산파와의 일전이 만만치 않음을 누구보다도 잘 알고 있었다. 더구나 오늘 출전할 다섯 명 중 자신을 제외하고는 소지산만이 믿을 만할 뿐, 나머지 세 사람의 실력에 대해서는 불안감을 가지고 있었다.

그래도 노해광이라면 기병(奇兵)의 묘(妙)를 살려 승산을 높일 줄 알았건만, 고수가 많을수록 유리한 연승식을 선택했다니 그로서는 도무지 노해광의 심산을 이해할 수가 없었다.

전풍개는 노해광의 얼굴을 물끄러미 살펴보았으나, 이 능구렁이 같은 사질 녀석은 자신의 의도대로 되고 있다는 듯 입가에 엷은 미소만 띄울 뿐 표정의 변화가 없어서 도무지 무슨 생각을 하는지 짐작도 할 수가 없었다.

'어쩔 수 없지. 이 녀석에게도 나름대로의 계획이 있을 것이다. 그를 믿어 보는 수밖에.'

전풍개의 그런 심려를 아는지 모르는지 노해광은 천연덕스럽게 다른 세 사람을 향해 시선을 돌렸다.

"모두 들었겠지? 비무는 오 대 오, 승자가 계속 싸우는 연승식이다."

소지산과 응계성은 물론이고 하동원의 얼굴에도 서서히 긴장감이 어리기 시작했다.

노해광은 응계성에게 시선을 고정시켰다.

"일전에 말한 대로 네가 선봉(先鋒)이다. 준비는 되어 있겠지?"

응계성은 서슴없이 고개를 끄덕였다.

"예."

짤막한 대답이었으나, 그 속에 깃들어 있는 비장한 각오를 누구라도 생생하게 느낄 수 있었다.

노해광은 그의 어깨를 가볍게 두드려 주었다.

"살아서 돌아와라."

승패를 염두에 두지 않는 듯한 말이었으나, 그래서 오히려 다른 어떤 격려의 말보다 더욱 무겁게 들렸다.

소지산은 앞으로 걸어 나가려는 응계성을 불렀다.

"계성."

응계성이 돌아보자 소지산은 그에게 무언가를 내밀었다.

응계성이 받아 보니 아무런 장식도 없는 밋밋한 머리 끈이었다. 다만 박음질이 정성스럽게 되어 있고, 한쪽에 〈응(鷹)〉이라는 작은 글씨가 정교하게 수놓아져 있어 만들 때 적지 않은 정성을 쏟은 것임을 알 수 있었다.

"사매가 준 것이다."

응계성은 입술을 실룩거리며 그에게 내밀었다.

"이런 건 필요 없다. 전쟁터에 나가는 것도 아닌데, 낯간지럽게 무슨 머리띠냐?"

"네가 직접 돌려줘라. 그리고 이곳은 분명히 전쟁터다. 초가보와 싸울 때와 하나도 다르지 않은."

응계성은 묵묵히 소지산을 바라보았다.

소지산은 예전에 비해 의복이 정갈해졌고 몸에서 냄새도 나지 않았다. 하나 머리카락은 여전히 반쯤 헝클어뜨리고 있었다.

흐트러진 머리카락 사이로 번뜩이는 그의 두 눈은 수정처럼 맑고 차가웠다. 그 눈을 뚫어지게 바라보던 응계성은 천천히 고개를 끄덕였다.

"맞아. 아직 우리의 전쟁은 끝나지 않았지."

응계성은 들고 있던 머리띠를 이마에 질끈 동여맸다.

"초가보와의 싸움은 정말 무서웠지. 지금도 가끔 악몽을 꿀 정도로. 그런 싸움에서 우리는 살아남았다."

"……."

"진짜 싸움이 어떤 것인지 화산파의 샌님들에게 보여 주지."

응계성은 주저하지 않고 몸을 돌렸다. 그러고는 한쪽 다리를 절룩이며 앞으로 걸어 나갔다.

응계성의 등을 바라보는 소지산의 표정은 여전히 무심했으나, 그를 아는 사람이라면 더욱 깊어진 그의 눈빛에 한 줄기 수심이 담겨 있음을 알아차렸을 것이다.

하동원이 그에게 슬쩍 다가가 나직한 음성으로 속삭이듯 말했다.

"너무 걱정 마라. 손가장의 소벽력이라고 하면 요즘 장안에서 두려워하지 않는 사람이 없다고 하더라. 결코 호락호락하게 당하지는 않을 것이다."

소지산은 말없이 고개를 끄덕였다.

하나 그의 마음속에는 아무도 듣지 못할 음성이 흘러나오고 있었다.

'저 녀석이 당할까 봐 걱정하는 게 아닙니다, 사숙. 이기기 위해서 무슨 짓을 할지 모른다는 게 걱정스러운 겁니다. 승리를 위해서라면 자신의 목숨 정도는 기꺼이 내던질 놈이니 말입니다.'

화산파에서는 이미 한 사람이 앞으로 나와서 자신을 향해 걸어오고 있는 응계성을 응시하고 있었다.

이목구비가 뚜렷하고 입술이 여인의 그것처럼 붉은 미남자였다. 다만 얼굴 전체에 냉기가 흐르고 있고, 눈빛이 얼음장처럼 냉랭해서 전체적으로 차가워 보이는 인상이라는 것이 유일한 흠이었다.

미남자는 절룩거리며 다가오는 응계성을 보고는 입가에 살짝 희미한 미소를 머금었다. 상대가 누구인지를 확인하고 자신감을 갖게 되었다는 의미인지, 아니면 이런 중요한 자리에 절름발이를 내보내는 종남파의 처사에 대한 조롱인지 알기 어려운 묘한 미소였다.

응계성도 그 미소를 보았다. 오히려 계속 그에게 시선을 집중하고 있던 터라 다른 누구보다도 정확하게 그 미소를 보았고, 미소 속에 담긴 뜻도 쉽게 짐작해 냈다.

응계성의 얼굴에도 어느새 미소가 떠오르고 있었다. 미남자의 미소와는 전혀 다른 의미의 미소였다.

그 미소를 보는 순간, 미남자의 얼굴에 걸려 있던 웃음은 씻은 듯이 사라져 버렸다. 분명 자신이 짓고 있던 것과 똑같은 미소였으나, 왠지 모르게 기분이 나빠졌던 것이다. 또한 가슴 한구석이

써늘해지는 기분도 들었다.

'그러고 보니 이자가 바로 요즘 장안에서 사람들의 입에 제법 많이 오르내린다는 소벽력이로군. 화날 때마다 웃는다고 했던가?'

오늘 출전할 가능성이 있는 종남파의 고수들에 대해서는 이미 소상하게 파악하고 있었다. 하나 소벽력은 그 순위에서 가장 뒤에 있던 인물이었다. 손속이 매섭고 성격이 불같아서 장안 사람들에게 화제가 되고는 있으나, 한쪽 다리가 불구라는 치명적인 약점 때문에 화산파의 고수들에게는 눈 밖의 존재로 여겨졌던 것이다.

불구인 무림 고수가 없는 것은 아니나, 그 수는 아주 적었다. 게다가 다리가 불구인 고수는 더더욱 없었다. 팔이나 다른 신체 부위와는 달리 다리는 무공을 펼치는 데 가장 중요한 부위였기 때문이다.

물론 매신 종리궁도라는 한쪽 다리가 불구임에도 강호에서 열 손가락 안에 드는 신법의 대가가 있기는 했으나, 그러한 존재는 종리궁도 한 사람뿐이었다. 종리궁도는 태어날 때부터 불구였기에 어린 시절부터 그 약점을 극복하기 위해서 신법 하나에만 매진해 온 사람이었다. 그렇게 수십 년 동안 각고의 노력을 기울인 끝에야 비로소 다른 사람들에게 인정받게 된 것이다.

그것도 신법 분야에만 국한된 것이었다.

종리궁도의 신법은 물론 가공스러울 정도로 뛰어났으나, 막상 싸움을 벌이게 된다면 상황은 조금 달랐다.

누구도 그를 천하에서 열 손가락 안에 드는 고수라고 하지 않았다. 오히려 절정에도 이르지 못한다고 판단했다. 그래서 종리궁도를 보고 놀라워하는 사람은 있을지언정 그를 두려워하는 사람은 그리 많지 않았다.

그것이 다리가 불구인 고수에 대한 무림인들의 시각이었다.

소벽력 응계성은 멀쩡한 몸으로 태어나 불구가 된 지 일 년도 채 되지 않았다. 그가 그동안 아무리 엄청난 노력을 기울였다고 해도 실전에 있어서만큼은 일류에도 미치지 못할 것이 분명했다.

하물며 화산파의 일대제자 중에서도 세 손가락 안에 꼽히는 자신의 상대는 되지 못할 것이다.

이것은 미남자뿐 아니라 화산파를 비롯한 주변 인물들 대다수의 공통된 생각이었다.

그래서 응계성이 종남파의 선봉으로 앞에 나왔을 때부터 많은 사람들이 의혹과 불신 어린 표정으로 웅성거리고 있었다.

종남파와 화산파 사이의 이번 회람연은 무림에 대해서 잘 모르는 일반인들도 그 막중한 비중을 알 정도로 중대한 일이었다. 양파의 명운(命運)이 걸리다시피 한 중요한 일전에서 선봉으로 나선 인물이 한쪽 다리가 불구인 응계성이었으니, 화산파 진영에서는 속으로 쾌재를 부르는 반면 종남파를 지지하는 인물들은 영문을 몰라 당혹감과 불안감을 느끼고 있었다.

그런 주위의 소란에는 아랑곳하지 않고 응계성은 미남자의 이장 앞에 가서 걸음을 멈추었다.

그의 도착을 기다리고 있기라도 하듯, 미남자가 즉시 그를 향해 포권을 했다.

"반갑소. 나는 화산파의 이십칠 대 제자인 매절 북문도라 하오."

북문도는 화산파의 일대제자들 중에서도 가장 유명한 매화사절 중의 한 사람이었다. 물론 화산파에는 화산독응 유장령이라는 걸출한 인재가 있지만, 유장령은 화산파의 장문인을 따라 무당파의 집회에 참석하느라 이곳에 올 수가 없었다.

북문도는 매화사절 중에서도 매향 송인혁과 함께 첫째 둘째를 다투는 최고의 기재였기에, 회람연의 선봉을 맡기에 부족함이 없는 인물이었다.

얼마 전에 방보당을 공격하러 갔다가 검마의 아들인 금조명에게 뜻밖의 패배를 당해 의기소침해 있던 그를 검단현이 선봉에 세운 것은 그에게 당시의 상처를 잊고 재기할 수 있는 기회를 주기 위함이었다.

북문도 또한 이번이 실추되었던 자신의 명예를 회복할 마지막 기회임을 너무도 잘 알고 있었다. 검단현은 결코 두 번씩이나 아량을 베풀 인물이 아니었다. 어쩌면 북문도의 실패가 신산 곡수의 지시로 일어난 일이었기에 검단현이 그에게 다시 한 번 기회를 준 것인지도 몰랐다.

그래서 이번 대결에 나서는 북문도의 마음은 비장하기까지 했다. 그런데 막상 자신의 상대가 한쪽 다리를 절고 있는 응계성임을 알게 되자 마음속의 긴장감이 자신도 모르게 느슨해졌다.

응계성은 비릿한 미소를 짓고 있는 그의 얼굴을 뚫어지게 응시하며 한 자 한 자 씹어뱉듯이 말했다.

"종남파 이십일 대 응계성."

북문도는 그의 정체를 훤히 알고 있으면서도 짐짓 너털웃음을 지어 보였다.

"이제 보니 그 이름도 찬란한 신검무적의 사제이며 웃을 때마다 벼락이 친다는……."

하나 그의 말이 채 끝나기도 전에 응계성의 신형은 어느새 그를 향해 돌진해 들어오고 있었다.

북문도는 비록 응계성을 경시하기는 했어도 화산파가 내세우는 기재답게 마음 한구석에는 일말의 경계심도 가지고 있었다. 그래서 응계성의 신형이 눈앞에서 어른거린다 싶은 순간 한 치의 망설임도 없이 출검을 했다. 그것은 오랫동안의 체계적인 수련으로 습득된 무의식적인 반응이었다.

파팟!

섬광이 번뜩이며 세찬 검기가 장내를 한바탕 휩쓸고 지나갔다.

그것을 신호탄으로 삼기라도 한 듯 뒤이어 검광과 검기가 난무하는 치열한 격전이 시작되었다.

너무도 갑작스럽게 시작된 싸움에 장내의 사람들의 눈이 크게 뜨였다. 명문정파 사이의 결전이란 의당 인사말이 오가고 서로 간에 정중한 예의를 차린 다음 예전(禮典) 초식을 교환하고 난 후에야 비로소 싸움이 시작되는 것이 통례인데, 지금은 마치 시정잡배들처럼 별다른 기색도 없이 대뜸 격돌이 일어난 것이다.

게다가 처음부터 어찌나 매서운 공격을 주고받는지 보는 사람들의 마음속에 섬뜩한 생각이 들 정도였다. 명문정파 제자들 간의 격전이라고는 볼 수 없을 정도로 흉험하고 살기에 가득 찬 싸움이 벌어지고 있는 것이다.

일이 그렇게 된 데는 물론 응계성의 갑작스런 선공(先攻)이 발단이 되기도 했지만, 북문도의 절박한 심정도 한몫을 했다.

북문도는 지금이 자신의 명성을 되찾고 검단현을 비롯한 화산파 수뇌들의 눈에 들 수 있는 거의 유일한 기회임을 절감하고 있기에 일단 손을 쓰자마자 자신이 할 수 있는 가장 강력한 공격을 선보였던 것이다.

'단숨에 이자를 쓰러뜨리고 다음 상대마저 꺾는다.'

최소한 두 사람의 종남파 고수들을 물리치는 것이 북문도의 목표였다.

그러기 위해서는 가급적 진력의 소모를 줄여야 했기에 빠른 시간 내에 승부를 낼 필요가 있었다. 더구나 상대는 스스로의 몸도 제대로 가누지 못하는 절름발이가 아닌가?

북문도가 펼치는 것은 혈매화검법(血梅花劍法)으로, 매화검법의 변형 중 일종이였다. 매화검법이 비록 화산파를 상징하는 대표적인 검법으로 변화무쌍하고 현오막측한 면이 있지만, 그에 비해 사람을 살상하는 살기가 부족한 단점이 있었다.

화산파의 선대 중에 누군가가 그러한 점을 보완하고자 매화검법에 살초들을 섞기 시작했는데, 그에 동조하는 고수들의 손길이 더해진 끝에 어느 순간부터 매화검법 특유의 현오함은 약해졌지만 살상력만큼은 더욱 뛰어난 전혀 다른 검법이 되고 말았다.

그래서 순수한 매화검법과 구별하기 위해 앞에 '혈(血)' 자를 붙이게 된 것이다.

화산파의 정통을 고수하는 사람들은 혈매화검법이 명문정파의 무공다운 격조가 부족하다고 생각하고 눈살을 찌푸리기도 했으나, 상당수의 제자들은 혈매화검법 특유의 강력함에 매료되어 매화검법보다 더욱 중시하는 자들도 적지 않았다.

북문도 또한 혈매화검법의 그런 강하고 살기 어린 위력에 흠뻑 빠진 인물이었다.

그의 생각에 결국 무공이란 상대를 쓰러뜨리기 위한 수단일 뿐이었다. 그렇다면 더욱 빠르고 쉽게 상대를 제거할 수 있는 혈매화검법이 격조와 화려함에 치중되어 실속이 별로 없는 매화검법보다 더욱 뛰어난 수단이 아니겠는가?

북문도와 비슷한 생각을 가진 화산파의 제자들이 적지 않았고, 북문도는 그들 중에서도 단연 돋보이는 기재였다. 따라서 그의 혈매화검법의 진경은 거의 구성(九成)을 넘어서서 화경에 가까워 오고 있었다.

그래서인지 그의 손에 들린 장검에서 뿜어져 나오는 초식들은 하나같이 상대의 숨통을 단숨에 끊어 버릴 것 같은 날카롭고 예리한 위력을 지니고 있었다. 그에 맞서서 응계성도 사력을 다해 자신이 가진 절기들을 펼쳐 맞서고 있으나, 누가 보기에도 열세가 확연했다.

북문도는 금시라도 응계성을 쓰러뜨려야 직성이 풀리는지 연거푸 무시무시한 살초들을 펼쳐 그를 압박해 들어갔다.

지금 빙글빙글 회전하며 응계성의 목덜미를 노리고 날아드는 검초는 혈매화검법 중의 혈염일선(血艶一旋)이라는 것인데, 매화검법의 매화토염에서 화려한 변화들을 제거하고 오직 상대의 목에 구멍을 낼 목적으로 날카로움과 속도를 중시한 초식이었다. 흡사 사파의 무공을 보는 듯한 그 악독한 수법에 지켜보는 사람들의 입에서 숨을 들이켜는 소리가 거푸 흘러나올 정도였다.

전풍개는 처음 싸움이 벌어질 때부터 눈도 깜박이지 않은 채 장내의 격전을 지켜보고 있었는데, 응계성이 일방적으로 몰리는 것을 보면서도 표정의 변화가 없었지만 이 혈염일선을 보고는 눈살을 살짝 찌푸렸다.

"화산파도 많이 변했군. 일대제자가 저런 검법을 익히는 걸 허용하다니."

그의 입에서 흘러나오는 나직한 중얼거림은 그만큼 그가 느끼고 있는 놀라움과 당혹감을 생생하게 보여 주는 방증이라고 할 수 있었다.

전풍개는 그동안 적지 않은 고수들의 비무를 보아 왔다.

명문정파 사이의 비무는 강호에서 벌어지는 여타의 격전과는 분위기부터 많이 달랐다. 정사(正邪)를 사이에 두고 경쟁하는 무리들처럼 치열하지도 않았고, 문파의 사활을 걸었던 초가보와의 혈전처럼 살벌하지도 않았다. 문파의 위신과 체통을 생각해서 가급적이면 화려한 무공을 펼치면서도 상대의 목숨을 직접적으로 노리는 살수는 자제하는 편이었다.

자신이 얼마나 뛰어난 무공을 익혔는지를 상대와 지켜보는 주위 사람들에게 보여 주기 위한 과시의 성격이 강했고, 승패에 너무 연연하는 것을 수치스러워 했다.

물론 이번에 벌어지는 화산파와의 회람연처럼 절대로 질 수 없는 싸움도 있었지만, 그런 싸움에서조차 상대의 피를 보기 위해 잔인한 살수를 쓰는 것은 가급적 금기시되어 왔다.

그런데 지금 응계성과 북문도는 처음 싸움이 시작될 때부터 조금도 주저하지 않고 상대의 목숨을 노렸을 뿐 아니라 사파의 무리들이 펼치는 것보다 더욱 흉험하고 살벌한 수법들을 주고받고 있었다.

그것은 결코 그가 생각하는 명문정파 사이의 회람연이 아니었다.

그들의 싸움을 보면서 전풍개는 자신이 이번 싸움의 의미에 너무 신경을 쓰지 않았던지, 아니면 그만큼 강호의 조류에 뒤떨어진 것은 아닌지 걱정스런 생각이 들었다.

'세상이 변한 것인가? 아니면 내가 이들의 이기고자 하는 열망을 너무 대수롭지 않게 생각했었나?'

자신이라면 아무리 승리를 위해서라고 해도 공개적인 비무 장소에서 같은 명문정파의 고수를 향해 서슴없이 목덜미를 찔러 가는 저런 초식을 펼칠 생각은 하지 못했을 것이다.

그런 살벌한 초식을 상대하는 응계성의 반응 또한 전풍개의 예상과는 전혀 달랐다.

의당 옆으로 몸을 피하거나 뒤로 물러서며 검으로 목덜미를 찔러 오는 상대의 검을 쳐낼 줄 알았는데, 응계성은 오히려 앞으로 성큼 다가서며 상대의 미간을 향해 검을 내찔렀던 것이다.

네가 내 목을 찌른다면 나는 너의 이마를 꿰뚫어 버리겠다는 의도가 그대로 엿보이는, 그야말로 너 죽고 나 죽자는 식의 험악하고 무서운 대응이었다.

그것을 본 전풍개의 얼굴이 더할 수 없이 무거워졌다. 상대의 검이 자신의 목을 찔러 오는 것을 뻔히 보면서도 피할 생각도 하지 않고 오히려 자신의 검으로 상대의 이마를 찔러 가는 응계성의 얼굴에 떠올라 있는 표정을 목격한 것이다.

그때 응계성의 얼굴에는 예의 독특한 미소가 지어져 있었고, 두 눈은 횃불처럼 강렬한 신광이 이글거리고 있었다.

남들은 보기만 해도 무섭다고 하는 미소였건만, 전풍개에게는 그 미소가 다른 어떤 표정보다 더욱 비장하고 슬퍼 보였다. 어떤 일이 있더라도 자신의 의지를 관철하고야 말겠다고 스스로에게 다짐하는 의미가 담긴 미소임을 알기 때문이다.

더구나 불타오르는 두 눈에는 한 점의 두려움이나 망설임도 담겨 있지 않았다.

그야말로 상대를 쓰러뜨리기 위해서는 일신의 안위나 죽고 사는 문제는 진즉에 초월해 있는 것이다.

'그렇게도 승리가 절실했던 거냐? 네 자신의 목숨을 초개처럼 버려야 할 정도로?'

그제야 비로소 전풍개는 일전에 노해광이 했던 말의 의미를 완벽히 이해할 수 있었다.

"이번 일의 승패는 자신감이 아니라 절박감입니다. 그리고 저는 아직까지 본 파의 제자들처럼 절박하게 살아온 자들을 본 적이 없습니다."

전풍개는 자신도 모르게 탄식을 하고야 말았다.

'변한 것은 나였고, 승리에 대한 간절함이 부족한 것도 나였구나. 이놈들은 예전과 조금도 변함이 없다. 초가보와 싸울 때처럼 지금도 자신의 모든 것을 바쳐 맹렬하게 싸워 오고 있었구나.'

전풍개는 자신이 화산파와 싸움을 시작하면서부터 그들을 너무 의식하여 초심(初心)을 저버린 것임을 뒤늦게 알아차렸다.

어떠한 희생을 치르더라도 종남파를 일으켜 세우고야 말겠다는 당초의 결심이 어느새 흐려져 있었던 것이다. 오직 화산파와 경쟁하면서 어떻게 하면 그들보다 위신을 더 세울 수 있을지를 신경 쓰느라 정작 중요한 것을 잊고 있었던 것이다.

"중요한 것은 살아남는 것이다. 살아만 있으면 문파는 얼마든지 재건할 수 있다."

문득 전풍개의 뇌리에 초가보와의 중요한 싸움을 앞두고 본산을 떠나기 전에 장문인이 했다는 말이 떠올랐다.

문파의 안위보다 생존을 먼저 생각해야 했을 정도로 절박한 순간에 제자들을 두고 떠나야 했던 장문인의 심정이 어떠했을까? 초가보의 습격으로 문파를 버리고 서로 뿔뿔이 헤어져 외진 곳을 떠돌아다니면서도 잡초처럼 끈질기게 살아남았던 제자들은 그때 무슨 생각을 하고 있었을까?

그들의 처절함과 절실함을 어찌 자신이 잊었단 말인가?

불과 일 년도 지나지 않은 얼마 전의 일이었는데 말이다.

자신이 초가보와의 싸움 이후 종남파의 본산에 앉아 부상을 회복하고 있을 때, 노해광을 비롯한 다른 제자들은 여전히 싸움을 계속하고 있었던 것이다. 그러면서도 그들 중 누구 하나 자신에게 하소연하거나 힘들다고 어려움을 내보인 사람이 없었다.

전풍개의 시선이 문득 옆에 있는 노해광을 향했다.

노해광은 눈도 깜박이지 않은 채 장내의 격전을 지켜보고 있었다. 그의 얼굴은 여전히 번지르르했고 태도에도 여유가 넘쳐흐르고 있었지만, 지금 전장을 응시하는 그의 눈빛에는 비장함과 뜨거운 열기만이 가득 담겨 있었다.

어느 때는 약삭빨라 보이고, 어느 때는 정파 제자답지 않은 비정한 손속 때문에 눈살이 찌푸려질 때도 있었지만, 전풍개는 노해광이야말로 종남파의 부흥을 위해서 다른 누구보다 몸과 마음을 다 바쳐 온 사람이라는 것을 지금 이 순간에야 비로소 깨달았다.

서안의 막후 실력자라는 번드르르한 이름에 취해 있을 법도 하건만, 그는 초가보와의 싸움 이후에도 여전히 가장 선두에 서서 살 떨리는 무서운 싸움을 벌여 오고 있었던 것이다. 그럼에도 지금까지 전풍개에게 아쉬운 소리 한 번 한 적이 없었다.

전풍개는 문득 이 재주 많고 뻔뻔하면서도 능글맞은 사질이 정말 믿음직스럽다는 생각이 들었다. 그를 향해 수고했다는 격려의 말이라도 한마디 해 주고 싶었다.

하나 대신에 그는 격전이 벌어지고 있는 곳으로 시선을 돌렸다.

모든 일은 이번 싸움이 끝난 후에 할 일이다. 그리고 칭찬이나 격려의 말 같은 건 모두 쓸모없는 일에 불과할 뿐이다. 진정한 칭찬은 종남파를 완벽하게 부흥시켜 반석(磐石) 위에 올려놓는 것으로 충분할 것이다.

전풍개는 격전장을 향해 시선을 고정시켰다. 그리고 어느새 치열했던 싸움이 거의 끝나 가고 있음을 알게 되었다.

응계성이 목을 찔러 오는 공격을 피하기는커녕 오히려 자신의 이마를 노리고 검을 날려 오자 북문도의 인상이 살짝 찡그려졌다.

아무리 북문도가 이번 싸움에 필승의 의지를 지니고 있다고 해도 뒷골목 흑도들이나 사용하는 이런 식의 대응을 예상하지는 못했었다. 이대로 계속 검을 내뻗는다면 상대의 목을 찌를 수 있을지언정 자신의 이마는 그대로 두 쪽으로 갈라져 버릴 것이 분명했다. 어쩔 수 없이 북문도는 검을 거두며 옆으로 몸을 비틀어 상대의 일검을 피하려 했다.

그 순간, 응계성의 신형이 어느새 바짝 그의 품으로 안겨 들다시피 했다. 응계성이 한쪽 다리가 불구인 점을 생각한다면 도저히 믿기지 않는 신묘한 몸놀림이었다. 이것이 바로 방취아가 그를 위해 만들어 준 금계탁속 중의 치계회포(稚鷄懷抱)였다. 어린 닭이 엄마 닭의 품속으로 안기듯이 상대의 품 안으로 뛰어들어 공격에 유리한 자세를 선점하는 묘용을 지닌 초식이었다.

북문도의 대응은 칭찬을 받을 만한 것이었다. 순간적으로 응계성의 접근을 허용했음에도 북문도는 조금도 당황하지 않고 옆으로 반쯤 돌려 섰던 몸을 그대로 회전시켜 한 바퀴 빠르게 돌았다. 그 바람에 북문도의 품에 뛰어들었던 응계성의 몸이 반대로 북문도의 왼쪽으로 서게 되면서 오히려 몸의 절반이 그대로 노출되어 버렸다.

북문도는 자신의 앞에 그대로 드러난 응계성의 왼쪽 몸을 향해 주저하지 않고 장검을 내찔렀다. 너무 가까운 거리였기에 휘두르는 것이 불가능한 상황에서 취한 임기응변의 조치였으나, 그만큼 빠르고 순간적으로 이어진 날카로운 공격이었다. 설사 응계성이 아닌 신법의 절정고수라 해도 완벽히 피할 수 없었을 것이다.

푹!

북문도의 장검은 응계성의 왼쪽 옆구리를 그대로 관통해 버렸다.

하나 응계성은 쓰러지기는커녕 오히려 왼쪽 팔을 바짝 오므려 북문도의 장검을 빠져나가지 못하게 함과 동시에 오른쪽 발로 왼쪽 발의 발등을 밟으며 몸을 반 바퀴 회전시켰다. 금계탁속 중의 노계서망(老鷄西望)으로, 얼핏 보기에는 느린 듯해도 사실은 금계탁속 중의 다른 어떤 초식보다 빠르고 영활한 동작이었다.

북문도는 수중의 장검이 여전히 응계성의 몸에 꽂혀 있는 상태였기에 순간적으로 갈등에 빠질 수밖에 없었다. 이대로 계속 검을 꽂은 채로 있어야 하는지, 아니면 일단 검을 놓고 상대의 접근을 피해야 하는지 판단이 서지 않았던 것이다.

화산파에서의 오랜 수련이 이 상황에서는 오히려 독이 되었다. 어떤 일이 있어도 수중의 검을 놓아서는 안 된다는 가르침이 몸에 배어 결정적인 순간에 그를 망설이게 했던 것이다. 그의 망설임은 아주 짧았으나, 응계성의 반쯤 회전하는 몸이 그의 코앞으로 다가오기에는 충분한 시간이었다.

북문도는 자신의 실책을 깨닫고 검을 놓고 뒤로 물러나려 했으나, 회전해 들어오는 응계성의 몸이 훨씬 빨랐다. 응계성은 왼쪽 팔로 여전히 북문도의 장검을 껴안고 오른손으로 북문도의 어깻죽지를 잡았다. 그러고는 있는 힘껏 이마로 북문도의 머리를 들이받았다.

빠악!

주위 사람들은 모두 천지가 뒤흔들리는 듯한 굉음을 들은 듯한 착각이 들었다. 그만큼 이마와 이마가 부딪치는 소리라고는 믿기지 않을 정도로 커다란 소리가 난 것이다.

똑같은 이마끼리 부딪혔음에도 북문도는 머리통이 부서지는 듯한 엄청난 충격과 통증에 입을 딱 벌렸다. 상대의 머리가 부딪혀 오는 것을 보고 순간적으로 명령진기를 끌어올려 머리를 보호했음에도 말로 형용키 어려운 충격을 느꼈던 것이다.

이마가 깨어졌는지 뜨거운 핏물이 콧등을 타고 주르르 흘러내렸다.

하나 북문도가 채 정신을 가누기도 전에 응계성은 재차 머리를 들이받았다.

빡!

북문도의 몸이 한 차례 휘청거렸다. 북문도는 뒤로 물러나려 했으나 어깻죽지를 응계성의 손이 잡고 있는 데다 검을 쥔 오른손마저 응계성의 팔뚝 사이에 끼여 꼼짝도 할 수가 없었다.

응계성은 다시 허리를 뒤로 젖혔다가 있는 힘껏 앞으로 내밀었다.

그의 동작은 얼핏 보기에는 시정잡배들이나 사용하는 박치기 같았으나, 사실은 독두관(禿頭冠)이라는 절학이었다. 독두관은 순간적으로 전신의 기력을 이마에 모아 상대의 머리를 공격하는 무공으로, 그 독특함만큼이나 강호에는 널리 알려져 있지 않은 기이한 수법이었다.

노해광은 우연히 서안에서 멀지 않은 함양(咸陽)의 괴인인 철탑신군(鐵塔神君) 마해청(麻海青)에게 이 절학이 있다는 것을 알고 그를 찾아가 호천신유의 호천비록을 주고 독두관의 구결을 얻어 왔던 것이다. 그 독두관의 구결을 응계성이 전해 받은 것은 불과 얼마 전의 일이었다.

응계성은 신법이 약한 신체의 특성상 접근전에 취약할 수밖에 없었는데, 이 독두관을 익힘으로써 결정적인 한 방을 노릴 수 있게 되었다.

그리고 이제 그의 노림수는 완벽한 성공을 거두고 있었다.

처음부터 응계성은 자신의 실력에 정상적인 대결로는 도저히 체계적인 수련을 거친 북문도를 당해 낼 수 없다고 생각했다. 그로서는 접근전을 유도하여 상대와의 간격을 최소화한 후 육박전을 벌일 생각이었는데, 뜻밖에도 북문도의 순간적인 방심으로 독두관을 사용할 절호의 기회를 잡게 되었던 것이다.

응계성은 이것이 자신이 북문도를 이길 수 있는 유일한 기회임을 본능적으로 알아차렸기에 손을 쓰는 데 한 치의 주저함도 없었다.

빠악!

다시 한 차례 응계성의 머리가 세차게 북문도의 머리에 내리꽂히듯 강하게 부딪혔다.

두개골과 두개골이 맞부딪치는 광경은 그 음향만으로도 사람들의 모골을 송연하게 하는 것이었다.

이미 북문도와 응계성의 얼굴은 피로 범벅이 된 지 오래였고, 머리를 부딪힐 때마다 북문도의 신형은 시체처럼 흐느적거리고 있었다.

다시 응계성이 다섯 번째로 허리를 젖히려 할 때, 누군가의 음성이 들려왔다.

"그만. 이 일전은 종남파가 승리했소."

소리를 외친 사람은 화산파의 참관인으로 참석한 소요일사 유장현이었다. 공평무사하고 청정하기로 이름난 유장현이 종남파의 승리를 선언하자, 화산파 쪽에서도 별다른 반대의 말이 들려오지 않았다.

누가 보기에도 현재의 상황이 명백했으므로 반론을 낼 수도 없었을 것이다.

소지산이 재빨리 응계성에게 다가갔다. 그때까지도 응계성은 북문도의 어깨를 잡고 그 자리에 우뚝 서 있었다.

"계성. 이제 끝났다."

응계성은 천천히 고개를 돌렸다.

"끝났다고?"

"그래. 네가 이겼다."

응계성은 그제야 북문도의 어깨를 잡은 손을 놓아주었다.

북문도의 신형은 허물어지듯 그대로 바닥에 쓰러져 버렸다. 이미 그의 얼굴과 이마는 살아 있는 사람의 그것으로 볼 수 없을 정도로 처참하게 변해 있었다.

화산파에서 몇 사람이 황급히 달려와 그의 모습을 보고는 침통한 얼굴로 그를 안고 들어갔다.

소지산은 아직도 응계성의 옆구리를 관통해 있는 장검을 뽑고는 재빠른 손길로 그의 몸을 지혈했다.

응계성은 장검이 자신의 몸에서 뽑혀 나오는 것을 보면서도 여전히 소지산을 향해 이를 드러내며 웃었다.

"내가 이긴다고 했지?"

그의 얼굴 또한 찢어진 이마에서 흘러나오는 피로 시뻘겋게 변해 있었고, 이마에 매인 머리띠마저 붉은색으로 물들어 있었다.

독두관은 비록 뛰어난 절학이었으나, 응계성은 그것을 익힌 지 한 달도 채 되지 않았기에 그 성취는 그다지 높지 않았다. 응계성 또한 북문도가 받은 충격에 못지않은 상처를 입었을 것이다.

그럼에도 유혈낭자한 얼굴에 이를 드러내며 웃고 있는 그의 모습은 어째서 서안 사람들이 그를 소벽력이라고 부르며 두려워하는지를 여실히 보여 주고 있었다.

소지산은 그의 어깨를 가볍게 두드렸다.

"그래. 이제 쉬어도 된다."

"아니, 나는 계속할 거야."

"네가 할 일은 끝났다. 이제는 우리를 믿어라."

"나는……."

응계성이 고개를 내저으려 할 때, 어느새 다가온 전풍개가 조용한 음성으로 말했다.

"이제 다른 사람에게 맡기고 쉬도록 해라. 너는 정말 멋지게 해냈다."

응계성은 피 묻은 얼굴로 전풍개를 돌아보았다.

"제가 정말 쉬어도 되겠습니까?"

"그래. 여기서 네 할 일은 이제 끝났다."

"흐흐."

응계성의 입에서 신음인지 괴성인지 모를 소리가 흘러나왔다.

소지산은 말없이 그의 어깨를 끌어안고 장내를 벗어났다. 채 몇 걸음 걷기도 전에 응계성의 몸이 조금씩 늘어졌으나, 소지산은 내색하지 않고 그의 어깨를 안은 채 문밖으로 나갔다. 응계성은 적어도 자신의 발로 문을 벗어난 다음에야 비로소 정신을 잃고 소지산의 품에 쓰러져 버렸다.

소지산은 피 묻은 응계성의 얼굴을 소매로 문질렀다.

찢어진 이마의 상처가 깊어서 아무리 지혈을 해도 피가 멈추지 않았다. 의식을 잃은 상태임에도 여전히 미소를 짓고 있는 응계성의 피로 물든 얼굴을 한참이나 내려다본 소지산은 나직한 음성으로 중얼거렸다.

"이제는 그렇게 웃지 않아도 된다. 본 파는 너를 억지로 웃게 할 만큼 약하지 않으니 말이다."

(군림천하 34권에서 계속)